我為愛而生，我為愛而寫
文字裡度過多少春夏秋冬
文字裡留下多少青春浪漫
人世間雖然沒有天長地久
故事裡火花燃燒愛也依舊

瓊瑤

瓊瑤經典作品全集

㊾

# 梅花英雄夢

## 第四部：飛雪之盟

# 繁花盛開日，春光燦爛時

我生於戰亂，長於憂患。我瞭解人事時，正是抗戰尾期，我和兩個弟弟，跟著父母，從湖南家鄉，一路「逃難」到四川。六歲時，別的孩子可能正在捉迷藏，玩遊戲，我卻赤著傷痕累累的雙腳，走在湘桂鐵路上。眼見路邊受傷的軍人，被拋棄在那兒流血至死，也目睹難民爭先恐後，要從擠滿了人的難民火車外，從車窗爬進車內，車內的人，為了防止有人湧入，竟然拔刀砍在車窗外的難民手臂上。我們也曾遭遇日軍，差點把母親搶走，還曾骨肉分離，導致父母帶著我投河自盡……這些慘痛的經驗，有的我寫在《我的故事》裡，有的深藏在我的內心裡。在那兵荒馬亂的時代，我已經嘗盡顛沛流離之苦，也看盡人性的善良面和醜陋面。這使我早熟而敏感，堅強也脆弱。

抗戰勝利後，我又跟著父母，住過重慶、上海、最後因內戰，又回到湖南衡陽，然後到廣州，一九四九年，到了臺灣。那年我十一歲，童年結束。父親在師範大學教書，收入微薄。我和弟妹們，開始了另一段艱苦的生活。可喜的是，這段生活裡，沒有血腥，沒有別離，沒有遷徙，沒有朝不保夕的恐懼。我也在這時，瘋狂的吞嚥著讓我著迷的「文字」。中國的《西遊記》《三國演義》《水滸傳》……都是這時看的。同時，也迷上了唐詩宋詞，母親在家務忙完後，會教我唐詩，我在抗戰時期，就陸續跟著母親學的唐詩，這時，成為十一、二歲時的主要嗜好。

十四歲，我讀國二時，又鑽進翻譯小說的世界。那年暑假，在父親安排下，我整天待在師大圖書館，帶著便當去，從早上圖書館開門，看到圖書館下班，看遍所有翻譯小說，直到圖書館長對我說：「我沒有書可以借給妳看了！這些遠遠超過妳年齡的書，妳都通通看完了！」

愛看書的我，愛文字的我，也很早就開始寫作。早期的作品是幼稚的，模仿意味也很重。但是，我投稿的運氣還不錯，十四歲就陸續有作品在報章雜誌上發表，成為家裡唯一有「收入」的孩子。這鼓勵了我，尤其，那小小稿費，對我有大大的用處，我買書，看書，還愛上了電影。電影和寫作也是密不可分的，很早，我就知道，我這一生可能什麼事業都沒有，但是，我會成為一個「作者」！

這個願望，在我的成長過程裡，逐漸實現。我的成長，一直是坎坷的，我的心靈，經常是破碎的，我的遭遇，幾乎都是戲劇化的。我的初戀，後來成為我第一部小說《窗外》，發表在當時的《皇冠雜誌》，那時，我幫《皇冠雜誌》已經寫了兩年的短篇和中篇小說，和發行人平鑫濤也通過兩年信。我完全沒有料到，我這部《窗外》會改變我一生的命運，我和這位出版人，也會結下不解的淵源。我會在以後的人生裡，陸續幫他寫出六十五本書，而且和他結為夫妻。

這世界上有千千萬萬的人，每個人都有自己的一本小說，或是好幾本小說。我的人生也一樣。幫皇冠寫稿在一九六一年，《窗外》出版在一九六三年。也在那年，我第一次見到鑫濤，後來，他告訴我，他的一生貧苦，立志要成功，所以工作得像一頭牛。「牛」不知道什麼詩情畫意，更不知道人生裡有「轟轟烈烈的愛情」。直到他見到我，這頭「牛」突然發現了他的「織女」，顛覆了他的生命。**至於我這「織女」，從此也在他的安排下，用文字紡織出一部又一部的小說。**

很少有人能在有生之年，寫出六十五本書，十五部電影劇本，二十五部電視劇本（共有一千多集，每集劇本大概是一萬三千字，雖有助理幫助，仍然大部分出自我手。算算我寫了多少字？）我卻做到了！對我而言，寫作從來不容易，只是我沒有到處敲鑼打鼓，告訴大家我寫作時的痛苦和艱難。「投入」是我最重要的事，我早期的作品，因為受到童年、少年、青年時期的影響，大多是悲劇。**寫一部小說，我沒有自我，工作的時候，只有小說裡的人物。我化為女主角，化為男主角，化為各種配角。寫到悲傷處，也把自己寫得「春蠶到死絲方盡」。**

寫作，就沒有時間見人，沒有時間應酬和玩樂。我也不喜歡接受採訪和宣傳。於是，我發現大家對我的認識，是：「被平鑫濤呵護備至的，溫室裡的花朵。一個不食人間煙火的女子！」我聽了，笑笑而已。如何告訴別人，假若你不一直坐在書桌前寫作，你就不可能寫出那麼多作品！當你日夜寫作時，確實常常「不食人間煙火」，因為寫到不能停，會忘了吃飯！**我一直不是「溫室裡的花朵」，我是「書房裡的癡人」！因為我堅信人間有愛，我為情而寫，為愛而寫，寫盡各種人生悲歡，也寫到「蠟炬成灰淚始乾」**。

當兩岸交流之後，我才發現大陸早已有了我的小說，因為沒有授權，出版得十分混亂。一九八九年，我開始整理我的「全集」，分別授權給大陸的出版社。臺灣方面，仍然是鑫濤主導著我的「全部作品」。愛不需要簽約，不需要授權，我和他之間也沒有簽約和授權。從那年開始，我的小說，分別有「繁體字版」（臺灣）和「簡體字版」（大陸）之分。因為大陸有十三億人口，我的讀者甚多，這更加鼓勵了我的寫作興趣，我繼續寫作，繼續做一個「文字的織女」。

時光匆匆，我從少女時期，一直寫作到老年。鑫濤晚年多病，出版社也很早就移交給他的兒女。我照顧鑫濤，變成生活的重心，儘管如此，我也沒有停止寫作。我的書一部一部的增加，直到出版了六十五部書，還有許多散落在外的隨筆和作品，不曾收入全集。當鑫濤失智失能又大中風後，我的心情跌落谷底。鑫濤靠插管延長生命之後，我幾乎崩潰。然後，我又發現，我的六十五部繁體字版小說，早已不知何時開始，大部分的書，都陸續絕版了！簡體字版，也不盡如人意，盜版猖獗，網路上更是零亂。

我的筆下，充滿了青春、浪漫、離奇、真情……的各種故事，這些故事曾經絞盡我的腦汁，費盡我的時間，寫得我心力交瘁。我的六十五部書，每一部都有如我親生的兒女，從孕育到生產到長大，是多少朝朝暮暮和歲歲年年！到了此時，我才恍然大悟，我可以為了愛，犧牲一切，受盡委屈，奉獻所有，無需授權。卻不能讓我這些兒女，憑空消失！我必須振作起來，讓這六十幾部書獲得重生！這是我的使命。

所以，今年開始，我的全集經過重新整理，在各大出版社爭取之下，最後繁體版「花落城邦」，交由春光出版。城邦文化集團春光出版的書，都出得非常精緻和考究，深得我心。說來奇怪，我愛花和大自然，我的書名，有《金盞花》《幸運草》《菟絲花》《煙雨濛濛》《幾度夕陽紅》……等，和「春光出版」似有因緣。對於我，像是繁花再次的綻放。這套新的經典全集，非常浩大，經過討論，我們決定「分批出版」，第一批十二本是由我精選的「影劇精華版」，然後，我們會陸續把六十多本出全。**看小說和戲劇不同，文字有文字的魅力，有讀者的想像力。希望我的讀者們，能夠閱讀、收藏、珍惜我這套好不容易「浴火重生」的書，它們都是經過千淬百煉、嘔心瀝血而生的精華！那樣，我這一生，才沒有遺憾！**

瓊瑤　寫於可園

二〇一七年十一月十日

# 63

雪如被緊急送回她的臥房，躺在床榻上，吟霜還穿著胸前有血點的衣服，在雪如床邊幫雪如扎針，秦媽在一邊侍候著。

剛剛醒轉的雪如，眼光直愣愣的看著吟霜，滿心被憐惜的情緒牢牢的鎖住，掙扎的說：「妳還來照顧我？妳胸口的傷也沒治一下！那麼一大把針，就這樣扎下去！一定痛死了吧？別管我了，娘陪妳回畫梅軒，先治妳的傷吧！」說著，就要起身。

「娘，別動別動，您身上還插著針呢！我沒事，這銀針插不深，只是一點皮肉傷，娘放心！」憂心的說：「倒是娘的身體，讓吟霜有點擔心，脈象不穩，好像受到很大刺激！」就安慰雪如道：「娘，放寬心，別為公主、皓禎和我的事傷腦筋！影響了娘的身體，我和皓禎都會很不安！」

吟霜說著，就去拔針，拔完針，從藥箱裡拿出藥包，交給秦媽。

「秦媽，這藥趕快去熬，要熬一個時辰，然後給娘喝了，我再去配藥，會讓香綺送過來，現在我得趕去公主院，看看公主好一點沒有？」

秦媽接過藥包，著急的說：

「吟霜夫人，妳就別管那公主了！她真的很可怕，妳離開她遠一點吧！這藥我馬上去熬！」

雪如一聽吟霜還要趕去公主院，不禁大急，一把就握住了吟霜的手腕，急切的說：

「別去公主院，趕緊去治療妳自己！答應娘，離開公主院遠遠的，最好再也不要進去！皓禎呢？他怎麼不來陪著妳？」

「皓禎還在公主院，不知道公主是不是還在發瘋？」

❖

現在的蘭馨，不大喊大鬧了，她坐在地上，雙手抱著膝，瑟縮在屋角哭泣。崔諭娘和宮女們試圖把她從地上拉起來。皓禎、寄南、靈兒、漢陽都圍著她。崔諭娘輕言細語的說道：

「公主，您肯定累了！您先去房裡躺著好嗎？」

「我不要躺著，如果我睡著了，白狐會來霸佔我的身體，把我變成白狐，我不要成為狐群裡的一個！」蘭馨啜泣著說。

漢陽忍不住對蘭馨誠摯的說道：

「公主，不要再相信那個清風道長的胡說八道了！昨天我們兵分四路，去徹查清風道長抓妖的案例，他沒有成功的逼出任何妖孽的原形，還逼瘋了很多人！妳，也是清風道長的受害人！」

蘭馨抬眼可憐兮兮的看著漢陽：

「可是……他是對吟霜作法呀！」

「因為吟霜是人，他逼不出什麼狐狸的原形，他就灌輸妳狐狸附身的理論，灌輸妳袁家全部被附身的說法，讓妳逃避到妖言裡去！結果，他害了妳！」漢陽肯定的說。

皓禎也誠摯的開口：

「蘭馨，妳醒醒吧！吟霜如果是狐仙，她早就反擊了，還會連妳突擊她那一把銀針都閃不開嗎？她一心一意要幫妳，一心一意要討好妳，甚至當妳的丫頭她都不在乎！是妳一直抗拒她，一直冤枉她是妖魔！」

蘭馨哭著，抱著頭，恐懼的說：

「不是的！我親眼看到，好多好多白狐的眼睛！」

靈兒受不了，衝上前來痛罵：

「妳這個刁蠻公主，我對妳一點好印象都沒有！但是幾次和妳交手，覺得妳還有幾分霸氣！現在這個哭哭啼啼，怕鬼又怕狐的公主，簡直像個沒出息的小媳婦！」摔摔袖子，輕蔑的說：「什麼公主，不過如此！」

「那些狐狸眼睛可能都是妳的幻覺，總之，妳趕快振作起來，變成原來那個霸氣公主吧！」寄南也勸著。

蘭馨仍然哭著，一點霸氣都沒有了。在崔諭娘和宮女的攙扶下，站了起來。皓禎心繫吟霜和雪如，對漢陽、寄南、靈兒說道：

「你們陪陪她，開導開導她吧！我要去看看吟霜和我娘，不知道那一大把銀針會傷成怎樣？吟霜每次受傷總是咬著牙不說！」

皓禎就往門外走，誰知，蘭馨忽然衝了過來，抓了一個銅獸香爐，就對皓禎的後腦砸去，怒罵：

「吟霜！吟霜！你心裡只有吟霜！」

寄南飛快的一擋，把香爐打落在地上，大怒：

「蘭馨！大家都在這裡陪著妳，伯母暈倒，吟霜受傷，皓禎都留在這兒照顧妳，妳卻想砸死他？」

「我砸死他！我就想砸死他！」蘭馨叫，抓了桌上的木劍，又對皓禎刺了過來：「這是你送我的木劍，我就用它殺了你！」

「妳敢！現在妳不是黑心公主！妳是瘋狂公主！來呀！」靈兒攔在前面，抓了一條給蘭馨擦拭的白布，就揮舞著纏住木劍：「打呀！跟我打呀！」

靈兒和蘭馨就拉扯著木劍，兩人都又叫又喊的。漢陽一看蘭馨又發作了，本能的上前，從蘭馨身後，一把抱住了她。他不會武功，只是死命抱住，然後在她耳邊說道：

「妳一直在害怕有怪物，有白狐！那……我考妳一個題目，什麼東西有五個頭，卻不是怪物呢？」

蘭馨一怔，驟然安靜了，回頭看著抱著她的漢陽。

「有這個東西嗎？」

「有有有！一定有！確實有！比妳那個『偷笑』合理多了！」

「我……不知道！是什麼？」蘭馨思索著。

「手指頭！腳趾頭！」漢陽回答。

蘭馨想著，回頭看漢陽，嫣然一笑。

所有的人，看到蘭馨這一笑，全部傻了。還沒離開的皓禎，尤其震撼。

❖

伍震榮實在沒有料到，太子竟會公然出現在榮王府，用一張假聖旨，調開他注意力，再從練武場，輕鬆的劫走了青蘿。青蘿在他眼裡，根本無足輕重，但是，太子這次成功劫人，卻大大打擊了他。這天，從四王想到青蘿，越想越氣，惱怒的對著項麒、項魁吼道：

「我們最近的氣勢到哪兒去了？大事小事，全體被太子幫破功！這樣下去，我們還能幹大事嗎？我忍不住了！我立刻就要出手！」

「爹！大時機還沒到，我們必須等到所有力量都成熟的時候，才能一鼓作氣，拿下這片江山！小不忍則亂大謀！」項麒深謀遠慮的說道。

「就算大時機沒到，現在是小時機，我們也不能輸給太子幫吧！」項魁吼。

項麒在室內走了幾步，眼珠一轉，忽然說道：

「爹，我們先把長安城弄個風聲鶴唳如何？」

「如何風聲鶴唳？」伍震榮眼睛一亮問。

「恐怕爹要先去皇上那兒備案！」項麒就靠近震榮，交頭接耳。

於是，伍震榮帶著項魁進宮，也不請見，直接就去了御書房。皇上正和太子談著什麼，在衛士「榮王到」的通報聲中，兩人大步衝進門來，皇上和太子都嚇了一跳。

伍震榮大聲喊道：

「陛下！最近臣接到密報，長安城即將被亂黨攻佔！」

皇上一驚起立，打翻了茶杯，茶水灑了一地。

「什麼？亂黨？哪兒來的亂黨？」皇上驚問。

「亂黨各朝各代都有，亂黨此刻潛伏在每個角落，時時刻刻想謀奪本朝江山！」伍震榮一語驚人。

「難道在京城長安，也有亂黨？」皇上疑惑。

項魁義憤填膺的喊道：

「微臣請命去察明亂黨，為朝廷除害！」

太子和伍震榮，迅速交換了一瞥，兩人眼中，都有火光在交戰。太子正色一喊：

「榮王不要小題大作！如果有亂黨線索，也該交給大理寺去察明回報，現在只是道聽塗說，如果滿城抓亂黨，豈不是打擾了安居樂業的良民！」

「陛下！」伍震榮緊急的說：「亂黨萬一勾結成氣，一夜之間，就會造成天下大亂！前朝的例子就是這樣，長安是京城，萬一長安淪陷……」

「長安淪陷？會有這麼嚴重嗎？」皇上驚嚇。

「父皇不要擔心！如果有亂黨，交給孩兒就是！」太子說：「孩兒立刻帶著大理寺丞去明查暗訪一番！」

伍震榮故意著急關切的急喊：

「太子，您是將來要即大位的人，怎能暴露在亂黨的面前！您和陛下，就是亂黨的目標！千萬要為我朝社稷保重呀！」

「就是就是！」伍震榮一句話就說中皇上最大的恐懼，立刻說道：「啟望，你不許再鋌而走險！如果長安有亂黨，就交給項魁去辦吧！」

太子激動的對皇上說道：

「伍項魁是羽林左監，又不是大理寺的官員，師出無名！還是交給漢陽去辦吧！那漢陽也是右宰相的兒子，雖然不妥，總是好過伍項魁！」

伍震榮誇張的說：

「抓亂黨一刻也不能耽誤，漢陽辦事太古板太慢，不適合此案！」

「那就讓項魁和大理寺卿陳大人一起辦吧！」皇上一急，脫口而出。

「微臣遵命！」項魁大聲說道。

「父皇！」太子急喊：「如果根本沒有亂黨，豈不是多此一舉？萬萬不可捕風捉影，鬧得滿城不安！」

「陛下，寧可信其有，不可信其無呀！這關係我朝江山和皇室整個的安危！總之，這事項魁會要負起責任，千萬不能讓太子涉險！」伍震榮說道。

伍震榮說完，帶著項魁就匆匆而去。

太子滿眼憤怒，對皇上說道：

「榮王在打什麼算盤，希望父皇了然於心！」堅定的說：「這事，孩兒絕對不會置身事外！孩兒告辭！」

皇上心亂如麻，著急喊著：

「太子！啟望！孩子！你你……不許去危險的地方！知道嗎？」

太子早已快步出門去了。

❖

長安城為此幾乎立即陷進了一場大混亂裡。

伍項魁領著一群羽林軍在大街上粗魯的抓走一個小販。小販跪地求饒：

「大人，我不是亂黨呀！我只是一個平民小老百姓，大人，你抓錯人啦！大人！」

項魁用力踢向小販：

「你有什麼廢話，到大理寺去說！」對衛士大喊：「帶走！」

伍項魁一行官兵，又從店舖裡蠻力的拉出了一個壯丁，壯丁妻子倉皇追出來哭喊，緊抓著壯丁不放。壯丁急促掙扎喊：

「我不是亂黨，我不是亂黨！」回頭對妻子交代：「娘子，妳放心，我不是亂黨，妳快回去，好好照顧孩子！」

伍項魁一行官兵，再從市集拉出一個肉販，肉販不從逃跑。項魁對衛士大喊：

「抓住他！快抓住他！想逃跑就是心虛，快抓住那個亂黨！」

不一會兒，伍項魁的官兵制伏了肉販，將肉販頭壓在地上。肉販掙扎的說：

「我不是亂黨，你們憑什麼抓我！我不是亂黨！」

項魁惡狠狠的踩著肉販的臉：

「誰會承認自己是亂黨，只有抓回去逼供再說！」對官兵指示：「朝廷有令，抓拿亂黨的原則就是，寧可錯殺一百，也不能縱放一個！把一干人犯通通帶走！」

伍項魁便帶著官兵在長安四處抓亂黨嫌疑人。

街道暗處，太子帶著鄧勇和便衣衛士，暗暗冷眼看著。

這樣的大事，皓禎和寄南全部被驚動，飛奔到太子府，在密室中和太子相會。太子著急的說道：

「顯然這個伍震榮，弄丟了四王，又損失了伍家人，幾次失利之後，現在狗急跳牆，想把長安城弄得雞飛狗跳，我們可不能讓他得逞！」

「我就怕他這麼一鬧，會危及我們天元通寶的根據地，也會讓很多兄弟暴露身分！」皓禎擔憂的說：「最近我家也是多事……」看太子：「你那了不起的妹妹蘭馨，把我家弄得一團亂！我快要分身乏術了！」

寄南同情的看皓禎：

「蘭馨的事總會解決，眼前這個亂黨事件才是大事！啟望，你最好就待在太子府，千萬不要跟著我們行動！那伍震榮有句話倒是說對了，你是以後即大位的人，冒險的事，就交給我和皓禎吧！」

「笑話！」太子眼睛一瞪：「本太子何時怕過冒險？搶金子，找皇后，跟伍家人正面衝突打架，我比你們還有經驗呢！我怎麼可能缺席？」

門上傳來輕扣，青蘿拿著托盤和點心，送進門來，恭敬的說：

「青蘿見過少將軍，見過竇王爺，茶和點心在這兒。大家繼續談，青蘿不打擾了。」

青蘿說完，就微笑著退出門去。寄南驚奇的問：

「青蘿幾時回來的？」

太子若無其事的回答：

「她回來和她弟弟秋峰團圓！」

「她弟弟秋峰？」皓禎驚呼：「你把他從伍家人那兒救出來了嗎？」

「是！從一家規模很大的鐵舖場裡救出來的，青蘿則是從榮王府那練武場裡救出來的！你們都忙得看不到人影，我只好自己動手！」

寄南一拳打向太子胸口，氣極敗壞喊道：

「你竟敢單獨行動！兄弟是做什麼用的，你不知道嗎？」

「我這才知道，長安城為什麼鬧出亂黨事件！」皓禎點頭，拍拍太子的肩：「你厲害，皓禎服了你！言歸正傳，這長安亂黨，會演變成什麼狀況，我們反正無法袖手旁觀！寄南，你好好盯著天元通寶的據點！」

「我會盯著那個伍項魁！」太子氣憤的說：「奇怪，這個打不死的草包，居然還能當上羽林左監！讓羽林軍滿街橫行，公然和本太子作對！」

「我還得盯住我那斷袖小廝，隨時會給我惹出麻煩！」寄南想著靈兒對漢陽的崇拜，煩惱道：「我也分身乏術呀！」

「你們都分身乏術，就讓我一個來對付吧！」太子豪氣的說。

皓禎和寄南異口同聲大喊：

「你敢！」

「那麼，我們分工合作，隨時彼此報告情況。」皓禎說：「寄南，你盯著我們的據點，千萬不能讓伍家人發現天元通寶。看看他們是要大幹還是小鬧？大幹，恐怕東宮十衛都要出動，我爹的左驍衛也得出動，弄不好，就是皇上最怕的一場內戰。」

「內戰必須避免！」太子堅定的說：「我們都見機行事吧。據我想，他們還不敢大幹，到底我們軍力雄厚，十六衛雖然不是每一衛都忠心，起碼有十衛控制在我們手裡。大幹，他們會全軍覆沒！」

「所以……」皓禎說：「他們只能小鬧，頂多把長安城弄得雞飛狗跳而已！我們也別太緊張，生活照舊，隨時刺探軍情，就這麼辦吧！」

「那就各就各位！」寄南說：「非常時期，我也顧不得靈兒了！希望她在宰相府裡，不要給我出紕漏！」

寄南幾個晚上都沒回宰相府，靈兒心浮氣躁，坐立不安。這晚，看到方世廷與漢陽在書房凝重的談話，靈兒在旁邊假裝整理書卷、裁紙，豎起耳朵監聽。

「最近伍項魁帶著羽林軍在長安城到處抓拿亂黨，鬧得百姓人心惶惶！爹，為何這次沒有把這個案子交給我，反而越級交給大理寺卿陳大人呢？」漢陽著急的說。

「你還好意思問？」世廷洩氣的說：「你看看幾次榮王親自來找你辦案，結果你這死腦筋不開竅，總不順他的意思，辦案溫溫吞吞，毫無效率。」

「爹，辦案不應該僅僅講究效率，還必須兼顧情理法，對涉案者一律公平正義才行！漢陽不希望在自己的手中製造冤獄！」

「這就是你死腦筋的地方，你堅持的是理想，情理法也要兼顧現實！」世廷一嘆：「唉，算了！這回抓拿亂黨交給伍項魁和陳大人也好。咱們宰相府落得清閒，省得去蹚渾水，這事你也不要過問，爹累了，先休息去。」

靈兒一見方世廷離開，湊近漢陽身邊，急切的問：

「朝廷在到處抓亂黨？這事……咱們不插手嗎？」

「怎麼插手？」漢陽冷靜的說：「案子在別人手上！」叮囑靈兒：「最近長安街上很不安寧，你沒事也少出門！對了，怎麼一個晚上都沒見到寄南？他上哪去了？」

靈兒生氣，用力對矮桌插下裁紙刀：

「說到這個竇王爺我就生氣！自從上次從皓禎那兒回來到現在，已經好幾個晚上都不在家，也不知道到哪裡去鬼混了！」內心焦急，心中在咬牙暗語：「竇寄南！你死哪去了？出大事了還不快回來！」

漢陽看一眼心事重重的靈兒，繼續低頭審公文，平靜的說：

「天下男人還能到哪裡鬼混，難道你不清楚嗎？」

「啊！對啊！」靈兒裝傻：「我們是男人……男人不都喜歡去……尋花問柳嗎？」

「嗯，所以寄南這大爺們，八成又去找他的老相好……也說不定。」

「哦？大人說的是歌坊裡的小白菜？」靈兒恍然大悟，一想，最近沒說要聚會呀！他會去歌坊嗎？忽然著急起來：「大人，我看……我還是出門去找我家那個傻傻的竇王爺吧！你早點休息！啊！」

靈兒說完就慌張的想開溜，漢陽大喊阻止：

「裘兒，現在外面風聲鶴唳，又這麼晚了，你一個人不要去！」豪爽的說：「要去，本官陪你一起去！」

「啊！大人一起去？」靈兒一驚。

❖

漢陽換了普通商賈的便裝，兩人還真的一起去了歌坊。夜色裡，歌坊大門口，依舊燈燭輝煌，熱熱鬧鬧，賓客不斷的出出入入。漢陽和靈兒踏進了歌坊大廳。靈兒對漢陽疑惑的問：

「大人，你不是不喜歡來這種鶯鶯燕燕的是非之地嗎？」

漢陽看著大廳眾多賓客，直爽的說：

「有什麼辦法？誰叫本官另一個辦案助手到現在夜不歸營，令人操心呢！快找找，看寄南在不在這兒？」

小白菜迎向了靈兒和漢陽，驚訝的說：

「這位客官貴姓？」招呼漢陽：「第一次來吧！客官請坐！請坐！」

小白菜與靈兒兩人交換眼光。僕人招呼漢陽入座，姹紫嫣紅的姑娘，前來斟茶倒水。小白菜趁機拉著靈兒到一邊說話：

「這個人是誰？帶來沒問題嗎？」

「我問妳，賨王爺來妳這兒了嗎？」靈兒答非所問，盯著小白菜。

小白菜不自在的摸摸散落的頭髮。靈兒明白了。

「他果然來妳這兒！今天不是來開會？是來會妳這個老相好？」

「你今天怎麼了？你不是王爺的小廝嗎？說話這麼不客氣？」小白菜疑惑的問。

「他在哪兒？我找他有事！」靈兒看看樓上的廂房，就拋開小白菜，帶著火氣衝向樓上，直奔那些廂房而去。

到了廂房門口，靈兒什麼都不管，一間間撞開門找著。小白菜追上樓，阻止靈兒：

「裘兒，你不要這樣影響我做生意啊！」

在一間廂房裡，寄南左擁右抱著兩個歌女在喝酒，第三個歌女正在對著寄南丟花生。寄南就醉醺醺的抱著歌女，用嘴去接花生，另外兩個歌女也用嘴去搶，幾個人笑得嘻嘻哈哈。

靈兒一腳踢開房門，目睹了寄南正在親著歌女的臉頰，氣得全身快冒煙。

寄南見到靈兒突如其來，一震起身。小白菜對寄南使眼色，寄南揮揮手，暗示她離開，再不可思議的看著靈兒問：

「妳……妳怎麼跑來了？」

「怎麼？這個地方只有你能來？我就不能來？」靈兒負氣的問。

寄南滿身酒氣走近靈兒，搭著靈兒肩膀，嘻皮笑臉說：

「來就來嘛！幹嘛也把火氣帶來？該讓吟霜給妳開個降火氣的藥！」

靈兒氣得甩開寄南的手，厲聲說道：

「把你的髒手拿開！原來你這幾天晚上都是在這裡逍遙？你還有心情喝酒？你知道外面發生了什麼事情嗎？」

「發生什麼事情，妳告訴我就好！是東市著火了？還是西市？」寄南笑著問。

「原來你這王爺也只不過如此！」靈兒忿忿的說：「滿嘴的大仁大義，結果還是跟天下的男人一樣，只會沉迷酒色！」

「喂！裘兒，妳別忘了妳現在是什麼身分！」寄南嘻笑著說，似乎喝醉又似乎清醒的：「咱們現在是男人！男人！」一想，恍然大悟：「哦！我知道了，妳氣我沒帶妳出來喝酒是嗎？」拿起酒杯：「來來來！我罰酒！罰我喝三杯！哈哈哈！」

寄南帶著醉意倒酒，又灌了自己一口。靈兒氣得看不下去，搶下寄南的酒杯，潑灑在寄南的臉上，大吼：

「你喝吧！你就在這喝死算了！今天我總算認清楚了你！」

靈兒氣得奪門而出。寄南被潑了滿臉的酒，歌女們忙著拿帕子擦著寄南的臉，寄南搖搖頭，醒醒神追了出去，喊著：

「裘兒！妳等等呀！」

靈兒從樓上奔到樓下大廳，寄南追了過來，喊著：

「裘兒，妳生什麼氣呀！妳等等啊！」突然撞到了漢陽，大驚：「咦？漢陽大人也來了？」

「你果然來這喝酒，唉，你這放蕩不羈的個性，問題還真不少。斷袖病沒治好，又來這種場所拈花惹草。」漢陽瞪著寄南說。

「漢陽大人，咱們回去吧！」靈兒負氣的說：「以後我不是竇王爺的小廝，從明天起，我裘兒，既是漢陽大人的助手，也是你的小廝！就這麼說定了！」

「什麼就這麼說定了？本王不准！」寄南喊。

突然大門口一陣喧嘩，歌坊幾個門衛被摔進屋裡來，撞得人仰馬翻，也撞得各個酒桌乒乒乓乓，摔得亂七八糟。賓客與陪酒歌女們驚嚇，尖叫逃竄。小白菜見狀一驚，奔向門口，大喊：

「是什麼人敢來我的地盤撒野？」

伍項魁在眾多羽林軍護送下，大搖大擺的踏入歌坊。靈兒、寄南、漢陽見到伍項魁出現歌坊都警覺起來。靈兒本能的藏在寄南身後。伍項魁對眾人大吼：

「哪一個是小白菜？把她揪出來！」

小白菜和寄南交換一眼，笑容可掬的面對伍項魁，從容應付：

「哎喲，哪一家這麼氣派的官爺，今夜光臨我們這個小歌坊。」喊著：「姑娘們，快出來招呼各位官爺呀！」

「放肆！」伍項魁大吼：「本官今天奉令來捉拿亂黨！」盯著小白菜：「妳就是歌坊掌櫃小白菜吧？來人啊！把她抓起來，帶走！」

「什麼？」小白菜慌張：「什麼是亂黨？民女不懂啊！」情急跪下喊冤：「大人，大人，你們抓錯人了！民女清清白白經營這家歌坊很多年了，民女不是亂黨呀！」

「是不是亂黨，跟本官去一趟大理寺就明白了！把她帶走！」伍項魁命令著。

靈兒對這突如其來的局勢驟變，忘了與寄南嘔氣，急死了，向漢陽求救：

「她怎麼可能是亂黨，漢陽大人，你快救救小白菜呀！」

「她是我的老相好，怎麼可能是亂黨！」寄南著急著想出頭：「我去找伍項魁理論！」

「萬萬不可！」漢陽攔住寄南：「現在伍項魁不管有證據、沒證據，只要有一點嫌疑就抓人，你們兩個最好都不要插手，否則牽連下去會不可收拾！先讓他們把小白菜帶走，明日再想辦法。」

「還等明日？人都抓走了還能活命嗎？」靈兒和寄南異口同聲，急切的問。

「大理寺畢竟還是我的地盤，你們放心吧！」漢陽輕聲說，沉著的看著。

小白菜對靈兒和寄南投來求救的一瞥，便被粗魯的帶走了。

❖

這晚，伍項魁可得意了，對著伍震榮揚眉吐氣的說道：

「爹，一切都按你指示的計畫進行了。有嫌疑沒嫌疑，通通抓進了大理寺的大牢。現在長安城風聲鶴唳，百姓人心惶惶！這下應該給那些和咱們作對的人一個下馬威了吧！」

「很好！」伍震榮笑：「本王就是要營造出這種動蕩不安、山雨欲來的氣氛，讓百姓活在草木皆兵的恐懼裡。哈哈哈！有罪無罪，通通給他們加個亂黨的名義，看看那些劫四王，殺我親人的混蛋，還敢不敢輕舉妄動！」

「這麼說『萬把鐮刀』通通沒用了！」

「這只是第一步，追查這『萬把鐮刀』的首領，才是我們最大的目標！」

「那首領，不就是太子嗎？」

「不見得！太子太年輕，很多事情，絕對不是他們那三個太子黨做得出來的，他們後面還藏著更厲害的謀士！或者藏著很多謀士，這些謀士，比太子可怕多了！」

「啊？」伍項魁瞪大眼：「那要去哪兒找？」

伍震榮深沉的思考著。

# 64

靈兒氣呼呼的回到宰相府，踏進廂房。寄南追著靈兒進屋，著急的說：

「妳把話說清楚，妳到底在生什麼氣？回來一路上都不跟我講話！」

靈兒就走進臥房，去收拾自己的衣物：

「我說過了，我已經不是你的小廝，和你也沒什麼好說的！現在你的老相好小白菜被抓走了，你應該去著急她，不是我！」

「是，小白菜的事情我應該著急！但是怎麼急也是明天白天的事情，妳的事情，是現在的事，咱們有什麼不痛快，就把話說清楚……」吼著：「不要讓我糊裡糊塗！」

靈兒丟下衣服，生氣的說：

「你知道長安城多少無辜的百姓，都被扣了亂黨的帽子，抓進去大牢了嗎？結果你不保護老百姓，倒反而跑去找老相好恩愛敘舊！」

「我去歌坊找她是因為……」寄南想解釋。

「好啦！」靈兒打斷：「老相好這下有難了，你不著急她，倒先來找我吵架！你這男人怎麼就這麼混帳，三心二意，不分輕重，小白菜要是送了命，我都為她不值！」

「小白菜！小白菜！妳氣我瞞著妳去找小白菜沒告訴妳，是不是？」

「我又不是你的誰？我管得著你嗎？」靈兒嘴硬，不想承認。

「是啊！既然妳什麼都不是，那妳還對我發那麼大脾氣，還在那麼多姑娘面前，對我潑酒，妳太過分了！從來沒人敢對本王爺那麼無禮！妳是第一個！」

靈兒轉身向寄南發怒：

「第一個怎麼啦？難道你想把我砍頭嗎？」

「妳今天真的有病！像個小姑娘一樣，蠻橫無禮、撒潑耍賴！妳能不能安靜的聽我把話講完？」

「反正你也承認我什麼都不是，今後你愛幹嘛就幹嘛！我和你一刀兩斷，井水不犯河水！」靈兒收拾好包袱，拿起包袱往外走。

寄南快速的關上房門，堵在門口，生氣的說：

「妳現在給我一個字一個字聽清楚。」低語：「前幾天太子就找了我和皓禎，說起伍震榮要抓亂黨的事，木鳶也來報，說歌坊可能已經暴露，為了保護我們好不容易建立起來的據點，我天天混在歌坊裡勘察，保護所有弟兄姊妹安全！皓禎還要應付蘭馨，他也不方便混在這女人堆裡！」

「既然是我們大家的大事，為何不帶著我？」

「妳今晚親眼也看到了，這次行動是伍項魁為首，為了妳的安全著想，絕對要避免和他打照面，萬一他認出了妳，再傳到皇上那兒，我們可是欺君之罪，死路一條！為了不讓妳陷入危險，所以我自己行動！這樣妳聽清楚了沒有？」

「那……那你也可以事先和我打聲招呼呀！何必讓人搞得誤會重重？」

「今晚誤會重重，誤得好啊！我終於知道妳袭靈兒，吃醋起來原來是這麼潑辣！」寄南忽然笑了。

靈兒惱羞成怒，用包袱丟寄南：

「誰說我吃醋，你是聽不懂人話是嗎？」

寄南接住包袱，嘻笑：

「妳啊！死鴨子嘴硬，說的當然不是人話！」耍弄著包袱：「妳以後不要動不動生氣，就把離家出走這一套搬出來！很丟人妳知不知道！」

「喂！竇寄南，你是欠揍嗎？還想跟我抬槓？」靈兒忍不住還是問：「你跟小白菜是真的老相好？你們在一起多久了？」

有人敲門，兩人住了嘴。寄南打開門，漢陽大步走了進來，看著二人，正色說道：

「剛剛讓你們先回來，本官火速去了一趟大理寺大牢，了解了一些情況，也已經安排我的人，看好小白菜，所以今晚小白菜是安全的，這點你們可以放心。不過有個不好的消息……」

「什麼不好的消息？」寄南問。

「明天一干人犯要在朱雀大街公開嚴刑審問！」

「嚴刑審問？」寄南和靈兒驚喊。

❖

長安城裡人心惶惶，雞犬不寧。在公主院裡的蘭馨，依舊過著她渾渾噩噩的日子。這天一早，她就無精打采，因為頭疼而揉著鬢角。崔諭娘端來一碗人參湯，說道：

「公主昨晚又沒睡好，來，喝了這碗人參茶補補精神。」

「我這幾天昏昏沉沉的，現在是什麼時辰了？天快黑了吧？」蘭馨順從的喝著問。

「公主，現在大白天都已時了，一會兒我們到院子裡走走！」

「都已時了，那皓禎也出門上朝去了？」蘭馨喃喃自語。

「今天莫尚宮奉皇后之命要來探望公主，您忘了呀？」崔諭娘說：「大將軍和駙馬爺都沒上朝，等著莫尚宮來呢！」

「哦！我還真忘了！」蘭馨感覺身子發冷：「唉！咱們這屋子是不是特別冷？一點人氣都沒有，等一下讓宮女把我們屋子弄暖和一點，布置得熱鬧一點！」突然脾氣又暴躁起來：「我不喜歡我的屋子，像現在這樣陰森森的，好像到處可以看到狐狸眼睛！」

「好的，好的！公主別怕，別急，我一會兒就讓他們去辦！」崔諭娘安撫：「您快把這人參茶趁熱喝了吧！」

過了沒多久，莫尚宮就大陣仗的來了！帶著一群宮女和衛士，進入將軍府的客廳。兩個宮女小心翼翼，捧著御賜禮盒跟在後面。

柏凱帶著所有家眷迎接莫尚宮，皓禎、吟霜等人都在。莫尚宮恭敬的行禮：

「奴婢叩見大將軍，大將軍萬福，夫人金安！」

「莫尚宮免禮！想必今日是受皇后的旨意前來將軍府，不知有何貴事？」柏凱問。

蘭馨面容蒼白憔悴的來到大廳。莫尚宮一見蘭馨，立刻請安：

「奴婢叩見蘭馨公主，公主金安！」

「是母后要妳來的嗎？」蘭馨無精打采的坐下：「妳回去跟她說，本公主很好，有空會回宮去向父皇和母后請安！請他們不要擔心！」

「公主面容如此憔悴，怎麼會很好呢？」莫尚宮心疼的說：「皇后聽說公主每天夜裡多夢睡不好，今天特地派奴婢來，為公主送上御賜的天山雪蓮！」

兩名宮女上前，把手裡捧著的錦盒放到大廳的桌上。雪如歉意的說：

「唉！將軍府沒把公主照顧好，還讓皇后如此費心，真是罪加一等！」

莫尚宮轉向雪如和吟霜等人：

「夫人言重了，皇后只是思女心切，對公主多些關懷，沒有責怪將軍府的意思。而且皇后慈悲為懷，寬宏大量，對駙馬爺的如夫人，也視如己出，今日也御賜了和公主一模一樣的天山雪蓮。」

莫尚宮打開桌上兩個錦盒蓋，錦盒裡各放著一盅補品。

「啊！皇后也御賜給吟霜？」皓禎驚訝。

「皇后如此用心疼惜我兩個兒媳，柏凱代表將軍府向皇后謝恩！」柏凱說。

吟霜老實誠懇的跪下謝恩：

「吟霜何德何能，居然能得到皇后如此恩澤，吟霜感激不盡！」磕頭起身。

皓禎滿臉懷疑，對吟霜低語：

「妳別著急謝恩！這事情我覺得古怪！」

「唉！」皓祥一笑：「有些人生來命好，連皇后如此尊貴的人物，都還要給他三分顏色，可惜有人身在福中不知福，竟敢懷疑皇后的好意！嘖嘖嘖！」

「聽說這天山雪蓮非常珍貴，好多年採集才能燉這樣一盅湯，吟霜果然有福氣，雖然只是個如夫人，也能喝到一盅，我當了一輩子如夫人，也沒這樣的待遇！」翩翩說。

話說中，莫尚宮將其中一盅端給了蘭馨，另一盅端給了吟霜。

「都說本公主處處疑神疑鬼，看來駙馬爺也有這個毛病，既然你覺得母后的善意古怪，那麼我這一盅就和吟霜交換吧！」蘭馨端起吟霜那一盅，大口的喝下。

吟霜看到蘭馨已經喝下，也端起御品準備喝時，被皓禎一把搶下。皓禎快速說著：

「吟霜天天製藥嚐百草，不能亂吃東西，怕與食物相剋，我代吟霜喝下吧！天山雪蓮如此珍貴，別浪費了！」皓禎便在眾目睽睽下，喝下了莫尚宮送來的雪蓮。

莫尚宮身子一動，無法阻止，大驚失色說道：

「哎呀！駙馬爺，您怎麼喝了？」

「反正天山雪蓮補氣養生，誰喝都一樣！皓禎在此向皇后謝恩！」皓禎喝完一笑。

崔諭娘和莫尚宮兩人，驚訝傻眼的互視一眼。

喝完御賜補品，皓禎和吟霜回到畫梅軒，皓禎對臉色不悅的吟霜眨眼睛。

「幹嘛氣嘟嘟的？我哪裡惹妳不開心？」皓禎問。

「你為什麼要喝了皇后送來的補品？就算真有事情，也是應該我來承受，你這樣讓我很擔心！」

「妳喝了我才擔心呢！皇后一向心狠手辣，哪是寬宏大量的人，萬一真的不安好心，給妳喝了什麼壞東西，到時候誰能救妳呢？」

「可是……」吟霜才開口，就被皓禎用手堵住嘴。

「可是……如果是由我來喝下它，就算是毒，妳是神醫，妳能救我呀！是不是？所以在危急的時候，就要想清楚，先保誰的命比較重要！這個道理妳明白了吧！」

「反正你說什都有你的道理，我辯不過你！」吟霜嘆息憂心：「那你現在身體感覺怎樣？有沒有不舒服的地方？胃裡會痛嗎？舌頭吐出來給我看看！」

皓禎就吐出舌頭給她看。

「現在看不出什麼異狀，不過，你如果有任何不舒服，都趕快告訴我。」擔心的：「莫尚宮把喝完的盅都帶走了，要不然可以研究一下盅裡剩下的湯。」

皓禎神清氣爽，故意甩弄雙手肩膀。

「看來是我們多疑，蘭馨不是自己也喝了嗎？而且還跟妳那一盅交換了，我想我錯怪了皇后，我身體現在感覺好得不得了。」

「那這樣我就放心了！」突然一想，壓低聲音：「小白菜被抓了，咱們有沒有辦法把她營救出來？她可是我們重要的成員之一，不能放棄。」

皓禎神情嚴肅：

「當然不能放棄，我現在正準備趕到朱雀大街去！他們要在廣場上公開審問人犯。我猜寄南、靈兒都在那兒。妳在家，不要到處亂跑，也不要靠近公主院！不管莫尚宮還是崔諭娘，傳給妳任何消息，妳都別聽！千萬千萬不要去公主院！」

「我知道，救人要緊，你快去吧！」

皓禎不放心的看一眼吟霜，轉身出門而去。

❖

朱雀大街上人群攢動。

許多亂黨人犯穿著囚衣，被鐵鍊綁成一大串，從長安大街一路遊行到朱雀大街。衙役囚惡的鞭打著人犯往前走，人犯哀叫的哀叫，喊冤的喊冤，呼喊之聲此起彼落：

「我不是亂黨！冤枉啊！我不是亂黨！」

老百姓有的掩著門窗在觀望，大膽的就在街上觀望。眾人犯被押到朱雀大街廣場，那兒已聚集了一些勇敢觀望的老百姓。廣場上設有三套審判官坐的矮桌椅，伍項魁和兩位大理寺的官員已就座。

一旁還放著許多刑具，有盆熊熊烈火，烈火中燒著好幾把火鉗。

廣場一角的人群中，太子便裝，和皓禎、漢陽、寄南、靈兒躲於暗處觀望。審判官前，所有人犯跪坐一地。小白菜背上被綁著荊棘，也跪在人群中。

伍項魁對著人犯大喊：

「今天你們各個如實招來，如何接觸亂黨？如何參與亂黨行動，如何製造百姓不安！還有……你們的頭目是誰？通通給本官招出來！否則你們就等著大刑侍候！來人，帶上王東發！」

一個六十歲左右、面目忠厚老實的人被拉了出來。伍項魁大吼一聲：

「王東發，你如何當上亂黨的？從實招來！」

王東發嚇得發抖，痛喊：

「小民不是亂黨！冤枉啊，小民不是亂黨……」

「看來不用刑，你是不會招的！來人呀！給我打！」

兩個行刑人上前，用有鐵刺的鞭子，狠狠打在王東發身上。王東發的衣服碎裂，臉上頓時皮開肉綻，背上衣服裂開處，血跡斑斑，倒地痛叫著：

「大人饒命呀！大人說小民是什麼就是什麼，大人別打了！」

太子、皓禎等人看著，個個義憤填膺。太子氣憤至極的說：

「這是標準的『屈打成招』！難道那一串人，都要這樣定罪嗎？」

「小白菜也在那串人裡面！」皓禎心驚肉跳的說。

「再幾個人，就輪到小白菜了！她怎麼能承受這樣的鞭子？」寄南心痛著急。

「你們都比那伍項魁的地位高，趕快想辦法救小白菜呀！」靈兒低喊。

「哪有這樣辦案的？伍項魁想血洗長安城嗎？」漢陽氣得臉色發白。

太子忽然說道：

「裘兒說得對，我們幾個，還奈何不了一個伍項魁？皓禎、寄南，你們等在這兒，我去去就來！」

太子轉身，迅速的消失在人群之中。

❖

太子一陣風般的衝進皇上書房，把正在批示奏章的皇上嚇了一跳。太子急喊：

「曹安！趕緊幫皇上換上便衣，皇上要微服出巡一下！」

「啟望！你這是幹什麼？」皇上驚訝起身。

太子衝上前，就幫皇上解扣子，嘴裡嚷嚷著：

「十萬火急！十萬火急！父皇，您必須馬上去朱雀大街廣場，看看您的百姓和您的官員在做些什麼？」大喊：「曹安！你還不來幫忙！趕緊把皇上的便服拿來！還要傳旨，讓皇上的貼身衛士，全部打扮成平民！跟我們一起走！快快快！馬上行動！」

「是是是！小的馬上行動！」曹安震驚奔跑著。

皇上被太子和湧上前來的太監們拉扯著換衣服，莫名其妙的喊：

「啟望，你有毛病嗎？你怎可拉著朕上街？」

「父皇陛下！」太子喊道：「坐在這座巍峨的皇宮裡，您永遠看不到皇宮外的風景！啟望現在帶父皇去看風景！」

❖

朱雀大街上，已經輪到小白菜了，小白菜背上被綁著荊棘，跪在廣場中央面對眾人。伍項魁厲聲喊道：

「小白菜，妳經營歌坊，人來人往，交往複雜！說，妳是如何勾結上亂黨的？」

「民女沒有勾結亂黨！完全沒有！」小白菜喊冤：「大人請明察！加入亂黨是要砍頭的，民女貪生怕死，賺點辛苦錢過日子！怎麼會加入亂黨呢？大人冤枉啊！」

伍項魁拍桌大吼：

「據報近日有許多來自外地的陌生臉孔，出入妳的歌坊，這些是不是亂黨份子？」

「不是不是！他們是外地來的商隊，不是亂黨！大人，我的歌坊清清白白，沒有亂黨出入，大人，冤枉啊！」

「妳還否認？看來本官不對妳用刑，妳是不會乖乖招供的，來人！給她一點顏色瞧瞧！」

此時，皇上微服，被太子拉扯著穿過人群，來到皓禎、寄南、漢陽等人處。太子急忙問皓禎：

「多少人招了？」

「啟望，你居然……」皓禎驚看皇上，趕緊住口，看向皇上，指著一群上了腳鐐手銬的人：「那些人，全部都招了！」

寄南也看向皇上：

「這些都是伍大人抓來的亂黨！今天審到現在，沒有一個不招的！還有一大串在後面排隊呢！」

漢陽對皇上行禮：

「漢陽請皇上細看這審案的方式！」

皇上這才神色一凜，嚴肅的看過去。

衙役將小白菜推倒，小白菜仰著身子，背上的荊棘立刻刺痛了她，小白菜臉色慘白，隱忍著。但沒想到衙役用繩子拉著她在地上走，走一步荊棘就更深入刺入皮膚，或摩擦她的背部。小白菜開始求饒喊痛，衙役無情的拉著她不斷往前走，小白菜背部滴血，痛得淚流滿面，被拖行的沿路，滴滿了斑斑血跡。小白菜痛哭哀鳴：

「大人，我真的不是亂黨！大人饒命啊！大人！」

皓禎等人看得心驚肉跳。皓禎就憤然對皇上說道：

「伍項魁根本沒有任何證據！他的問話明擺的都是他個人臆測！他這是故意栽贓又嚴刑逼供！看看地上，那麼多血跡，都是一個個審判的結果！」

「什麼個人臆測？」太子對皇上痛楚的說：「這個沒腦子的草包伍項魁，就是仗著他爹的勢力，欺壓老百姓！我早就說過，伍家不除，百姓受苦！父皇！您睜大眼睛看呀！這種風景，孩兒常常看到，可是，父皇看不到呀！」

寄南握拳，壓抑心痛：

「這樣故意折磨小白菜，是想嚇死長安人嗎？」

「小白菜一定痛死了！漢陽大人，快救人啊！小白菜會被弄死的！」靈兒喊。

「如果這案子在我手裡，我絕對不會如此欺壓無辜百姓，公開嚴刑逼供已經是犯法了！」

漢陽看皇上。皇上臉色鐵青。

刑場伍項魁拿著一個燒紅的火鉗，對著小白菜的臉頰威脅，喊道：

「小白菜，妳再不老實招供，妳那漂亮的臉蛋就快要不保囉！歌女生涯也就此毀了！」

伍項魁邊說，火鉗越靠近小白菜的臉。

皓禎、寄南再也按耐不住。太子命令道：

「皓禎、寄南，你們不出手，是要逼我出手嗎？」

瞬間皓禎、寄南兩人，從人群中飛躍而起，俐落的跳進了刑場裡。皓禎一式「青龍擺尾」，側身凝腰猛踢，一腳踢飛了伍項魁手上的火鉗，伍項魁一驚跌個四腳朝天。寄南再補上一腳，又把燒紅的火鉗，踢到伍項魁手背上，伍項魁痛得哇哇叫。寄南就對伍項魁大喊：

「小白菜不是亂黨，我賫王爺可以作證！她是我的老相好！快放了她！」

大理寺兩名官員一怔，不知所措。

皓禎對伍項魁吼著：

「伍項魁，你知不知道公開嚴刑逼供，已經觸犯了本朝律例？」

伍項魁狼狽的起身，凶惡的嚷著：

「又是你們兩個，本官在辦案，你們來撒什麼野？本官已經得到皇上的特許，對於亂黨分子不容寬貸，嚴刑重罰！」大喊：「來人，把閒雜人等，趕出刑場！」

於是大批羽林軍湧入刑場內，與寄南和皓禎大打出手。按捺不住的太子，飛身到了伍項魁面前，厲聲的喊：

「你得了皇上特許？特許在哪兒？拿給我看看！」

「太子？你也包庇亂黨嗎？」項魁驚呼。

「你才是亂黨！我今天要幫皇上除害！」太子舉臂就是一招「抬頭望月」，一拳對項魁鼻子上打去，項魁被打得飛跌出去，鼻子出血。項魁驚慌大叫：

「來人呀！羽林軍上！把太子抓起來！」

太子拉起項魁，再一拳打去，喊道：

「羽林軍是保護皇宮，保護皇上的軍隊，不是你私人的軍隊！更不是幫你作惡的軍隊！」

大喊：「羽林軍！把這個狐假虎威、欺負百姓的狗官，給我拿下！」

場面一陣大亂。

皇上氣得發暈，說道：

「啟望要朕出來看看風景！這風景朕看到了！」就大步走向太子、項魁等人，氣勢凌人的喊道：「大家住手！不要打了！」

項魁一看，皇上駕到，嚇得屁滾尿流，趕緊帶傷上前，惡人先告狀：

「陛下！請為項魁作主！這駙馬、太子和竇王爺正在擾亂下官辦案！那些……」指著成串的老百姓：「都是下官這些日子抓到的亂黨！」

皇上怒吼：

「辦案到此結束！陳大人！把那些嫌犯先收到大理寺監牢裡去！這亂黨案要重新調查！」看皓禎等人：「啟望、皓禎、漢陽、寄南、項魁……隨朕回宮！」

「陛下！」寄南著急的說：「請允許我先救小白菜！那不是亂黨，是我的女人……」

靈兒拉著寄南的衣袖就走：

「王爺！再不救小白菜，她就死了！」

皇上更怒，喊道：

「寄南，你有了斷袖之癖不夠？還有個青樓歌女？她既然是嫌犯，就到牢裡去！你們通通跟朕回宮！」

寄南無可奈何，眼睜睜看著在地上流血的小白菜，只得跟著皇上回宮。

回到皇宮，一干人全部進了御書房。太子就急急說道：

「父皇！那天我就跟父皇說，這亂黨可能是空穴來風，如果捕風捉影，會讓整個長安城大亂！父皇沒有採取兒臣暗中調查的建議。現在，這位伍左監打著父皇的旗幟，公然拘捕毫無證據的老百姓，然後公開嚴刑拷打！」沉痛的說：「父皇！這是嫁禍給父皇呀！真正傷害百姓的，不是咬人的狗，是放狗出來的那位主人呀！」

皇上臉色鐵青的聽著。

皓禎也臉色蒼白的上前，急切的繼續說道：

「陛下，您親眼看到了！那被綁成一串的老百姓，可能每個都是亂黨嗎？證據沒有，證詞沒有，證人沒有！就憑伍項魁一句話，就把人打成這樣？哪一個人不是父母生的，不是兒女愛的？陛下怎麼忍心讓陛下的子民，承受如此的冤屈和痛苦？」皓禎說到這兒，忽然感覺肚中一陣痛楚。

「陛下！」伍項魁為自己辯護：「對於亂黨，我們朝廷的立場，就應該任何蛛絲馬跡都不放過，否則亂黨遍布民間，無法無天，到處作亂企圖謀反……」

皇上一怒，對著項魁拍桌。

「你還有話說？朕親眼看到你如何辦案，如何屈打成招！還把朕的羽林軍調去當打手！你什麼話都不許再說，今天朕看在榮王的面子上，不跟你計較！下次你再狐假虎威，朕立刻把你貶為平民！」

項魁大驚，撲通跪下了。

「陛下！項魁日日夜夜抓亂黨，應該有功！那些亂黨，就算有的冤枉，但是，絕對也有不冤枉的！像那個『歌坊』就是亂黨……」

寄南對項魁衝去，一把抓住他的衣領怒喊：

「歌坊怎樣？小白菜如果有個三長兩短，我要你的命！」

皇上對寄南、項魁喝止：

「兩個都不許說話！在朕面前打架，成何體統？」

項魁不敢再說話，寄南悻悻然的放開項魁。漢陽就一步上前。

「陛下，伍大人此次處理亂黨案件，實際上已經越權，懇請陛下同意回歸辦案的正常程序，由下官親自審理，必能保證公正、公平與正義。」

「伍項魁在市井嚴刑逼供，已經超出辦案的範疇，也已經損傷了父皇仁德的形象！兒臣強烈建議父皇將此案件，交還給本朝第一神捕，漢陽大人審理。」太子說道。

皓禎覺得噁心盜汗，胸腔裡開始劇痛，依舊支撐著誠懇說道：

「如果連捉拿亂黨這樣的大案都跳過大理寺丞，讓姓伍的人辦案，抓護李的忠貞份子，陛下將來看到的，恐怕遠遠超過今天看到的！這樣的風景，希望陛下再也不要看到……」他說到這兒，身體不支，搖搖欲墜。

皇上看著皓禎，疑惑關心的說道：

「皓禎，你的臉色怎麼那麼難看？你怎麼了？」著急的說：「這案子就交給漢陽去收拾殘局吧。」

皓禎突然心痛如絞，再也支持不住，倒在地上翻滾，摀著胸口，痛苦的喊：

「哎喲……哎喲……」

「朕就覺得你臉色不對，駙馬，你要照顧好身子呀！生病了還出來鬧事……」皇上急喊：

「太醫！太醫！快傳太醫！」

太子和寄南扶著皓禎急喊：

「皓禎，皓禎！你怎麼了？」

靈兒對漢陽、太子喊著：

「太醫沒用！我們快帶他回將軍府找吟霜！」

# 65

畫梅軒臥房內，皓禎撫著胸口在床上打滾。吟霜著急心痛的喊：

「皓禎，你不要亂動，我要幫你扎針，你這樣亂動，我根本沒辦法幫你，皓禎！」

雪如看到皓禎如此情狀，心慌意亂，也急喊著：

「出門的時候不是還好好的嗎？怎麼會突然病成這樣？吟霜，皓禎到底生了什麼病？」

「不知道，我現在還查不出來！」吟霜慌亂：「不知道是不是中毒了？還是他的內臟出了問題？皓禎現在脈象紊亂，看來情況嚴重！」

「什麼時候開始不舒服的？還出門打架救人見皇上？」柏凱著急，對太子、漢陽說道：

「多虧你們幫忙把他帶回將軍府，唉！還驚動了太子！」

「趕快治療皓禎要緊！」太子說道：「吟霜，上次我都快死了，妳還能把我救活！現在趕快救皓禎呀！」

「女神醫！我看皓禎這病來頭不妙！妳快抓緊時刻，救命要緊！」漢陽催促著。

皓禎努力看向吟霜，掙扎的說話：

「吟霜，皇后……皇后那一盅天山雪蓮有問題！從白天到現在，我就只吃了那樣東西！」痛苦難耐，喘氣說道：「我現在像有幾萬隻蟲在我心口上一直咬……一直咬……還好妳沒喝……實在太痛苦了……哎喲哎喲……」

吟霜一聽，急得頓時落淚。

「真的是皇后？可是蘭馨自己也喝了呀？」

「吟霜，不要天真，」雪如氣急敗壞：「不知道他們怎麼設局的？太狠毒了！太狠毒了！本來想毒吟霜，結果害了皓禎！怎麼辦？」

「這可惡的皇后，總有一天會遭到天譴！」寄南憤怒。

「你們大家冷靜下來，還不確定是不是皇后所為，我們不能誣陷他人！」柏凱說。

「皓禎，你忍著點！我去找蘭馨公主！」吟霜當機立斷，轉身衝出房。

皓禎想阻止吟霜，情急滾落下床。皓禎大喊：

「吟霜，不要去啊！她們想毒死妳，妳還去自投羅網？回來……哎喲……」

寄南趕緊抱起皓禎放回床上。太子大驚問：

「此事與蘭馨有關嗎？那是我妹妹呀！我追過去！」

「我也去！皓禎，吟霜是對的，如果是皇后下毒，蘭馨可能有解藥！」靈兒說。

太子、靈兒追向吟霜，寄南、漢陽也不由自主的跟了過去。

大家奔到公主院，又奔進大廳，只見同樣喝了雪蓮的蘭馨完全沒事。聽到皓禎的情況，她驚喊：

「什麼？皓禎病了？」

吟霜跪下，心急如焚，落淚懇求：

「公主，我知道您不願意看到我，但是皓禎現在痛得在床上打滾，您快告訴我，皇后白天賜給我們的，是真的天山雪蓮嗎？」

「大膽！妳這妖狐竟敢懷疑我母后的賞賜？是想嫁禍我母后嗎？我不是也在你們面前喝下那一盅天山雪蓮？你們如何確定，皓禎生病和我母后有關？」蘭馨怒喊。

「蘭馨！如果妳不相信，妳去看看皓禎現在病成什麼模樣了？」寄南著急說。

「他說像是有幾萬隻蟲在他心口上咬，這已經不是什麼普通的小病了！」太子瞪著蘭馨，氣極敗壞的說：「如果有方法救皓禎，就趕快拿出來！現在，連吟霜都沒轍了，難道妳要皓禎死嗎？他畢竟是妳的駙馬呀！」

「啟望哥哥！你怎麼在這兒？」蘭馨疑惑的說：「幾萬隻蟲咬？」大笑：「哈哈哈！將軍府有狐狸作怪，蠍子蟒蛇都見過了！現在又有幾萬隻蟲……」抓著寄南胸前的衣服：「你們相信了吧！將軍府有妖魔！將軍府有鬼怪！」

「喂！公主！」靈兒沒耐心：「現在已經是火燒眉毛的時候，妳別再幸災樂禍！為什麼妳吃了就沒事，皓禎就有事，妳有沒有什麼解藥，快點拿出來！」

吟霜對蘭馨磕頭，落淚說道：

「公主，快救救皓禎吧！如果您真的有解藥，就快點給我！皓禎受不住了！求求您！再耽誤下去，皓禎可能就沒命了！我知道您氣我、恨我，隨您要怎樣待我都沒關係！只要救救皓禎，我再來當丫頭都行！求求您！」

蘭馨忍不住看向漢陽。漢陽接觸到蘭馨疑問的眼神，就誠摯的說道：

「皓禎確實病了，病得很古怪，公主還是過去看看吧！如果妳誰都不相信，請相信我！妳知道我不是妳的敵人，妳知道我希望妳過得好！」

「如果妳不相信漢陽，請妳相信我！我畢竟是妳的哥哥！」太子接口。

蘭馨見大家一人一句，個個情真意切，心中怦然一跳。萬一母后設局要害吟霜，萬一皓禎成了替罪羔羊……她不敢想下去，她要看看真相！她拔腳就衝出公主院，向畫梅軒衝去，太子、寄南等人，趕緊跟著跑。

到了畫梅軒，皓禎的情況更加嚴重了。他全身發抖，滿床打滾，一直冒冷汗，臉色蒼白如死，用手撫著胸口，牙齒跟牙齒打戰，整個身子縮成一團，喊道：

「好冷、好冷啊！不要咬我了，不要咬我了！」全身痙攣，哀聲喊道：「吟霜，止痛……止痛……給我止痛藥丸！」

大家圍繞著他，蘭馨震驚的看著。

吟霜對皓禎的疼痛感同身受，一面哭著，一面說著：

「皓禎，只要你平靜一會，我再試著幫你扎針好嗎？我不知道你中了什麼毒，不敢給你吃止痛藥丸，怕越治越糟，我現在連想幫你減輕疼痛都不敢……我找不到病因，怕越治越糟，我不知道該怎麼辦？」

「要不然我們抓住皓禎的手腳，讓他不能動，這樣妳能扎針嗎？」寄南問。

「或者我們乾脆把他綁在床上，有沒有布條？」太子問。

「不行，他不平靜下來，脈象依然是亂的，在混亂的脈象裡扎針，反而會害了他！」吟霜說，想想，急問：「皓禎，你說有幾萬隻蟲子在咬你，是什麼蟲子你知道嗎？」

皓禎滿床打滾，抓著胸部又去抓胃部：

「不知道！好像有各種各類的蟲子……不要咬我呀……已經範圍越來越大了……現在，開始咬我的腸子……牠們在我身體裡……一點點把我吃掉……」

吟霜更是驚嚇，喊道：

「這是下蠱！我爹在咸陽治過一個這樣的病人！有人在下蠱！那是蠱蟲，不知道下蠱的人用了什麼毒蟲，這病除非找出下蠱的人，無法可治啊！」

靈兒對蘭馨急問：

「看到了沒有？皓禎痛苦成這樣，妳到底知不知道，你們喝進去了什麼呢？他說他今天除了那雪蓮，就沒吃過別的東西！」

崔諭娘看著，不禁有點心虛。靈兒看著崔諭娘，驟然一把抓住她胸前的衣服。

「快說！妳們聯合起來，毒害駙馬，不想活了嗎？到底駙馬喝了什麼？妳殺了皓禎的兒子還不夠嗎？還要殺害皓禎？再不說，當心我把妳打進地獄去！」

「奴婢不知道，雪蓮是莫尚宮送來的！」崔諭娘大駭的說。

柏凱著急的對蘭馨大聲一吼：

「蘭馨公主！皓禎好歹是妳的丈夫，妳快說！」

吟霜撲通一聲，又對蘭馨跪下了，哭著喊：

「公主！公主！這下蠱需要解藥！請給我們解藥！」

雪如哭著，顫巍巍的扶著吟霜的肩：

「蘭馨，是不是我也該對妳下跪呢？」

太子忍無可忍，怒喝一聲：

「蘭馨！有解藥就趕快拿出來！皓禎是我兄弟，是本朝的英雄！他有個三長兩短，妳這個妹妹怎麼對得起父皇，對得起我和天下？」

蘭馨崩潰了，心亂如麻，說道：

「我不知道為什麼會這樣！我不知道！我不知道！」

此時，皓禎在床上痛苦滾動，不由自主的喊著：

「吟霜！吟霜……我受不了了，想辦法，停止這種痛苦……想辦法……」

吟霜哭著，跳起身子，忽然把眾人推出房去，喊道：

「你們都出去！你們全體出去！我要用我的方法治療皓禎……」

大家全部被推出房了，在大廳面面相覷，緊張著。

「什麼叫她的方法？」漢陽問：「皓禎看樣子是真的撐不下去了！她任何方法也救不了

的！」就看蘭馨，真心喊話：「蘭馨公主，只有妳有藥方可以救，讓我看到那個還有正義感的妳！」

「蘭馨！」太子著急命令：「如果妳有辦法，現在還不快去？妳還是本朝的公主嗎？妳還是我的妹妹嗎？皓禎千不是，萬不是，也沒到該死的地步吧？」

蘭馨看看漢陽和太子，忽然飛奔而去，邊跑邊喊：

「我去想辦法，等等我！」

「公主！公主！等等奴婢呀！」崔諭娘追著蘭馨奔去。

柏凱、雪如等人，個個緊張互視。

在房內，皓禎依舊在床上打滾。吟霜哭著，過去抓住了皓禎的手，邊哭邊說：

「皓禎，聽著！我不知道我這個治病氣功針對蠱毒有沒有用？我從來沒有試過！我現在要把你身體裡的蟲蟲逼出來……」

皓禎冷汗直冒，痛得快要斷氣，神思依舊清晰：

「妳要……怎樣逼出來……」

吟霜用自己的雙手，抓住他的雙手。穩定住情緒，吸了口氣說：

「相信我，把你的兩隻手給我！你有力氣坐在地上嗎？我坐在你的對面，我們手握著手，我用氣功來逼出這些蟲子！」

皓禎就滑落在地，背靠在床榻上，信任的把雙手交給了吟霜。吟霜心裡想著：

「那碗有蠱毒的湯應該是我喝的，我現在想試試看，能不能用氣功，把這蠱蟲度到我身上來，我自己中毒，才知道怎麼對症下藥……」

吟霜就閉上眼睛，開始唸唸有詞：

「心安理得，鬱結乃通。治病止痛，輔以氣功。正心誠意，趨吉避凶。蠱蟲歸位，來我身中！」

皓禎不知吟霜要把蠱蟲度到她身上，也沒聽出吟霜口訣有變，仍在和蟲子掙扎呻吟。可是，他覺得許多小蟲開始從他的雙臂中，爭先恐後的爬了出去。

皓禎頓時覺得輕鬆不少，能夠呼吸了。吟霜的臉色卻變白了，蟲子已經從皓禎手臂中進入吟霜身體內。皓禎驚喜的喊：

「吟霜，妳實在太神奇了！妳治好了我！」

皓禎臉色一變，只見吟霜倒地，臉色慘白的在地上滾動。皓禎大驚：

「吟霜！妳做了什麼？妳把那些蟲子都弄到妳身體裡去了嗎？」趕緊去抱起吟霜，痛喊：

「妳瘋了？我寧可死，也不要妳受這種痛苦！」

吟霜掙扎的說道：

「我知道是什麼毒蟲了！快把我放下地！我只能這樣，把蟲子度到我身體裡來，我才知道怎樣去治！」忍不住喊道：「哎喲！快，牠們在咬我！讓我坐在地上，讓我的背靠在床榻上！快！幫我……哎喲哎喲……」

皓禎趕緊把吟霜放下地，依照她的吩咐，把她的背靠在床榻上，只見吟霜把雙手撐在地上，盡量讓手指撐開，緊緊貼在地上。她滿頭冷汗，開始唸唸有詞：

「心安理得，鬱結乃通。治病止痛，輔以氣功。正心誠意，趨吉避凶。蟲蟲快去，遠走山中！」她不斷重複唸著。

吟霜雙掌緊貼地面，雙手變紅努力發功。忽然間，在吟霜的視覺裡，有小蟲子從雙手的指尖爬了出來，接著，小蟲子蜂擁而出，成為十條直線，爭先恐後的向牆邊爬去。蟲子大軍如同螞蟻雄兵，爬到牆邊，快速的消失不見。吟霜一動也不敢動，看著那些蟲子隱沒在牆上，直到最後一隻不見了。吟霜長長的呼出一口氣來：

「不痛了！所有的蟲子都走了！」

「真的都走了？一隻都沒有了嗎？」皓禎撲到吟霜身邊。

「一隻都沒有了！那是生長在深山裡的『百毒蟲』！」

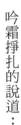

皓禎歡聲喊道：

「成功了！妳成功了！」急忙去抱起搖搖欲墜的吟霜：「可是我真想打妳一頓，妳怎麼可以用這樣冒險的辦法？萬一蟲子在妳身體裡趕不出去怎麼辦？妳這樣治病，會嚇死我……吟霜！吟霜！」

吟霜力氣用盡，已暈倒在皓禎懷裡。

❖

皇宮中，關於皓禎中毒，皇后已經知道了，是莫尚宮進來報告的：

「娘娘！剛剛皇上身邊的德公公來報，說駙馬爺在皇上的書房病倒了！殿下，這怎麼辦才好呢？」

「哎呀！真是人算不如天算，明明好好的計畫是要去折磨那個妖狐，怎麼會變成這樣呢？」皇后責怪：「妳當時怎麼不阻止駙馬呢？怎麼能眼睜睜讓他喝下去！唉！」

「當時駙馬爺的動作實在太快，根本來不及阻止呀！」莫尚宮說，小心翼翼的詢問皇后：「您應該有解藥吧？要不要我趕緊送去給駙馬爺？」

「那怎麼行！」皇后一口回絕：「給了解藥不是明擺著本宮不打自招嗎？」恨得牙癢癢：「就讓皓禎嚐嚐苦頭也好！老是跟本宮作對！」

皇后話才說完，突然心絞痛，撫著胸口叫喊：

「哎呀！我的心！我的心好痛啊！」倒在床上，痛苦掙扎：「莫尚宮！怎麼突然……唉呀！痛死我了！」

莫尚宮也開始腹痛，滾在地上，滿地打滾，痛苦的喊著：

「不要咬我！不要咬我……天啊！幾萬隻蟲在咬我的腸子……」

皇后也開始在床上翻滾。大叫：

「蟲子！蟲子！幾萬隻蟲子在咬本宮的腦袋！」抱著頭翻滾：「莫尚宮！趕快傳太醫！」大叫：「來人呀！好痛好痛，哎呀……有的爬到本宮喉嚨裡去了！哇哇哇……」用手抓著喉嚨，抓到快出血。

宮女們驚慌的跑去扶著皇后。但皇后痛苦的抓著自己的胸口，說話不清的喊：

「有蟲在咬本宮，救命啊！救命啊！好痛！好痛！不要咬我！太醫……」

「皇后娘娘，奴婢也好痛！娘娘！啊！太痛苦了！救命啊！」

皇后一滾，從床上滾落地上，和莫尚宮在地上掙扎打滾顫抖痛苦著。

所有宮女震懾嚇呆了，慌張失措。

此時，蘭馨氣極敗壞的走過長廊，向皇后寢宮衝去。崔諭娘緊追在後，喊著：

「公主公主！不要衝動，見了皇后娘娘好好講！公主，慢一點，奴婢追不上了！」

蘭馨已到盧皇后寢宮門口，頭也沒回。砰的一聲，她衝開房門，進門大喊：

「母后，妳到底對皓禎做了什麼？」

蘭馨一定神，看到皇后已倒在地上，痛苦情景和皓禎一模一樣。皇后艱難抬頭說：

「蘭馨，快請太醫！快找太醫來呀！本宮痛死了，救命啊！」

莫尚宮也在地上打滾，痛喊：

「蟲子！蟲子，許多蟲子在咬奴婢，奴婢快要斷氣了！皇后娘娘……救命啊！」

崔諭娘驚看著，慌亂的問：

「這是怎麼回事？」

蘭馨看著室內情況，大驚失色。

「母后妳和莫尚宮？妳們大家到底怎麼了？怎麼都和皓禎一樣痛得打滾！難道妳們也喝了那『天山雪蓮』？」

莫尚宮恍然大悟，痛苦的喊：

「娘娘！奴婢……知道了！我們下蠱害人，反而害己了！這是蠱蟲……是蠱蟲……皇后娘娘……快拿出您的解藥啊……救救我們自己吧！」

「對！對……解藥……快拿解藥！」皇后掙扎著說：「在珠寶盒的櫃子裡，有個紅色錦囊裡，有這個蟲蠱的解毒散，快去拿來！趕快讓這些蟲子離開本宮！哎喲……」

莫尚宮痛苦的爬起來去櫃子邊拿藥。

蘭馨失望的喊道：

「原來這一切都是母后下的蠱？如果我今天沒有和皓禎交換那一盅，是不是現在躺在床上打滾的就是本公主？」激動抓著皇后：「原來妳想下蠱害死妳的親生女兒！」

皇后甩開蘭馨，忍著難耐的痛苦，開罵：

「妳的腦子是不是真的病壞了！本宮怎麼會去害妳，本宮是在幫妳除害……哎喲！蟲子蟲子……」痛得撫著胸口，邊說：「誰知道皓禎那麼多事，硬要喝了那個東西，給自己找了麻煩！」

莫尚宮對宮女喊著：

「水……水……趕快拿水來，快……奴婢的心肝都快被吃光了……水啊……」

宮女們慌慌張張的拿了水杯過來。崔諭娘也上來幫忙，接過莫尚宮手裡的藥包打開，把藥粉餵給皇后吃。莫尚宮也在宮女幫忙下，給自己吃了解藥。

片刻，兩人的症狀都消失了。蘭馨不敢相信的看著皇后，問：

「所以……那不是真的天山雪蓮？那麼為何我吃了就沒有事呢？」

「公主，因為早晨奴婢給妳喝了人參茶，茶裡事先放了解藥。先喝了解藥，妳若在大家面前喝了那一碗，都不會有事情！」崔諭娘說。

「原來妳們幾個早已經串通好了，但是千算萬算，妳們都沒有想到會害到皓禎！又會害到妳們自己！哈哈哈！妳們真的太可笑了！」蘭馨大吼：「妳們打算如何收場？」走向莫尚宮，惡狠狠的抓著莫尚宮：「快把皓禎的解藥交給本公主！」

莫尚宮稍稍恢復了體力，說道：

「解藥可以給公主，但是公主想過沒有？回去如何向將軍府的人交代？」

「將軍府的人早已料到是母后想害死白吟霜，結果皓禎變成了替死鬼！」

「唉！」皇后嘆息：「如果說白吟霜不是妖狐，怎麼可以那麼巧？三番幾次都弄不死她！這真是太不可思議了！」一想：「現在本宮突然也被蟲蟲折磨，難道這又是那個妖狐變的法術？太可怕了！這個白吟霜一定非剷除不可！」

蘭馨失望透頂，說道：

「母后，妳想幫我除害，現在弄巧成拙，害我在將軍府更加難堪！我真要謝謝我偉大的母后！」

「妳不用諷刺本宮！今天本宮堂堂一個皇后，想處死白吟霜需要藉口嗎？還不是都因為妳，妳在乎袁皓禎，像是妳的命似的，才會弄成今天這個局面！如果妳肯對皓禎放手！本宮就可以痛痛快快的除去白吟霜！」

蘭馨怔怔著。

「現在，妳要活得像個不可一世的公主，還是活得像是一個受盡委屈的小媳婦，只能看妳自己的選擇和造化！」

蘭馨愣了愣，被刺傷的跳腳喊道：

「什麼廢話都別說了！給我解藥！不然我把母后這寢宮給砸了，還有那小密室……」

皇后急呼：

「莫尚宮！給她解藥！給她解藥！給這個沒出息的女兒！」

❖

蘭馨拿到了解藥，但是，畫梅軒裡，已經不需要解藥了！

吟霜躺在床上，靈兒、雪如忙著拿濕帕子，擦拭她額頭。皓禎著急的握著吟霜的手，用雙手搓著她的手，喊著：

「吟霜，為了救我，妳居然什麼方法都敢用！妳又耗盡了妳的體力！我說過不許妳再運氣治病的，原來事到臨頭，我也會忍不住向妳求救！」

「皓禎，你好了嗎？」柏凱驚愕的問：「怎麼吟霜又昏倒了？她用什麼方法治好了你？實在太不可思議了！」

「秦媽！香綺！」雪如急喊：「趕快熬參湯來，現在他們兩個一定都虛弱極了！需要補充體力！」

太子驚看皓禎：

「你確定你身體裡沒有蟲子了嗎？一隻都沒有了嗎？」

「一隻都沒有了！吟霜把牠們全部趕走了！」皓禎肯定的回答。

「那些蟲子不會跑到吟霜身體裡去吧？」靈兒擔心的看吟霜。

「放心吧！」寄南拍拍靈兒的肩：「吟霜不會那麼笨，她鐵定知道如果那樣做，皓禎的苦都白吃了不說，可能讓皓禎更加痛苦！」

「她就有那麼笨！」皓禎叫：「幸好她的方法成功了！我都不敢想萬一失敗會怎樣？」

「她用了什麼笨方法？」太子驚奇：「難道真的讓蟲子跑到她體內去了？」

皓禎心有餘悸的說：

「我都不想提！總之過去了！」

「你們都好了，就天下太平！」柏凱看著皓禎。

「漢陽，氣功是老祖宗們傳下來的寶貝，用來治病也常而有之，你親眼目睹，我沒辦法瞞你，可別因為這個，又說吟霜是妖狐！」皓禎看著漢陽說。

漢陽誠摯的回答：

「我親眼目睹了很多事，心裡自有分寸！懷疑是本官的本能，只有對吟霜夫人，本官從來不曾懷疑過！」

吟霜輕哼了一聲，悠然醒轉，看到眾人圍著她，就不安的想起床。

「對不起，是不是我又讓大家擔心了？」

雪如心痛的把她一抱，喊道：

「吟霜啊！別再隨隨便便說對不起，這三個字會讓心疼妳的人更加心疼，不知把妳如何辦是好！娘到現在也沒弄清楚妳怎麼治好了皓禎，只知道妳用盡了自己的體力和能力，甚至讓妳昏倒了！妳知道，娘有多麼心痛妳嗎？」

皓禎對著吟霜展開一個笑容，說道：

「我娘說出了我心裡的話！我能給妳的，就是一個燦爛的笑！健康的笑！」

吟霜伸手，握緊了皓禎的手。兩人互視，都有再一次劫後重生的感覺。

靈兒直到此時，才想起朱雀大街上的審判，心裡飛快的想著：「皓禎、吟霜沒事了，太子、漢陽和他們一定還有大事要商量，我得趕快去看看小白菜！」

# 66

大理寺門口，陳大人帶著囚犯大隊已經到達，大理寺衙役和官兵，幾乎全部出動接收犯人，把一條街擠得滿滿的。陳大人大聲宣布著：

「奉皇上旨令，亂黨人犯，全部押解到大理寺監牢！獄吏趕快來核對名單！」

街上人犯緩慢移動著，沒受傷或輕傷的人犯，全部用鐵鍊拖著走。幾個大囚籠用馬拖著走，裡面都是受傷的人犯，呻吟著坐在囚籠裡，喊冤的喊冤，喊痛的喊痛，個個衣衫都被鞭子打破，衣服上血跡斑斑。

小白菜趴在一個囚籠裡，和許多受傷的人犯關在一起。

靈兒來到，機靈的打量探測一番，立刻發現了小白菜。她一溜煙的鑽到小白菜的囚籠前，蹲下身子，對小白菜說道：

「小白菜，妳不要怕！先到大理寺監牢裡等著，我們馬上會去救妳的！」

小白菜痛得掉淚，呻吟著說：

「歌坊……歌坊裡有……」

「現在別管那歌坊了！」靈兒打斷：「妳的傷最要緊！妳放心！等到我們把妳救出來，只要吟霜幫妳用氣功治一治，妳這些傷就會好！」

人群中，伍項麒正在那兒冷冷觀望，突然指著靈兒大喊：

「陳大人！那兒有個亂黨，正在和人犯交頭接耳！趕快把他拿下！」

官兵立刻前來追捕靈兒。靈兒一看情況不妙，跳到一個囚籠上，從腰間抽出流星錘，繞著圈子一陣揮舞。把猝不及防的官兵打倒了好幾個。靈兒大叫：

「我裘兒是右宰相府的貴賓，誰敢抓我？先去問問右宰相方大人！」

「我是皇上的衛士，我就抓你怎麼樣？」一個衛士喊道。

靈兒就和衛士打了起來，雖然技術很差，但是靈活無比，在囚車上下左右到處亂竄，一會兒在囚車頂上，一會兒鑽到囚車下面，一會兒又竄進人群最多之處，一會兒又把接收犯人的衙役推得連串摔倒，自己像條滑溜的魚，游動在犯人、衙役、羽林軍、老百姓、衛士……之間，弄得場面大亂，那些衛士官兵你擠我撞，處處都是人，一時之間，還抓不到她。項麒對身邊幾個高手低語兩句，高手立刻上前，把群眾犯人全部推得東倒西歪，對著靈兒銳不可當的衝了過來。

靈兒看看情況，知道不妙，正想溜走，項麒一步上前，抓住了靈兒的衣領，喊道：

「原來是長安城著名的『斷袖小廝』，前一陣子，榮王府裡丟了一個丫頭，現在用你這個小廝來遞補，也是不錯！」

「原來你就是長安城著名的陰險駙馬，給你一個風火球嚐嚐！」靈兒說著，一個流星錘打向項麒的眼睛，項麒沒料到她身上還有武器，被打了個正著，手一鬆。靈兒脫身，撒腿就跑，迅速的鑽進人群中消失了。

項麒揉揉眼睛，也不追捕，對手下武士大聲說道：

「立刻跟我去歌坊，把裡面所有的人，全部抓到榮王府去！歌坊裡面的東西也給我搜刮乾淨，連一張紙片都不要留下！」

項麒就帶著一批孔武有力的武士，迅速的騎馬而去。

❖

在靈兒大鬧囚犯隊伍之時，寄南、漢陽、太子三人確實在畫梅軒大廳裡，談著很重要的話。寄南看著漢陽，氣憤的說：

「這盧皇后和伍震榮狼狽為奸，害得我們身邊的人個個受苦受難！這兩人把持著朝廷，不是百姓之福！」

太子看著漢陽，眼神誠懇，聲音真摯的說道：

「右宰相的立場，我們也很清楚。漢陽，你是正人君子，你爹那兒，不管你用什麼方法，能不能讓他別被伍震榮利用呢？」

「在你們眼裡，我爹和伍震榮是一路的。」漢陽一嘆說：「但在我爹的心裡，榮王和他有知遇之恩！當初我爹被皇上重用，當上右宰相，就是榮王力薦的！我無法左右我爹，至於我方漢陽，會做我大理寺丞應該做的事情，仰不愧於天，俯不怍於人！」

「好一句『仰不愧於天，俯不怍於人』！漢陽，有你這兩句話就夠了！本太子會牢牢記住今天這個難忘的日子，也牢牢記住你這句話！」

「是！太子！漢陽謹記在心！」就著急的說道：「既然亂黨的案子回到本官身上了，相信有很多百姓等著伸冤，本官就先告辭了！」

漢陽正要走，卻看到靈兒飛奔而來，嘴裡大喊著：

「漢陽大人！趕緊去你的大理寺監牢救救小白菜，她渾身都是傷，被關在一個大囚籠裡，拉到大理寺去了！」

漢陽一驚，寄南已經砰的一聲站起身，急促的喊：

「漢陽，現在你的兩個助手都在，趕緊去大理寺吧！」

寄南和靈兒，就一左一右的拉著漢陽的衣袖往外走。

「本太子跟你們一起走！畢竟那些含冤莫白的人，都是本朝的百姓！」太子大喊：「鄧勇！帶著衛士，我們走！」

皓禎扶著喝完參湯的吟霜出來，皓禎驚奇說道：

「你們都要走了？很緊急嗎？我也一起去吧！」

「你留在家裡養病要緊！」太子嚷著：「你這一病嚇死我！」

靈兒一面拖著漢陽走，一面回頭對吟霜喊：

「吟霜，妳趕快養精蓄銳！因為等下我們會把小白菜救到這兒來，她那傷口，恐怕只有妳的氣功才有用！」

「啊？救人？」吟霜驚喊：「那麼你們快去快去！」

太子、寄南、漢陽、靈兒就就帶著鄧勇衛士，匆匆忙忙的離開。

❖

太子等人一路奔出將軍府，蘭馨手裡拿著解藥，一路奔進將軍府。兩方人馬，剛好錯過。蘭馨邊跑邊喊著：

「解藥來了！解藥來了！皓禎，你忍著，宮裡跑一趟，就到這個時辰了！解藥來了！解藥來了！」崔諭娘跟在蘭馨後面，跑得喘吁吁。

蘭馨這樣一路大喊，雪如、柏凱、皓祥都奔了出來。

「解藥？」皓祥莫名其妙的說：「公主還特地回宮去拿解藥？皓禎不是早就沒事了嗎？那個離奇的中毒案，到底是怎麼回事，恐怕只有皓禎自己肚子裡明白！」

「你又在說什麼風涼話？」柏凱怒瞪皓祥：「你哥哥病得滿床打滾的時候，你在哪兒？」

「我出門了，沒看到！回家後聽到人人都在說！說皓禎被幾萬隻蟲子咬，有什麼了不起？將軍府裡，蠍子蟒蛇都有，還在乎幾萬隻蟲子？小題大作！」

蘭馨急切的說：

「不是小題大作！解藥要趕快吃下去，不然很嚴重的……會送命的！」

蘭馨一面說，一面奔向畫梅軒，眾人都追著她。雪如喊著：

「哎哎，公主……公主……不要著急……」

畫梅軒裡，皓禎看到太子等人都走了，這才握著吟霜的手坐下，兩人都有大難不死的感覺，相對凝視，不勝感慨。皓禎說：

「從早上到此刻，這一天真是驚天動地，峰迴路轉！」

「是啊！」吟霜深有同感：「現在寄南他們去救小白菜，不知道……」

吟霜話沒說完，蘭馨手裡揮舞著解藥，急沖沖的衝進了畫梅軒。看到皓禎安然無恙，不敢相信的看著二人，喊道：

「皓禎！你沒事了？誰幫你弄到了解藥？」

皓禎和吟霜都站起身來，皓禎看著蘭馨手裡的藥袋，問道：

「妳手裡是解藥嗎？那麼，確實是妳母后想要吟霜中蠱？」

「別管是誰下蠱，你怎麼拿到解藥的？」蘭馨狐疑的說：「聽說這蠱蟲除了解藥，沒法醫治！本公主也看到中蠱之後的情形！」盯著皓禎：「你真的好了？還是那些蟲子埋伏在你身體裡，隨時會再出來咬你！」

吟霜一聽，不禁驚懼，立刻沒把握起來，看皓禎，緊張的說：

「皓禎，你真的好了嗎？你感覺一下，會不會像公主說的，那些蟲子還在？」就上前對蘭馨一跪：「謝謝公主，可以把解藥給我嗎？看看還需不需要吃？」

皓禎揮舞手臂，神清氣爽的喊：

「沒事沒事！蘭馨，謝謝妳為我跑這一趟！這解藥我收下，萬一又發作了我再吃！」

蘭馨後退一步，牢牢拿著解藥，對皓禎大聲吼道：

「你怎麼好的？」

「吟霜治好的！妳不知道她是神醫嗎？」皓禎說，一手把吟霜從地上拉了起來。

蘭馨向前一步，站在吟霜面前，打量吟霜。

「妳治好的！怎麼治的？」驚悚的問：「妳作法讓那些蟲子都跑進宮裡去了嗎？妳讓那些蟲子去咬我的母后和莫尚宮嗎？」大聲質問：「是不是？」

「蟲子到宮裡去了？現在宮裡都在鬧這個病嗎？」皓禎驚問。

「皇后也中蠱了？還有莫尚宮？」吟霜困惑，想想說：「不過妳們不是有解藥嗎？有解藥就好！」

「好什麼好？妳這個妖狐！」蘭馨大怒，對著吟霜一腳踢去：「妳差點害死了我母后！還有什麼人跟著遭殃？妳趕快說出來！」撲向吟霜，雙手就掐住吟霜的脖子。

皓禎飛快上前，抓住了蘭馨的雙手，一個「左右分掌」，在她雙手虎口處一點，蘭馨雙手頓覺無力，接著用力扳開她的手指。蘭馨手被制住，就用腳對著吟霜又踢又踹。皓禎大急，用力一推，就把蘭馨摔在地上。皓禎喊著：

「吟霜治好了我，公主應該慶幸，怎麼又跟吟霜動手？」

蘭馨對皓禎怒罵：

「誰要你搶著喝那碗雪蓮？你就應該被幾萬隻蟲子咬死……」

崔諭娘急忙上前，扶起了蘭馨，害怕的說：

「公主公主！趕快回公主院吧！別招惹吟霜夫人了，那蟲蟲很可怕很可怕……奴婢親眼看到了，萬一到了公主身體裡怎麼辦？我們走吧！」

蘭馨一驚，震懾的看著吟霜，被崔諭娘提醒了，害怕的跟著崔諭娘跑走。一邊逃跑一邊回頭威脅著：

「妖狐！妖狐！妳敢對我作法……我再去弄幾百種蟲蟲來對付你們！讓將軍府每個人都中蠱……你們試試看……」

蘭馨就這樣叫著、嚷著，帶著害怕和恐懼的情緒逃跑了。

房門口，趕來的柏凱、雪如、皓祥都在旁觀，柏凱和雪如交換了憂心的一瞥。只有皓祥不進入情況，兀自納悶著。

蘭馨回到公主院，立刻就衝進了自己的臥房，手拿著解藥，蜷縮在床上。她千思萬想，越想越怕，恐懼的自言自語：

「千年妖狐，功力強大……」顫慄的說：「崔諭娘，她太厲害了！她可以讓皓禎幫她喝那碗藥，她還能治好他，還把蠱子送進宮裡去！」

崔諭娘也害怕的應著：

「是啊是啊！白吟霜一直殺不死，對她下了蟲蠱居然反回到皇后身上，將軍府和皇宮距離那麼遠，這只有會妖術的人才辦得到！白吟霜鐵定是妖狐！連對皇后都能隔空施法！咱們得躲著她！」

「躲得掉嗎？」蘭馨問：「連母后都躲不掉她！既然會隔空施法，那她一定還會再來加害本公主！怎麼辦？怎麼辦？」

蘭馨恐懼的又跳下地，赤著腳走來走去，不安至極，喃喃自語：

「清風道長鬥不過她，母后也鬥不過她……誰才能治得了她？」

❖

蘭馨被這蠱毒事件，弄得更加疑神疑鬼。皓禎對於宮裡也在鬧蠱毒也是一頭霧水。在畫梅軒裡，他擁著吟霜，好奇的問：

「奇怪！那些蟲子，怎麼會變到皇宮裡去了？妳有這能力嗎？」

「沒有！完全沒有！」吟霜搖頭：「我那治病氣功，口訣裡有正心誠意，趨吉避凶兩句，如果要害人或報仇，都沒有用！何況那氣功，還要接觸病人才有用！」

「難道皇后也嚐到被幾萬隻蟲子咬的滋味了？」皓禎回想著被蟲子咬的痛苦，有點幸災樂禍起來。報應之說，難道是真的？

「聽公主的說法，應該是同樣的蟲蟲！」吟霜說：「我爹說過，這下蠱也是下毒的一種，感覺蟲子在咬，並不是真有蟲子，而是身體裡的什麼機關被觸動了，是一種像幻覺的中毒！有人終身治不好！有人會死去！很可怕的下毒法！今天驅毒的時候，我還看到了那浩浩蕩蕩的蟲蟲大軍，從我手指頭裡爬出去呢！」

「但是我沒看見！」

「因為那是我的幻象……」微笑了一下，又擔心的說：「可是，公主對我的誤會更深了！她能為你跑一趟去拿解藥……」抬眼看皓禎：「你能不能跟她做夫妻了呢？」

皓禎臉色一變。

「我們剛剛死裡逃生，這問題就別談了，好嗎？喝妳的補藥！等會兒還要幫小白菜治傷呢！她那傷口，我親眼目睹，也很嚴重！妳真的需要體力！」

「是！」吟霜說著，低頭喝著補藥。

❖

太子帶著寄南、漢陽、靈兒、鄧勇和若干便衣衛士衝進一間大牢房。太子四面張望，大聲問道：

「小白菜在哪兒？」

只見滿牢房受傷的犯人，個個受傷帶血，擁擠呻吟著，倒地死去的，掙扎求生的，痛苦翻滾的……真是慘不忍睹，滿目瘡痍的景象。漢陽拉著一個衙役問：

「怎麼沒有大夫給他們診治？」

「陳大人說，隨他們自生自滅！反正現在交給漢陽大人管！」衙役回答。

漢陽大怒，厲聲嚷道：

「趕快傳大夫過來！把大理寺所有的大夫都傳來！回家的也都找來！」

「是是！」衙役應著，急忙奔去。

靈兒、寄南、太子、鄧勇都在犯人中找尋著。靈兒驚呼：

「找到小白菜了！寶王爺快過來，找到小白菜了！」

小白菜依偎的靠坐在一個牆角，遍體鱗傷，嘴角帶血，一動也不動。太子等人，全部撲到小白菜身邊。寄南喊著：

「小白菜！我們來救妳了！妳再忍耐一下，這就送妳去治療！」

寄南便伸手去抱小白菜，誰知手一碰，小白菜就倒在地上了。太子伸手去幫忙，一接觸到小白菜的手，就驚喊起來：

「她死了！她沒有呼吸，身子都僵了！」

「不可能！」寄南震驚的說：「背上那些傷雖然嚴重，不會致命呀！」抱起已經僵直的小白菜，急呼：「小白菜！小白菜！小白菜！」只見小白菜雙手下垂，完全沒有生命跡象。

一個犯人爬到太子、漢陽、靈兒身邊，求救的喊道：

「幾位青天大老爺，趕快救救我們！剛剛有幾個官兵，拿著毒藥，灌進這個姑娘嘴裡，姑娘就死掉了！還有那些……」指著若干死去的屍體：「都灌了毒藥！趕快救我們呀，我們不是亂黨……等會兒官兵又會來灌毒藥了……」

漢陽又驚又怒又急，喊道：

「官兵來灌毒藥？這是集體謀殺！在本官的監牢裡，居然會發生這種事情！本官要徹底查辦……」

太子激動的一把抓住漢陽問：

「這是怎麼回事？你這大理寺丞居然完全被蒙蔽！這些被毒死的人，都是什麼身分？要趕緊查明！」

靈兒摸著小白菜的手，痛喊：

「吟霜！吟霜！吟霜可能治得活，竇王爺，趕快帶小白菜去吟霜那兒！」

寄南抱著小白菜就往門外衝去。太子喊著：

「寄南，沒用了！小白菜不可能再活過來！你還是冷靜下來，和漢陽一起調查這毒殺人犯事件要緊！」但寄南早就抱著小白菜奔出去了，靈兒也追了出去。

❖

片刻以後，小白菜的屍體就躺在畫梅軒的臥榻上了。吟霜用手按在她胸前，臉色慘然。皓禎急促的問：

「還有救嗎？妳爹有沒有留下起死回生的神藥？」突然想到身上的靈藥：「我這小瓷壺裡的藥有用嗎？」

吟霜看著寄南，悲哀的說道：

「寄南，小白菜死亡已經超過一個時辰，無藥可治了。我爹傳給我的各種醫術，都無法真正的起死回生。上次靈兒假死，是因為沒有真死！」

靈兒激動的搖著吟霜：

「妳試試呀！妳幫她用治病氣功呀！她是寄南的老相好，是我們天元通寶的女英雄，我們不能讓她死在伍家人手裡！」

「吟霜，連妳都說她死了？」寄南不敢相信的說：「她就這樣不明不白的死了？她說過，如果她會死，她想死在和『五枝蘆葦』的戰場裡！」激動大吼：「不是這樣被荊棘拖行，再被下毒！死在大理寺的大牢裡！」他痛苦的抱住自己的頭，眼淚奪眶而出：「當時，我應該不跟著皇上走，衝過去先救小白菜才對！」用雙手打著自己的腦袋。

皓禎一手按在寄南肩上：

「寄南，不要自責，皇上點名要你走，你也無可奈何！小白菜犧牲了！這筆帳，我們記著！我們要化悲憤為力量！要『五枝蘆葦』徹底毀滅！為小白菜報仇！為無辜的老百姓報仇！」

皓禎說話時，吟霜正用雙手，按在小白菜胸前，拚命運功，做徒勞的努力。

靈兒懷著一線希望的問：

「有用嗎？吟霜，有用嗎？」

吟霜額頭冒著冷汗，臉色蒼白的搖頭：

「我那救命氣功，也救不回她了！」

大家聽了，個個悲傷不已。此時，魯超忽然奔了進來，氣極敗壞的喊：

「公子！竇王爺！剛剛得到消息，歌坊裡的人，全部被抓走！歌坊裡的東西，連牆上的畫，也全部被帶走了！范功、王仲、陸廣三位勇士，也壯烈犧牲了！」

皓禎、寄南、靈兒、吟霜全部呆住，人人震驚，臉色慘白。

❖

伍震榮興致高昂的看著書桌上堆滿了從歌坊搜刮而來的各種東西：卷軸、信件、擺飾、衣物、畫冊、字畫、胭脂、水粉、首飾……等等。伍震榮大笑：

「哈哈哈哈！真是滿載而歸！這次抓亂黨，雖然被皇上攪局，但是，破獲了歌坊這個反賊的巢穴，又毒死了他們一票人，這些反伍份子，一定元氣大傷！項麒，辦得漂亮！」

「是爹指導得漂亮！老天要爹成大事，擋都擋不住！」項麒微笑的說：「現在，『歌坊』和『下毒』都是大理寺的事，和我們伍家人也沾不上邊！皇上的攪局，不見得是壞事！」

項魁急於邀功，喊道：

「爹！我也幹得不錯吧！那歌坊的主謀小白菜，就是我抓到的，有罪沒罪，通通抓起來！有罪沒罪，通通用刑！有罪沒罪，通通毒死！」

伍震榮瞪他一眼：

「你這個草包腦袋，有勇無謀，這次算你『瞎貓抓到死老鼠』！」看項麒：「這些東西裡，有沒有什麼值得我們注意的？」

「還沒仔細檢查，只是，這張掛在牆上的牡丹圖大有文章，因為太厚，我發現有個夾層，打開夾層，裡面居然有張地圖！」

項麒嘩啦一聲，把地圖展現在伍震榮面前。伍震榮仔細一看，臉色大變。

「這是本朝的詳細地圖！我們在本朝的據點，都畫了紅線，有的畫了藍線，這紅藍有什麼區別？」

「紅色是我們沒有被驚動的地方，藍色是我們被消滅的地方！」

「他們居然有我們布署的地圖？是全體嗎？」伍震榮大驚。

「幸好不是！我們的大本營，他們並沒發現！很多根據地，也沒發現！」

「好險！」伍震榮咬牙切齒：「有沒有他們的名單呢？」

「這事交給我！我去把歌坊裡抓來的姑娘，一個個審問，總會問出一些名堂來！」項魁得意洋洋說。

「還有一樣東西，要給爹看看！」項麒就遞給伍震榮一張摺疊的紙箋。

伍震榮打開一看，只見上面寫著一行字：

「啟山可據，望水而居，日月光華，弘於一人！」

伍震榮看著紙箋，納悶的分析：

「這裡面包涵著太子的名字，這『日月光華，弘於一人』是說太子嗎？」

「應該不是！」項麒說：「爹，你記得去年，我們派『明弘』那個殺手去行刺太子，結果沒有成功，明弘犧牲了！這『日月』是個『明』字，『弘於一人』是說明弘單獨行動！這證明我們有叛徒，在對太子傳遞消息！」

震榮砰的一聲拍桌，恨恨說道：

「可惡的亂黨，居然潛入我們的陣營，掌握了我們的行動，還能通風報信，怪不得好多刺殺行動我們都栽了！」再看紙箋，反覆思索，忽然轉怒為喜，又在桌上重重一搥：「這個東西大大有用，那太子絕對死定了！」

# 67

這日，皇上在書房中召見了太子。皇上目光銳利，盯著臉色蒼白憔悴的太子，深深看著，深深揣度著，問道：

「太子為何心事重重？為何臉色不佳？晚上沒睡好嗎？」

太子坦率的回答：

「確實沒睡好！最近長安城抓亂黨事件，造成百姓不安，抓進牢裡的人犯，連審判都沒有，就很多都被毒死了！這暴露了我朝的官制出了很大的問題，官員的品格操守，也有很多的缺失，這實在不是朝廷之福！」

皇上陰沉的說道：

「原來太子整天都在憂國憂民，為朝廷操心到無法睡覺！」

太子這才警覺皇上召見，內情不簡單，問道：

「父皇找兒臣來，不是來討論兒臣的睡眠問題吧？」

皇上也坦率的說道：

「確實不是！」把紙箋遞給太子：「你能幫父皇解釋一下，這是什麼嗎？」

「啟山可據，望水而居，日月光華，弘於一人！」太子唸著，臉色一變：「這是誰拿給父皇的？榮王嗎？」

「誰拿給朕的並不重要，重要的是，這是你寫的嗎？朕認識你的字，這不是你寫的，那麼，這是誰寫的？十六個字裡，包括了你的名字，有山有水，有日有月，然後『弘於一人』，這『一人』指的是你嗎？」

「父皇！您在懷疑我？」太子大震。

「懷疑你就不找你來談了，就是無法懷疑你！」皇上說：「偏偏這是破獲了一個亂黨根據地找出來的東西！」嚴肅的凝視著太子：「啟望！你以前看過這東西嗎？」

太子神思不定的思索著，心裡在飛快的轉著各種念頭，勉強答道：

「兒臣看過！這十六個字，應該是一位高人寫的，大概是說，要啟望依山面水，過著悠閒歲月，扶持『日月光華，聚於一身』的父皇！」

皇上狐疑的看著太子說：

「解得好！這位高人姓甚名誰？」

「兒臣不知道！」太子直率的說。

皇上一拍桌子起身，怒視太子。

「你不知道？那麼，是誰拿給你看的？為何看過不拿給朕看？也讓父皇瞭解你的忠誠？也讓父皇高興一下？」

太子一怒，也大聲說道：

「這是民間擁護父皇的歌謠，這種歌謠很多，誰都不會去追究，看過就算了！就像『五枝蘆葦壓莊稼，萬把鐮刀除掉它』！這歌謠父皇聽過嗎？假若父皇看到這樣的東西，就懷疑兒臣的忠心，那『太子』的位子，也太可怕了！」

「你對這東西的來源解釋不清，反而責備朕封你為太子？」皇上不可思議的問。

「父皇！」太子誠摯而憂傷的說：「啟望不在乎自己是不是太子，在乎的是父皇的信任和寵愛。得人心者得天下，失人心者失天下！孩兒拚死效忠父皇，因為父皇是孩兒心中的好皇帝！啟望只想鞏固父皇的地位，不要被奸臣奪走！只希望百姓不會被奸臣害得民不聊生，其他的事，真的不在啟望的心中！現在，父皇對孩兒已經起疑，啟望就直說，將來，孩兒不會繼承父皇的王位，這樣，父皇放心了嗎？」

皇上大怒，問：

「你這是什麼意思？你想要朕廢掉你嗎？」

太子受傷卻傲然的說：

「廢太子也不是今天第一次提出來！兒臣還真的不在乎！現在長安城風聲鶴唳，百姓惴惴不安，誰都不知道明天腦袋還在不在？在這個時期，父皇關心的是這十六個字，為何不關心那些百姓？隨父皇怎樣想，兒臣告辭！」

太子說完，轉身就走。皇上喊著：

「啟望！回來！話沒說完不許走！」

太子早已奪門而去。

❖

寄南、皓禎二人得到皇上和太子再度失和的消息，火速趕到太子府。在太子府的密室裡，三人商討目前情勢，個個神情慘淡。皓禎拿著那張紙箋，看著說道：

「這是木鳶的密函，幸好沒簽名，是相當緊急時送來的！當時怎麼沒有毀掉？」

「唉！」太子嘆氣：「百密總有一疏，現在，歌坊已經徹底摧毀，還有多少密件被他們發現，連我們都不知道！我怕木鳶的筆跡也暴露，跟父皇吵完就把這紙箋順手帶走！還好父皇沒有注意！」

「歌坊那些姑娘落進伍家人手裡，大概都是凶多吉少！能夠保密的人，在嚴刑拷打下，也會把機密說出來！沒有幾個人會像小白菜那樣寧可犧牲自己！」寄南說著，不禁傷心，太子和皓禎也唏噓不已。

「我已經連夜把我們的據點通通換了地方！伍家行動也很快，他們也在連夜更換被我們發現的據點！」皓禎說。

「聽說咸陽、洛陽、太原、鳳翔幾個大城裡，我們的兄弟傷亡慘重！這次伍家發動的『抓亂黨事件』，還是讓我們很多據點暴露了！我想，天元通寶已經元氣大傷！」太子感傷著。

「不知道木鳶會有多難過？也沒給我們金錢鏢，大概覺得金錢鏢不安全。這木鳶也是，為什麼不露面呢？讓我們在這種情況下，都沒辦法面對面商量。」皓禎說著，深深看太子：「啟望，在這非常時期，你和皇上能不能講和，別再誤會下去！讓那伍震榮得意，這是親者痛，仇者快呀！他最希望的事，就是製造你們父子的分裂！」

「我那父皇對我太不瞭解！」太子氣憤：「我忠心耿耿，是為了王位嗎？他把王位看得比兒子還重，生怕我會去搶他的王位，這太侮辱我！太傷我的心！我真希望生在普通百姓家。那樣，才能享受到真正的父愛吧！何況，那十六個字讓我怎樣解釋？從實招來？他會相信嗎？再何況，我也不能把木鳶供出來！」

皓禎問寄南：

「漢陽那邊有沒有發現什麼？有沒有把下毒的人抓到？」

寄南一怒，搥桌又搥牆：

「還提漢陽呢？那天他不是還信誓旦旦的說什麼『仰不愧於天，俯不怍於人』嗎？現在案子這麼大，他居然不知去哪兒了？把我和裘兒這兩個助手都丟下，幾天都沒看到人影！」

「或者他去明查暗訪，不方便帶你們兩個！」太子說。

「呸！」寄南激動：「他晚上都沒回家，基本上是失蹤了！方宰相說，他去了城外！你們相信嗎？長安如此混亂，他居然不管，跑到城外去幹嘛？幫榮王消除證據嗎？這個方漢陽絕對不可相信！有其父必有其子！」

「如果連漢陽也不可信，我們現在怎麼辦？」太子著急徘徊：「伍震榮這一棒，打得太狠！下面還有很多未爆發的事情，我們就等著接招吧！」

「我看！」皓禎一嘆：「我們最近都安靜一點，先觀望一下，等待木鳶的指示。我想，一定又是要我們『休養生息』。唉！」看太子，心煩意亂的：「除了天元通寶的打擊，你那妹妹蘭馨，也真是我心頭大患！」

太子瞪了皓禎一眼，衝口而出：

「對蘭馨好一點，她就不會是你的心頭大患了！」

皓禎一怔。對蘭馨好一點？蘭馨的娘，要謀殺吟霜，差點要了自己的命！還要對她好一點？好一點是多少？怎樣算一點？

❖

怎樣算一點？這晚的蘭馨，穿著一件長袍子，披散著頭髮，手拿木劍，在院子中遊蕩。也在為這「一點」傷腦筋，喃喃自語：

「一點一點分一點，我不分要怎樣？一點一點合一點，我不合要怎樣？一點一點留一點，我不留要怎樣……」

蘭馨每說一句，就拿劍尖在自己手腕上劃一道，手腕上已經有著許多傷口，幸好木劍不尖銳，依舊有好幾道傷口在流血。崔諭娘追著蘭馨，想搶下木劍，哀求著：

「公主，不要這樣啊！把劍給奴婢，求求您不要這樣啊！」

宮女們也追著蘭馨跑：

「公主！公主！不要再傷害自己呀！」

「滾開！」蘭馨大叫：「不要擋住本公主的路！」把崔諭娘推得四腳朝天，又拿木劍對宮女們揮舞，大叫：「妳們是誰？居然敢追本公主！」

蘭馨一面喊著，一面把宮女們推得摔了一地，個個叫苦連天。

❖

畫梅軒院裡，明月高懸，月下的梅花樹傲然挺立。吟霜和皓禎正在樹下談著，兩人都神色凝重。皓禎說道：

「天元通寶這次損失慘重，弟兄傷的傷，死的死，偏偏太子和皇上也發生矛盾。今天我們三個談起來，真是個個傷心……」

皓禎話沒說完，只見小樂急沖沖的奔來，喊道：

「公子！剛剛公主院的宮女小玉來報，說是公主病得很重，要公子好歹過去看一看！不然，他們就要去宮裡報備找太醫！」

皓禎、吟霜一凜，兩人都變色了。皓禎說：

「我過去看一看！」

「我跟你一起去，生病我能治！」吟霜就喊：「香綺！拿藥箱！」

香綺不但沒有拿藥箱，反而一把抱住吟霜喊：

「不要不要，讓公子先去看看吧！夫人，妳千萬別去公主院，我們在這兒待命就可以了！上次給公主治病，那一把銀針妳忘了嗎？」

皓禎也嚴肅說道：

「我去就好！蘭馨花招太多了，不能不防！吟霜，聽我話，妳待在畫梅軒，哪兒都不許去！」

皓禎掉頭要走，吟霜忽然奔來，在他耳邊低語：

「心病還需心藥醫！拜託你能治就把她治好吧！」

皓禎一愣，一路嘆息著走進公主院。只見蘭馨拿著木劍，對著眾宮女追打揮舞，嚷著：

「不許過來！誰過來我就殺了誰！」

皓禎一見這種情況，皺著眉頭喊：

「蘭馨！妳在幹嘛？」

蘭馨看到皓禎，呆了呆，頓時怒發如狂，一劍就直刺向皓禎。

「我在幹嘛？我在練劍！你不是教我劍法嗎？我現在練得很好了，要不要跟我比劃比劃？我現在要把你的心挖出來，看一看是什麼顏色！」

蘭馨說著，劍尖已經直抵皓禎胸口，皓禎一伸手，就用兩指挾住了劍尖。同時，也看到蘭馨手腕上的傷口，心驚膽顫，不禁輕聲的說：

「把劍給我！」

「給你幹什麼，讓你來刺我嗎？」

「我不會刺妳，這把劍當初就是帶著善意送來的！它永遠都是一把『和平之劍』，妳能體會到這點，就不用管其他的一點一點了！」

皓禎說完，迅速的就奪下了那把劍，丟到院子一角。蘭馨失去了劍，立刻瘋狂的撲向皓禎，對皓禎張牙舞爪的又抓又打又喊：

「你這個混帳東西，那是我的劍，我擁有的東西不多，就有那兩把劍！你居然敢搶我的劍，我要殺了你！我要剁碎你！我要用你的心，切成一片片熬湯喝！那湯有名字，就叫『駙馬奪魂湯』……」

蘭馨一面喊，一面瘋狂的打著皓禎。皓禎把她往肩上一扛，就扛向屋裡，說道：

「回房去！今晚天氣這麼冷，受涼怎麼辦？」

崔諭娘急忙跟著跑進房。

皓禎扛著掙扎怒罵的蘭馨進入大廳，穿過迴廊，走上二樓，進入臥室。蘭馨一路都在狂喊狂叫，用手搥打著皓禎的背部：

「救命啊！救命啊！你這個魔鬼！你這個劊子手！」

皓禎把蘭馨放在床榻上。蘭馨掙扎著要起床，皓禎用棉被蓋著她，跳上床，用手壓著被子。蘭馨喊著：

「放開我！放開我！放開我……」

皓禎對崔諭娘急道：

「安神湯！上次吟霜留下過那藥，趕快去熬一碗來！」

「是是是！」崔諭娘急忙奔去。

皓禎就死命壓著棉被，臉孔對著蘭馨的臉孔，溫和的說道：

「蘭馨，冷靜下來聽我說。我知道我不是一個好丈夫，但是，我從來沒有想害妳，如果能夠讓妳心裡舒服一點，今晚我留在這兒，我守著妳！怎樣？」

蘭馨驚愕的聽著，不再大吼大叫，看著皓禎，不敢相信。

「你留下來？你的意思是說，你今晚在這兒睡？」

皓禎眼前，閃過太子的臉孔。

「對蘭馨好一點，她就不會是你的心頭大患了！」

皓禎眼前，又閃過吟霜的面孔。

「心病還需心藥醫！拜託你能治就把她治好吧！」

皓禎閉了閉眼睛，一聲長嘆。

「是的！如果那是妳需要的，我今晚就在這兒睡！」

蘭馨眼角滾落了一滴淚珠，接著，就放聲痛哭起來。皓禎手足失措，不忍的把她的身子抱起來，抱在懷裡搖著，痛楚的說道：

「一個男人，會讓兩個女人痛苦，他就該死！現在，我就是這樣一個該死的男人！我投降了，蘭馨，我也懷念那個在御花園裡蹦蹦跳跳，捉弄著每個準駙馬的蘭馨，那個被我又凶又摔，還是堅持要選我的蘭馨！我投降了！」

蘭馨一面聽著，一面哭著。

皓禎繼續痛楚的說著：

「我多麼希望向妳坦白，讓妳瞭解我內心的種種！但是，我知道妳不會聽，也完全不能接受！總之，我投降了！妳別哭了，如果能夠讓妳快樂，讓妳健康，讓妳不逃避到狐狸的謠言裡去，妳告訴我，我該怎麼做？我都配合妳，行嗎？」

蘭馨依舊落淚，但是平靜了下來。半晌，她哽咽的問道：

「也包括你早該完成的那件事嗎？」

皓禎一愣，痛苦的問：

「妳指……什麼？」

「你知道我指什麼？指你寧可害恐女症也要逃避的事！」

皓禎更加痛苦，閉閉眼說道：

「如果妳一直在意的是這件事，我……我……我只好……量力而為……」

此時崔諭娘送來了剛熬好的安神藥，看到皓禎在床上柔聲安撫蘭馨，不禁也感動落淚。崔諭娘捧著藥碗說：

「公主！先吃藥！」

皓禎就把蘭馨扶起，用枕頭堆在她身後，讓她半坐著。蘭馨就含淚接過崔諭娘的藥碗，兩眼看著坐在她對面的皓禎。皓禎心軟了，柔聲的說：

「慢慢喝，當心燙。」

蘭馨端著藥碗，兩眼一瞬也不瞬的看著皓禎。忽然間，蘭馨把整碗滾燙的藥，全部潑灑在皓禎的臉上。皓禎完全沒有防備，被潑了一頭一臉，驚跳下床喊：

「燙！哇！好燙！水！哪兒有水？」

宮女們趕緊把皓禎拉到臉盆架前。皓禎把臉埋進水盆，再濕淋淋的抬頭。崔諭娘大驚之餘，急忙遞上各種帕子，宮女們忙著幫著皓禎擦拭。

蘭馨縱聲大笑起來：

「哈哈哈哈！燙死你！毒死你！」笑容一收，眼光裡閃著瘋狂的怒火：「你以為本公主是什麼人？要你來施捨我？可憐我？你投降了！你對什麼投降了？對我的瘋狂投降？對我的抓妖狐投降？你以為我沒有看出你的勉強和無可奈何嗎？你眼睛裡寫得清清楚楚！你這個混帳東西！」

蘭馨一邊大吼，一邊跳下床，一邊瘋狂的繞著皓禎打轉：

「什麼叫你只好量力而為？哈哈哈哈！你以為我真的還會要你？我不過試試你會怎麼說？」冷笑：「哈哈哈！量力而為！你以為我還會讓你玷污我嗎？你的身子早已被狐狸弄髒了，我現在唯一的驕傲，就是保持了我的清白！事到如今，我才不會讓你佔便宜！把我變成跟你一樣的怪物！我根本不在乎你，你不是人！你已經是狐狸了！你這個骯髒的東西！你給我滾出去！立刻滾出去！」

皓禎氣得發抖，什麼理智、同情、憐憫都沒了，一字一字的說：

「娶了妳！真是我最大的錯誤和悲哀！」

皓禎說完，掉頭而去。

崔諭娘一臉的遺憾，無可奈何的看著瘋狂的蘭馨。

皓禎回到畫梅軒，依舊氣得發抖，臉上被燙得起了水泡，吟霜著急的審視著皓禎被燙得紅腫起泡的臉，拿著藥膏細心的幫他擦著藥，拚命想安撫他，說道：

「還好還好，只有幾個小水泡！我爹留下的這個燙傷藥，很好很好的，上次我被肉刷子開水燙傷，你都用這藥幫我治好了！」

皓禎忽然抓著吟霜的兩隻胳臂，死命搖著，失控的喊著：

「再也不要對我說，應該對公主怎樣怎樣！再也不要喚起我的罪惡感！再也不要用妳的心，來揣測公主的心！再也不要控制我，讓我去做我不想做的事！再也不要把我分給別人，再也不要！再也不要！再也不要……」

吟霜的眼淚奪眶而出。把皓禎緊緊一抱，哭著說道：

「你現在氣糊塗了，我說什麼都沒用！我真的沒想到會這樣！我承認我瞭解的還是太少。你不要跟我生氣，勉強你去做這件事，我的心會痛，讓你受到傷害，我的心更痛，你再對我生氣，我的心就更痛更痛……我現在手足無措，不知如何才好，告訴我，我該……怎麼辦……我該……怎麼辦？」

皓禎用手托起她的下巴，看著她淚霧迷濛的眼睛，痛楚的說：

「我只要妳一個，我只能擁有妳一個！妳明白嗎？如果多一個，我都會遭到天譴，這一直是我的心態，妳明白嗎？我去公主那兒，我想完成那件事，結果就是這樣，妳明白了嗎？我活該！我活該！」

「我再也不勉強你了！再也不會了！原諒我！」吟霜哭著說。

皓禎就把她用力的一抱，緊緊抱著。似乎想把她整個人，都壓進他心裡去。

❖

與此同時，寄南已經半醉，坐在酒館一隅，拚命灌酒。他一面灌酒，一面用筷子敲著盤子，醉醺醺唸道：

「秋風起兮白雲飛，草木黃落兮雁南歸，蘭有秀兮菊有芳，懷佳人兮不可忘……」

靈兒著急的搶著他的酒杯，勸著：

「好了好了！王爺，已經夜深了！別再拚命灌酒，萬一回去碰到方宰相，又要罵你沒規矩，不學好！」

寄南搶過杯子，嚷道：

「我去那個宰相府，就是去挨罵的！給我酒，那天上飛的斷了線，兄弟姊妹送了命，我這廢物還能幹什麼？我要喝酒！醉死才能解千愁！」

「你醉死也救不了小白菜！救不了那些牢裡送命的兄弟！」靈兒說，又大聲喊：「你有點出息好不好？跟我回去！」拿起桌上一杯水，就潑在寄南臉上：「醒一醒！」

寄南跳起身子，一拳就對靈兒打去。

「妳敢拿水潑我？我打死妳這風火球！」

靈兒閃過寄南的拳頭，往酒館外跑。

「你有種，就來抓我！抓到我才算好漢！」

寄南起身，跟著靈兒奔去。靈兒回頭看著他，一面跑，一面喊：

「什麼王爺？連跑都跑不動！簡直像個蝸牛！受了點刺激就只會喝酒，什麼英雄好漢？酒鬼！像蝸牛的酒鬼！」

「妳敢罵我是蝸牛？是酒鬼？我掐死妳！」

寄南追著靈兒跑，兩人就這樣跑進了宰相府，守門的衛士已經對這兩人的怪癖行為，見怪不怪。兩人跑進庭院，才看到漢陽手裡拿著幾卷文卷，從外面匆匆回到家裡。

寄南看到漢陽，頓時酒醒了一半，上前就拉住漢陽。

「漢陽，關於歌坊的案子，到底調查得如何？幾十條人命，這可是長安城的第一大案！

你不辦案，去哪兒逍遙了？」

靈兒看到漢陽，也忘了醉酒的寄南，急促的問道：

「漢陽大人，你總算回來了！你這些天很神祕，辦案也不帶我們兩個助手，有我們幫忙，破案才比較容易！其實，案子不用辦，我根本就知道是誰幹的！」

漢陽疲倦的說：

「本官累了，現在不想談案子，你們回自己房裡去吧。」

寄南一把抓住漢陽，激動的喊：

「不行！小白菜為了這個亂黨案子送了命！是誰毒死她的，你查出來了沒有？那些在監牢裡被下毒而死的好漢，又是誰毒死的，你查出來了沒有？還有……」

漢陽想掙脫寄南，不悅的說：

「你們有完沒完？難道我不想早早破案嗎？你們大家都看到朱雀大街的事，那些無辜被抓到大理寺的人，我都已經把他們無罪開釋了，你們是我助手，還要我跟你們報告不成？」

「漢陽大人，無罪開釋的事我們知道，但是有罪亂抓老百姓的人，為什麼沒受到處罰？在朱雀大街對老百姓用刑的伍項魁，為什麼不把他砍頭啊？」靈兒問。

漢陽警告的喊：

「袭兒，我這兒是宰相府，你口沒遮攔，胡言亂語！什麼砍頭不砍頭？如果你再這樣大呼小叫，當心你自己的腦袋吧！」

寄南帶著酒意，故意大聲的喊：

「我知道了！這兒是右宰相府嘛！本朝人人都知道，左右宰相是一個鼻孔出氣，這個院子雖然安安靜靜，多少榮王的奸細潛伏著！」大叫：「奸細們！出來呀！我今晚要幫小白菜報仇！來來來！跟我打！」擺出打架姿勢，又跳又叫：「跟我打……跟我打！有種就出來……」

世廷和采文正在睡覺，被外面寄南的吼聲驚醒。世廷起了身，生氣的說：

「那個竇寄南滿嘴說些什麼？他不要命了嗎？」

采文趕緊拿衣服：

「世廷，我們快去勸勸他，看樣子是喝多了，醉了！」

「皇上呀皇上！」世廷嘆氣：「這個麻煩，你一定要交給老臣嗎？」

兩人趕緊穿好衣服出去，到了院落，就看到寄南正在滿院又跳又叫：

「來呀！你們通通出來，跟我打！跟我打！跟我打……」

許多衛士都驚動了，紛紛跑出。世廷嚴厲的一吼：

「竇王爺，你在這兒發什麼酒瘋？什麼時辰了？你吵得人沒法休息！你想跟誰打架？」

寄南憤憤不平的嚷嚷：

「我想跟不忠不孝不仁不義的人打架！我想跟殺了小白菜的人打架！我想跟在朱雀大街對老百姓用酷刑的人打架！我想跟明知是誰犯案卻不辦的大理寺丞打架……」

漢陽大怒，忍不住喊著：

「你指著我的鼻子罵，你在我家作客，居然敢如此撒野！來人呀！把這個竇王爺給我抓起來！」

采文驚喊著：

「漢陽！你幾時回來的？不要啊！竇王爺是皇上交給我們家管束的！不是交給我們打罵的！不管怎樣，保持宰相府的風範吧！」

世廷大怒，支持漢陽：

「和這個竇王爺講什麼風範？漢陽，我看他就是亂黨，跑到我們宰相府來作亂的！來人呀！抓起來！」

許多衛士都來捉拿寄南。寄南拔腿就跑，衛士們圍過來追捕。靈兒急死了，大喊大叫：

「王爺！好漢不吃眼前虧！他們人多，你打不過，我來幫你！」

靈兒就在衛士中間，穿來穿去，把她那「游魚功」發揮出來，手裡的流星錘亂舞。衛士被她弄得眼花撩亂，加上夜色朦朧，樹影雲影搖搖晃晃，視線糢糊，一時之間，竟然抓不住寄南。寄南跑著跑著，跑到了魚池旁邊。

漢陽不知何時，已經站在魚池邊，手裡的文卷，也不知放到哪兒去了，兩手空空，從容不迫的站在那兒。他看到寄南奔來，就伸手一推。

撲通一聲，寄南掉進魚池裡。他不會游泳，手舞足蹈的掙扎著，冒出腦袋吸氣，十分狼狽，喊著：

「漢陽！你暗算我！我……我……」吐著水：「噗！噗！噗……」

漢陽蹲在池邊，看著寄南，不慍不火的說道：

「賓王爺，你在冷水裡泡一泡，大概頭腦可以清醒一點！不過，本官必須告訴你，我養的那些魚，不是鯉魚，不是金魚，是食人魚！會把你吃得連骨頭都不剩！」

「什麼？」寄南大驚。

漢陽伸手給寄南，問：

「講和？還是要打架？」

靈兒奔來，蹲在漢陽身邊勸架，著急的喊著：

「講和講和！都什麼時候了，還自己人打自己人！」口氣一轉：「漢陽大人，你把助手推進魚池，有點陰險耶！」

靈兒說完，就突然把漢陽也推進魚池裡，說道：

「現在你們可以公平打架了！竇王爺不知水性，漢陽大人不會武功！我靈兒從來沒有聽說過食人魚，你們在食人魚中打架！我觀戰！」

魚池中的寄南和漢陽，狼狽的掙扎著，也彼此氣沖沖的互看著。

隨後奔來的世廷和采文，匪夷所思的瞪大眼，簡直不敢相信自己所看到的景象。

# 68

太子還在燈下看書，神思不屬，悶悶不樂，而且心不在焉。太子妃和青蘿抱著佩兒逗弄著。太子妃柔聲的說道：

「佩兒！佩兒！去對你爹說，不要那麼難過，不管有多少風暴，你娘和你，都會陪著你爹一起度過！」

佩兒就搖搖擺擺的走向太子。用軟軟的童音喊著：

「爹！娘要我說……」笑著回頭看太子妃：「說什麼？佩兒忘啦！」

太子放下手中的書卷，抱起佩兒，仔細端詳，有感而發：

「佩兒，你真是個眉清目秀，又聰明過人的孩兒！如果你不出生在皇室多好！你的未來會怎樣呢？你爹一點把握也沒有！」

青蘿走來，從太子手中接過佩兒，說道：

「太子不要難過，這次的亂黨事件，雖然太子這邊元氣大傷，榮王那邊也不會大獲全勝。最主要的，是太子不能中計，皇上也不能中計！依奴婢看，太子和皇上，都已經中計了！這才是最大的問題！」

「這不是中計不中計的問題！是瞭解與不瞭解的問題！」太子說：「親如父子還要彼此猜忌，父子之情在哪兒呢？榮王一心要除掉我，難道父皇一點都不知道嗎？」

「他不想知道！」太子妃接口：「宮裡很多的矛盾，很多的傳言，他都不想知道！因為知道了會傷心，就寧願選擇不知道！」

「這算什麼態度？」太子起立，看著青蘿手裡的佩兒，說道：「佩兒，爹向你保證，等你長大了！爹和你之間，永遠沒有矛盾，沒有欺騙，更不可能有猜忌！因為，你是爹的心頭肉！」

「太子！」青蘿說：「您也是皇上的心頭肉啊！如果您發現『心頭肉』在欺騙您，在糊弄您，您會不會傷心呢？您對那篇密函的解釋，實在漏洞百出呀！」

太子不禁驚愕的看著青蘿。

「妳不懂！有些機密的事不能說！會害到很多人！」

「能說的說，不能說的不說，總比全部撒謊好！」青蘿說：「奴婢在榮王府待過，那件事我也略知一二，只要你找出那個名叫『明弘』的殺手資料！你們有密函，榮王那兒，難道沒有密函？明弘被你們殺了，他的家有沒有搜一搜呢？或者可以找到一些證據呢！」

太子有如醍醐灌頂，驚看青蘿。

「現在再去找證據，恐怕什麼都找不到！」

「總比不去試一試好，誤會像傷口，如果不馬上治療，傷口會潰爛，會化膿會越來越痛，甚至變成大病……奴婢有過經驗！」

太子再度驚看青蘿，心領神會。終於知道該怎麼做了，就希望皇天不負苦心人！

❖

若干天以後，太子帶著皓禎和寄南，進宮到御書房，請見皇上。皇上見三人神色嚴肅，對曹安說道：

「曹安，你出去，讓衛士守好門，沒有朕的同意，不要讓任何人進門！」

「是！」

曹安退出房間，關好房門。太子就上前說道：

「父皇，孩兒那天欺騙了您，孩兒知錯了！只是那封密函，牽涉到對孩兒忠心耿耿的人，孩兒不敢讓他暴露，只得對父皇撒謊！那謊言說得也不太漂亮，因為孩兒實在不是個會撒謊的人！」

皇上不悅的說：

「說重點！」

皓禎就一步上前說道：

「讓我代太子說吧！這封密函裡面，有太子的名字，還有一個刺客的名字！那刺客名叫『明弘』，要單身一人，刺殺太子！」

「啊？明弘？」皇上一驚。

「是！」皓禎說：「拆開來就是『日月光華，弘於一人』！」

「這封密函，是幫助我們的一位高人，得到消息，傳給寄南的！」寄南接口：「這是去年年初的事！我和皓禎，立刻採取行動，帶著太子，到大崍山去爬山，果然，那刺客上鉤了，他武功高強，我們三個大戰他一個，把他擊斃在大崍山！」

太子誠摯的看著皇上，挖自肺腑的說道：

「事情過去了，我們也不想驚動父皇，反正孩兒常常是暗殺的目標，已經習以為常。可是，這張高人警告我的密函忽然出現在父皇手中，確實讓孩兒大吃一驚，當時對答也吞吞吐吐。事後，我知道不能讓父皇再誤會我，所以，我和皓禎、寄南找到了那個刺客的家，翻箱倒櫃，結果發現了這個，另外一封密函！」

太子把手中另一封密函交給皇上。

皇上打開一看，只見上面寫著：

「明弘得令，即刻刺殺月王，獨自行動！」

「月王又是誰？」皇上糊塗的問，驟然明白了，心中湧起一陣驚悚：「啟望那個『望』字中的兩個字！」

「對！」太子說：「這就是整個事件的經過！這張密函，父皇不妨交給大理寺或者刑部，甚至交給御史台，從紙張來源，字跡分析，墨跡出處，連標點都不要錯過！孩兒想，不難查出是誰寫的！但是，懇請父皇千萬別交給榮王去查！」

皇上看著眼神坦蕩的太子，一時無言。

皓禎就非常非常誠摯的說道：

「皇上，朝廷裡都把皓禎、太子和寄南稱為太子黨，有人千方百計要除掉我們三個！確實，我們情如兄弟，誰都會為對方拚命！皇上，我們三個，也會為皇上拚命！請皇上再也不要誤會太子，四王的事，不能重複發生！」

「尤其在榮王大肆抓亂黨，幾乎大開殺戒的時候，我們再分裂，本朝岌岌可危呀！」寄南接口。

皇上深深點頭，看著面前的三個人。然後把那密函藏在身上的衣服裡，說道：

「以前看到你們三個在一起，心裡總會浮起一句話『三人同心，無堅不摧！』因為比『二人同心，其利斷金』還加了一人！現在，朕又想起這句話！」拍拍太子的肩，認真的叮囑：「朕不想知道那位高人是誰，如果你見著了他，務必幫朕謝謝他！因為他救了朕最器重的兒子！還有，你為了朕，要小心再小心！那些刺客，防不勝防呀！」

「孩兒遵命！」太子笑了：「父皇別為兒臣擔心，我還有皓禎和寄南，他們兩個，把我看得緊緊的，為了我常常鋌而走險，寄南還揍過我呢！」

「什麼？」寄南喊道：「本王何時揍過你？現在陛下對你誤會解除，你就亂告狀，等會兒變成我的『傷口』了！」

「我作證！」皓禎說：「為了某人和某人的弟弟，寄南確實給了太子一拳！」

「嗯！哼！哈！」太子連續發出怪聲阻止：「這揍人的事，就談到此處為止！」

皇上看著面前的三個人，唇邊浮起笑意，忽然心情大好，有力的說：

「嗯，哼，哈！啟望、皓禎、寄南！陪朕去馬場騎馬去！朕現在想策馬狂奔！尤其是在你們三個的陪同下！」

太子、皓禎、寄南異口同聲大力回答：

「是！」

❖

這天，伍震榮在府裡氣沖沖說道：

「氣煞我也！那皓禎和寄南，居然找出了我們給明弘的密函，把我已經到手的好事，又給破壞了！幸好那密函是個耆老寫的，抓不住伍家人的把柄，真是驚險！這袁皓禎娶了蘭馨公主，也不知道好好疼惜，還一直壞我的事，本王真想宰了他！」

項魁就挺身而出的說道：

「爹想宰了袁皓禎，我也想宰了他，我跟他的仇，已經算都算不清了！最好，把他定罪，來個凌遲處死！」忽然想起一個主意，興沖沖說：「爹！我有個妙計，可以讓袁皓禎人頭落地！」

「你那腦袋裡還能想出什麼妙計？」伍震榮輕蔑的說。

「爹也別這麼小看我，如果這妙計行得通，不但袁皓禎死定了，爹還能在皇上皇后面前，立下大功，一舉兩得啊！」

「哦？一舉兩得？你快說說看！」伍震榮興趣來了。

「聽說蘭馨公主，現在被袁家折磨出病來了，精神不寧，瘋瘋癲癲的！不如趁蘭馨公主現在生病的時候，我們找一個夜晚，派出幾個武功高強的殺手，去將軍府的公主院，把公主劫持到我們這兒來！」

「劫持公主？然後呢？」

「將軍府弄丟了公主，這是多麼嚴重的問題，咱們把公主藏著，爹就跟皇后說，袁皓禎迷戀那隻狐狸，說不定把公主謀害了！咬定公主遇害，要袁皓禎交出公主來！袁皓禎交不出人，豈不是死定了嗎？」

「公主就藏在本王這兒，本王幫她請大夫治病！」伍震榮有興趣了：「等到袁皓禎處死後，本王編個故事，就說在什麼地窖山洞裡，發現了公主，救活了公主！把一個健康的公主，帶到皇上皇后面前！」

「對！皇上皇后看到公主沒死，高興都來不及，也就不會追究事情經過！」

「可是，那公主院有沒有重兵守護呢？」

「聽說，那公主院只有幾個衛士，哪有我們的殺手武功強大？」

伍震榮深思著，事關蘭馨，值得一試！他眼中閃著亢奮的光芒。

「唔，就這麼辦！」他大聲說道：「而且，越快越好！」

❖

這夜，一彎新月高掛在天空。

公主院的屋脊，忽然冒出一群黑衣蒙面人，在屋脊上飛躍著。公主院中，幾個衛士在打瞌睡。忽然，屋脊上毫無聲息的跳下數人，迅速的把幾個衛士擺平。

大廳中，還點著燈火，蘭馨穿著寢衣，神思恍惚的坐在桌前剪紙，自言自語：

「本公主要剪很多神仙，各路神仙都有，觀音如來彌勒佛……還有各種小鬼，幫本公主抓妖……清風道長沒用，本公主自己來……」

桌上已經剪了好多亂七八糟的紙人，還有一堆碎紙片。崔諭娘從樓上急急追下來。

「公主！您不是已經睡下了嗎？怎麼又跑到大廳裡來了，這兒很冷，趕快回房去睡吧！」崔諭娘就去牽蘭馨。

「別碰我！妳們表面對我好，心裡都想弄死我！走開，我不要妳侍候！」蘭馨喊。

「奴婢是您的崔諭娘，怎麼會表面對您好？公主不要奴婢侍候，還有誰會來侍候公主呢？」崔諭娘快哭了。

就在這時，窗子忽然開了，一陣冷風吹進來。蘭馨顫抖的、害怕的丟下剪刀，跳起身子，嚷著：

「來了來了！白狐又來了！」

隨著蘭馨的喊聲，幾個蒙面殺手帶著武器，跳窗而入，直撲蘭馨。蘭馨放聲尖叫：

「狐狸變成黑色的了！黑狐狸！黑狐狸，本公主不怕你！來呀！」

蘭馨抓起在桌上的剪刀，就揮舞著對殺手狂揮狂砍，尖叫：

「本公主有神仙護身，誰敢碰我，我殺死你！」

崔諭娘也尖叫起來：

「有刺客啊！救命啊！救命啊！」

宮女們紛紛驚動，也大聲喊叫：

「有刺客有刺客！救命啊……」大家奪門而逃。

一個殺手，把崔諭娘一腳踢開，撲上去抓住了蘭馨，蘭馨奮力掙扎。殺手想著：

「上頭再三叮囑，不可把公主弄傷，這公主還有點身手，又如此瘋狂，不好辦！」就開口道：「公主，妳乖乖跟我們走！沒人會傷害妳！」

「鬼話！騙人的黑狐狸，本公主才不相信你！」

眾多殺手從窗口跳了進來，分別快速的打倒宮女和崔諭娘。忽然，被驚動的魯超穿窗而入，和殺手打成一團。魯超執劍在手喊道：

「你們是那條道上的？報上名來！想到將軍府來刺殺公主嗎？看劍！」

魯超一柄長劍在手，劍身白光閃爍，舞出一道道劍影，左封右架，前掃後刺，首先護定了蘭馨公主，接著劍法一變，出招攻向黑衣殺手。他招招致命、劍劍奪魂，勇武無比，一個人打好幾個人，眾殺手無法近身。蘭馨也亂殺亂砍一氣，殺手生怕傷害到蘭馨，竟然一時之間，無法得手。

公主院中，呼救的聲音尖銳雜亂，隱隱傳到了畫梅軒。皓禎和吟霜還沒睡，吟霜驚喊：

「公主院？有人在喊救命！」

「不好！一定公主又發病了，我得趕快去看看！」皓禎說。

吟霜回頭往屋裡跑，急急說道：

「我去拿藥箱！你先走，我馬上來！」

皓禎一邊飛跑而去，一邊對吟霜喊道：

「妳不許來！妳待在畫梅軒就好！」

皓禎用輕功，一連幾個縱躍，快速來到公主院，就聽到裡面有打鬥的聲音，他踢開大門，闖進門去。一見屋裡有黑衣人出現，立刻飛身上前，施展「少陽長拳」，身手拳掌、電出如風，步法凝立、靈活快捷，腳踏青龍白虎方位，遊走朱雀玄武之間；拳掌交錯、砍劈架擋，腿腳無形，左踢右踹，拳拳到位，腳腳不空，數個呼吸之間，就打倒了五、六個殺手。按這「少陽長拳」，最適合於貼身近戰。可以空手入白刃，出其不意、攻其不備。皓禎大吼著：

「這兒是怎麼回事？」

只見兩個殺手已經制服了蘭馨，各自拉著蘭馨的胳臂，就想把蘭馨帶走。

魯超力敵數人，喊道：

「公子！有人要劫持公主！他們為公主而來，快救公主！」

皓禎一聽，立刻撲向公主面前，和兩個黑衣人過招。皓禎邊打邊問：

「誰派你們來的？這兒是將軍府，你們以為可以輕易脫身嗎？居然敢冒犯公主！你們瘋了？趕快棄械投降！」

皓禎說著，已經把其中一人猝不及防的打倒在地。另外一個殺手，眼看皓禎武功高強，急切中，用長劍一橫，架在蘭馨的脖子上，威脅的說道：

「你敢過來，我立刻殺了公主！」

皓禎一愣，生怕傷到蘭馨，被迫退後一步。皓禎大喝：

「住手！你們跟公主有什麼仇？快放開她！如果傷了她一根寒毛，我都要你的命！」

蘭馨在生命威脅下，忽然有點清醒了，大喊：

「皓禎，不要跟他廢話，把他殺了就是！我才不怕什麼劍橫在我的脖子上，大不了就是人頭落地，有什麼了不起！殺了他！殺了他！」

殺手大驚，劍往後收，劍刃緊緊抵住蘭馨的咽喉。

就在如此緊張時刻，吟霜拎著藥箱，急急趕到，走進大廳，看到這等場面，頓時目瞪口呆。

同時，將軍府的衛士，已經趕到，把一眾黑衣殺手，打得傷的傷，倒的倒。眾殺手見性命不保，落荒而逃。室內只有挾持蘭馨的殺手，進退不得，還在堅持著。

皓禎還在對殺手喊話：

「放開公主！本將軍饒你不死！」大喝：「還不放下你的劍！」

「本公主不怕死，皓禎儘管攻上來！」蘭馨大喊著，還用腳去踢殺手。

殺手一急，橫在蘭馨脖子上的劍立刻一緊。頓時，蘭馨脖子上見了血。殺手大喊：

「都退後，我要帶走公主！再過來，我就殺了她！」劍又往後收緊。

皓禎一看，情況危急，只要殺手的劍再往後收，蘭馨就會沒命。情急中，什麼都顧不得了，飛身上前，一伸手，竟然徒手去抓那把橫在蘭馨脖子上的劍。

「放下你的劍！」皓禎對殺手急喊。

皓禎就抓住長劍的利刃，用力往後拉。他的手立即為利刃所傷，鮮血一滴滴的往下滴。

蘭馨震驚至極的看著在她眼前的皓禎。門口的吟霜，也魂飛魄散了，痛喊：

「皓禎！你的手會廢掉的……」

皓禎繼續用力拉那把劍，劍已微微離開蘭馨的脖子。

吟霜瞪著殺手，手中藥箱落地散開，一些針灸用的銀針散落在地。吟霜想也沒想，勇猛的抓起一把銀針就刺向殺手的手臂，殺手始料未及，一疼鬆手，劍便離開了蘭馨的脖頸。皓禎及時鬆手離劍，一腳踢開了殺手，緊接著再一腳踢飛了長劍。

殺手的劍噹的一聲落地，皓禎手上鮮血直流。他用沒有受傷的左手趕緊拉過蘭馨，蘭馨撲進了皓禎懷裡。她混亂驚愕感動的抬頭看著皓禎，說道：

「皓禎，你居然徒手去抓那把劍，你流血了，你受傷了……你……你……」

蘭馨話沒說完，就暈了過去。魯超早已上去，把殺手牢牢抓住。

吟霜奔上前來，抓住皓禎流血的手。吟霜說道：

「還好，我帶了藥箱來，我趕緊幫你止血！」

吟霜就急急忙忙幫皓禎止血，看著傷口，再包紮起來。

「這傷口要縫，先包著，回到畫梅軒再處理！我先看看公主！」

被打倒在地、目睹一切的崔諭娘已經爬到蘭馨身邊。只見吟霜快速的為蘭馨扎針，又拿出藥膏，為蘭馨脖子上的傷口塗上藥膏。崔諭娘雖然驚怕，但經過剛剛的大震撼，只是默默無語。吟霜拿了幾包藥給崔諭娘，說道：

「這個會幫助公主恢復平靜，兩個時辰一帖，是我特別為公主配的，隨時都放在藥箱裡。」把藥膏也交給崔諭娘：「傷口很淺，用這個藥膏，一天擦三次，過幾天就會好，不會留疤的。」

崔諭娘親眼目睹吟霜禦敵，驚懼的收下了藥。

皓禎包著白布的手，很快又被鮮血染紅了。

吟霜拉著受傷的皓禎，收拾了自己的藥箱，兩人就迅速的回到畫梅軒。

香綺、小樂全部驚醒了，起身幫忙吟霜。吟霜捧著皓禎的手細看，香綺在一邊用燭火為縫線的針消毒。皓禎又氣又急問：

「妳剛剛怎麼拿著銀針去刺殺手，萬一有個閃失怎麼辦？妳簡直嚇壞我了！」

「沒辦法！我當時只有本能的想救你，會用一把銀針去刺那個殺手，還多虧上回蘭馨用一把銀針刺我，依樣學樣，你別生氣！」

皓禎雖手痛咬牙忍著，還是抱怨著：

「還好妳沒有出事！下次不可以再做這麼危險的事！」

「好好！我知道！先療傷要緊，現在你有兩道傷口，一道在手指上，一道在手掌下方，你這右手，除了原來的傷痕，又多了兩條！我先幫你縫，只怕會留疤！」

吟霜說完，趁皓禎不注意，就對著傷口運氣止痛。皓禎大驚，急忙用左手去拉她：

「我不怕痛，妳儘管縫！不要再為我消耗體力！」

「好了好了，我現在就開始縫！」

吟霜開始縫合傷口，香綺幫忙，看得心驚肉跳，喊道：

「公子！怎麼弄這麼兩條大傷口？您都不會痛啊？居然用手去抓劍？」

吟霜專心的縫合著，傷口縫好了。吟霜用剪刀剪掉線頭。

「好了，香綺，妳趕快去睡吧！」

香綺走了，吟霜就捧起皓禎的手，察看縫線。皓禎忍不住警告：

「現在妳也不許再傷元氣！縫線之前，又用了妳的止痛藥！如果妳再敢對我的傷口消耗妳的體力，我會跟妳生大氣，立刻翻臉，真的！縫了線，七天之後拆線就好了！」

吟霜抬眼看著他，說道：

「我現在確實沒有力氣再幫你止痛，但是，我過兩天就可以！要不然，這手寫字練劍都會成問題，一定要徹底治好！」

「過兩天也不許！妳別在意我的傷……」看著縫線說：「本來只有樹幹，多了這兩條傷痕，有了樹枝，更像梅花樹了！」

吟霜繼續看著他，好半晌無語。皓禎安慰的、柔聲說：

「怎麼了？我不痛，真的！」

吟霜崇拜的看他，像看著一尊神：

「我只是想……告訴你，那個徒手抓住劍的你，實在是太神勇了！」

吟霜說完，就低頭幫他細心的包紮著傷口。皓禎用沒受傷的手，輕輕撫摸著她低俯的頭頸。

魯超來到房門口，詢問皓禎：

「公子！那刺客什麼都不肯說，要不要殺了他？」

「把他交給漢陽吧。劫持公主，這是大理寺該追查的案子。」皓禎想了想說。

「是！明早就押解過去！」魯超退下。

「為什麼有人要劫持公主？」皓禎深思的問。

「將軍府弄丟了公主會怎樣？」吟霜想想說。

「哦！這麼說來，依然是伍家人幹的？」皓禎恍然大悟的說：「我明白了！我想，這案子送到大理寺，也是一樁破不了的疑案！」

❖

第二天早上，因為吃了吟霜配的安神藥，蘭馨很晚才從睡夢中醒來。宮女和崔諭娘急忙上前，準備幫她梳洗。蘭馨坐起身子，恍恍惚惚的看著崔諭娘。眼前，閃過皓禎徒手抓劍救她的畫面。似有似無，疑夢疑真，但是，那個影像非常清晰。蘭馨疑惑的問：

「昨晚，是不是駙馬徒手抓劍，救了我一命？」

「是的是的！可見……駙馬爺心裡，還是挺在乎公主的。」崔諭娘感動的說。

「後來呢？是不是那白狐救了駙馬？」蘭馨回憶著。

崔諭娘愣了愣，只得坦白的點頭：

「是的，她抓了一把銀針，去刺那個刺客！」

蘭馨陡然寒意襲來，一個震顫，害怕的說：

「我知道我知道，黑狐狸也鬥不過白狐狸！那麼多隻黑狐狸，還是鬥不過一隻白狐狸！

我怎麼鬥得過她呢？就算駙馬對我好，那狐狸對駙馬更好，不是嗎？」用雙手抱住自己，發抖著：「崔諭娘，我很冷很冷……」

崔諭娘趕緊上前，憐惜的用棉被包住蘭馨，再把她抱在懷裡。

❖

這次劫公主事件，讓伍震榮又徹底打了一個敗仗。他把項魁叫到榮王府，氣得快要發狂，看到這個成事不足、敗事有餘的兒子，簡直不知該把他怎麼辦才好。對著項魁，就憤憤的把手裡的杯子，對他扔了過去，項魁一閃，杯子落地碎裂。

「笨蛋！笨蛋！什麼殺手武士，都是一群廢物，公主沒有到手不說，居然還死的死，逃的逃！還有一個被捕，成了人證！萬一他招供了，怎麼辦？那漢陽又是一個不通氣的死腦筋！難道又要本王去跟方世廷疏通！」

項魁縮頭縮腦，畏首畏尾的說：

「爹！項魁又沒把事情辦好！不過，那個人證不用擔心，我自有方法讓他閉嘴！上次那些亂黨，我不是都讓他們閉嘴了嗎？」

「你最好讓他閉嘴，不然我扒了你的皮！」伍震榮的吼聲，幾乎震聾了項魁的耳朵。

# 69

漢陽的書桌上堆滿了各種卷軸，他正專心的核對審查著。靈兒忽然衝進書房，急急的問道：

「漢陽大人，前幾天將軍府送來的那個刺客，審問出結果了嗎？」

漢陽頭也不抬的，煩躁的說：

「那個想劫持公主的案子嗎？那是個懸案，無法破案！」

靈兒一驚，生氣的大聲嚷：

「怎麼會呢？你沒有好好的審問一下嗎？皓禎那晚還受了傷，幸虧吟霜會治療……這麼大的案子，要劫持公主，你把這案子吃掉了嗎？」

漢陽把筆一放，瞪著她生氣的說：

「什麼叫『把案子吃掉了』，你說話要小心！」

靈兒氣呼呼的、直率的說：

「漢陽大人，你最近很奇怪，長安城抓亂黨的案子，你不但不管，還跑到城外去逍遙！伍項魁那個大壞蛋，多少人證看到他嚴刑逼供，你到現在還沒把他抓起來！還有那些被毒死的冤魂，你通通不管！現在又不辦公主的案子……你這個大理寺丞有問題，我不當你的助手了！」

漢陽忙碌的翻閱著文件，冷冷的說：

「請便！既然不是我的助手，就出去別來煩我！」

「難道你不能給我一個理由嗎？只要你的理由充分，我也可以原諒你！」

「我不需要你原諒！也不需要向你稟報！」漢陽啼笑皆非的說。

漢陽才說完，微服的太子和寄南一起走進房。太子有力的說：

「不向裘兒稟報可以，能不能向我稟告呢？」

「當然還有我這個助手，我們對你都有同樣的問題！」寄南接口。

漢陽抬頭看到太子，大吃一驚，趕緊起身行禮說：

「太子！你怎麼來了？」看門外：「那些衛士怎麼沒有通報？」

「是我把太子偷偷帶進來的！」寄南說：「他扮成我的隨從，就進了你這個銅牆鐵壁的宰相府！我知道如果不把他帶來，恐怕我只能和你在魚池裡大戰食人魚！」

太子緊緊盯著漢陽，有力的說道：

「有人對我說，仰不愧於天，俯不怍於人！我相信了這個人，也相信了他的操守！但是，目前看不到這個人有所作為。請問大理寺丞，我該懷疑這個人嗎？」

漢陽把桌上的卷軸整理了一下，放在一個袋子裡，對太子、寄南、靈兒說道：

「這兒不是談話的地方，我們出去談！」

四人出門，漢陽命人備馬，上了馬，奔馳到無人的曠野草原上。鄧勇帶著兩個便衣衛士，遠遠的跟隨保護著。漢陽看到四處無人，就勒馬停駐，下馬說道：

「太子願意在這草地上小坐一下嗎？」把馬背上的袋子取下。

「當然，這兒應該是個談話的好地方！」太子躍下馬背。

寄南、靈兒也下了馬，四人在河邊草地上坐下。河水潺潺，遠山隱隱，清風徐來，綠草如茵，確實是個安靜的談話之處。只是快入冬了，天氣有點冷，好在四人都不在乎。寄南坐下就說：

「漢陽，我們就坦率的把問題攤開來談，你不需要過多的解釋，我們只想知道這些日子，你到底查到了什麼？準備如何處置？」

「還有為什麼你不辦那些大壞蛋？」靈兒強調，她恨死那個殺了吟霜的爹，又把她軟禁多日，還害死了小白菜的伍項魁！

漢陽抬頭看著三人，臉色憔悴，嘆了口氣，正色說道：

「因為大理寺人犯中毒那晚，我得到密報，不止長安，咸陽、洛陽、太原也在抓亂黨，傷亡慘重！我當晚就趕到咸陽，接著又去了洛陽，本來還要去太原，實在放心不下長安，這才趕回來！」

「你所謂的『傷亡慘重』是無辜的老百姓嗎？還是真的亂黨？」太子震驚的問。

「你們聽過民間和朝廷中，都有人參加的一個忠貞愛民的組織嗎？好像有個代號，我還沒有查出來，可能是用錢幣的名稱！」漢陽說。

靈兒和寄南同時驚喊：

「啊？錢幣名稱？」

太子急急問道：

「是這個組織傷亡慘重？」

「不錯！」漢陽說：「我飛奔到咸陽，是想把這些愛民的忠貞份子，搶救下來！長安那些死難的，已經救不回了，可是還有很多救得回的！所以我連續奔波了好多天，當時分身乏術，顧不得大理寺了！」

「那……漢陽大人，你救下了那些忠貞份子嗎？」靈兒急急問。

「救了一部分，犧牲了一部分！顧此失彼呀！」漢陽沮喪的說。

寄南震撼的看著漢陽問道：

「你同情那些忠貞份子？不把他們看成亂黨？」

「我是本朝的官員，當然認同本朝的擁護者，亂黨應該指的是想叛變的人！」漢陽清晰有力的說道。

「那你回到長安，怎麼還不幹掉伍項魁？」靈兒問。

「你們聽過一句話嗎？『欲擒故縱』！」漢陽說。

「當然聽過！你在『欲擒故縱』嗎？」太子不得不對漢陽另眼相看。

漢陽把手中一個卷軸打開，攤在地上，說道：

「這張圖，也是讓我當晚離開長安，飛奔到咸陽去的原因！這是那天監牢裡一個將死的囚犯，給我的線索，我根據那線索到咸陽，找到了這張圖！」

太子、寄南、靈兒都去看那張圖，太子、寄南臉色大變。太子震驚起立：

「這張圖可靠嗎？居然如此大膽！」

「這是天大的事，這還得了？」寄南驚喊。

靈兒實在看不懂那張圖，還在糊塗中，忽然聽到鄧勇大喊的聲音：

「什麼人？要過去先過我這一關！」

四人回頭，只見鄧勇和幾個衛士，已經和一群騎馬的黑衣蒙面人打成一團。太子迅速的捲起地上的卷軸，回身就和騎馬飛奔而來的黑衣人交手。太子拔劍，一手持劍，一手用卷軸當武器，「白蛇吐信」、「黑熊翻背」、「燕子抄水」三招接連使出，攻其上、中、下三路，和黑衣人打得難解難分。靈兒拿著流星錘，對著黑衣人的馬腿一陣「狂風掃落葉」。這招居然有用，黑衣人紛紛墜馬，竟然全部直奔向漢陽。太子大喊：

「漢陽！到我身後來！我保護你！」飛竄過去攔在前面。

寄南也喊：

「漢陽！我擋在你前面，你站在那兒不要亂動！」

靈兒怒罵：

「你們是哪條道上的？居然要打我不會武功的大人！看我的風火球怎麼對付你們！」她抓了一把河邊的沙子，拋向黑衣人的眼睛，居然又逐退了兩人。

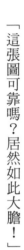

漢陽被三個人保護在中間，動也不動。大家繞著圈子和黑衣人打。鄧勇等衛士，已經打倒了對手，全部騎馬奔來護駕。對方眼看不敵，一聲呼嘯，全部撤離。

敵人來得急，去得快，轉眼消失無蹤。

漢陽趕緊拿回太子的卷軸，放進袋子，掛回馬背上。太子對漢陽警告的說道：

「以前，刺客要對付的都是我，這次的目標卻是你！漢陽，千萬小心，只怕你手中的若干證據已經暴露了！你爹也是你的阻礙！」

寄南心有餘悸的看漢陽，嚴肅說道：

「從今天開始，我要教你武功！你每天得抽出空來練武！否則，我只能當你的保鏢，不能當你的助手了！」

「謝謝好意，現在練武已經來不及！漢陽早把生死置之度外，只求太子和兩個助手不要再懷疑我的任何行動！」漢陽誠摯的說。

「那麼，伍項魁還命不該絕？」靈兒問。

太子和寄南看過了卷軸，同聲說道：

「是！欲擒故縱！」

❖

皓禎沒有參加那四人會議，因為手傷還沒痊癒，太子、寄南等人，都知道蘭馨差點被劫的事，個個對蘭馨這樁婚事，都代皓禎捏把冷汗。怎麼皓禎娶了蘭馨，會鬧出這麼多問題？那吟霜簡直像在刀口過日子，大家都後悔，當初應該全力阻止這婚事的。現在，說什麼都晚了，看皓禎應付蘭馨都來不及，許多天元通寶的事，也不敢去煩皓禎。

這天，公主院裡又熱鬧得很。許多宮女忙碌著，在公主院各處，包括大廳、臥房、院子、長廊、花園、樓梯、亭子……貼著符咒。蘭馨手握著一把從道觀求回來的符咒，指揮宮女到處黏貼，監督著說：

「貼貼貼！你們一個縫隙都不能放過，嚴嚴密密的貼牢了！包括公主院的小廚房都要貼上符咒。院子的柱子上、窗子的窗格裡，亭子的頂上……每個角落裡都貼！」

宮女齊聲回應：

「是！遵命！」趕緊拿著符咒，到處貼著。

崔諭娘走近蘭馨，拿著一面琉璃鏡說：

「公主，道觀的仙姑還給奴婢一個照妖鏡，她說這個鏡子是西域來的琉璃鏡，掛在公主的床頭，能防止妖魔鬼怪靠近，也能幫助公主晚上睡個好眠！」

蘭馨像是如獲至寶，欣喜的接下琉璃鏡，把玩著。

「哦！這琉璃還亮閃閃的，一定很有功力！既然有這麼好的東西，快點掛上去呀！有了滿屋子的符咒，再加上這個照妖鏡，咱們就不怕那個妖狐白吟霜了！」

「是啊！奴婢這就去掛上鏡子！」崔諭娘積極的說。

蘭馨拿著黃色符咒，親自到處張貼著，一面貼一面說：

「貼！貼！貼！到處貼！本公主天不怕地不怕，哈哈哈哈……」

❖

在畫梅軒裡，吟霜帶著香綺，把配好的藥一包包收進藥箱裡。再檢查藥櫃裡的藥材夠不夠，正在忙碌中，小樂忽然奔來喊：

「吟霜夫人，妳千萬別去公主院！那公主好像越來越瘋了！現在她把整個公主院都貼滿了符咒！小的剛剛看了一眼，那公主眼睛發直，到處貼符，像個中邪的人一樣！」

「真的？公子知道嗎？有沒有請大夫給她瞧一瞧？」吟霜關心的問。

「別管她！別管她！誰管她誰會倒霉！」香綺害怕的說。

吟霜深思著，忽然想起白勝齡，曾經對她耳提面命的說過：

「吟霜！妳記住，咱們學了醫，是要濟世救人的，這是我們的使命！不管什麼疑難雜症，我們都要抱著以身試藥的態度去治，儘管以身試藥有時會傷到自己，也在所不惜！治療病人，沒有任何藉口退縮！」

吟霜就在大家都沒注意的時候，抱著藥箱，單槍匹馬的踏入公主院院門，心想：

「如果我不來試一試，我對不起皓禎，對不起公主，也對不起我死去的爹娘！雖然來一趟可能很傻，我還是要走這一趟！」

吟霜看到滿院符咒驚愕無比。宮女們看到吟霜單獨進門，也驚愕無比，喊著：

「崔諭娘！崔諭娘，將軍府有人來了！」

蘭馨和崔諭娘奔出房，一見吟霜，兩人都傻了。吟霜就誠摯的說：

「公主！我特地來看看您，我不是白狐，真的！您不要再被白狐這個謠言給害了，您要走出這個幻想，您的病才會好！您看！這些符咒對我都沒用，不是嗎？」就一邊走，一邊撕掉那些符咒。

蘭馨大驚，喊道：

「符咒沒有用！她居然穿過院子，走進大廳，還撕掉符咒！她的功力太強大了！」就往房裡衝去，喊著：「崔諭娘！照妖鏡！趕快給我照妖鏡！」

崔諭娘嚇得發抖：

「是是是！我去拿，公主小心！」

「公主，您看看我！」吟霜苦口婆心的說道：「和您一樣的皮膚，一樣的頭髮，您怎麼會認為我是狐狸呢？那些傳言才是讓您生病的主因，不是我啊！您現在是不是常常心跳得很厲害？是不是夜裡睡不著？是不是會出冷汗？是不是很不快樂？」

「妳怎麼知道？」蘭馨驚恐：「如果妳不是妖狐，妳怎麼知道我出冷汗睡不著？妳白天黑夜都守著我嗎？妳隨時跟著我嗎？」

「不是！我是大夫呀！我說的是您的『症狀』，這些都是生病的現象，就像發燒一樣！吃藥就會好的。如果您肯讓我把脈，我會開藥給您，吃了之後，您這些現象都會消除！公主，讓我幫助您吧！」就上前一步。

蘭馨驚恐的後退：

「不要過來！不要過來！妳想把我怎樣？」

崔諭娘拿著照妖鏡，飛奔而來，喊著：

「照妖鏡！照妖鏡來了！」把照妖鏡交給蘭馨。

吟霜誠懇的，坦然的站著說：

「我站在這兒，我不動！公主，妳儘管用照妖鏡照我，如果照出我是白狐，妳就殺了我！如果照不出來，就證明我是人，那妳就聽我的話，讓我幫妳治病好不好？」

「我不跟妖狐談條件！我根本沒有病，是整個將軍府病了！是皓禎病了，他們全部被妳這個妖狐附身！」蘭馨喊著，把照妖鏡對吟霜一照，大叫：「照妖鏡！照出她的原形！」

吟霜站著讓她照，一臉的坦蕩與真誠。

「咦！照不出來！」蘭馨看看照妖鏡，再看看吟霜，驚恐，再叫：「照妖鏡！照出她的原形！照出來！照出來！咦，還是照不出來！」

「現在妳相信我不是妖狐了嗎？妳所有的方法都用過了，不是嗎？妳每天生活在恐懼裡，生活在痛苦裡，這些……我都可以幫妳治好，妳坐下來，讓我把脈行嗎？」

吟霜說著，就往前走。忽然間，蘭馨飛撲過來，把吟霜打倒在地，恐懼的用鏡子拚命打著吟霜的頭，喊著：

「我打出妳的原形！我打出妳的原形！照妖鏡，打出她的原形！」

❖

皓禎並沒有出門，他在雪如那兒，讓雪如檢查他那癒合得很好的手傷，聽著雪如的叮囑：要對吟霜好一點，要更加珍惜她一點，要問問她以前在山裡的生活，要關心她所有的事，還要早些再懷個小寶寶……正談著，忽然小樂衝進房喊著：

「不好了！公子，都是我多話，吟霜夫人單槍匹馬去了公主院！」

「什麼？」皓禎大驚：「她一個人去？魯超呢？」

「將軍把魯超帶出門了，小的也不知道吟霜夫人會去！」

皓禎掉頭就跑，嚷著：

「她永遠學不到教訓！要急死我……」

「秦媽！我們也去！」雪如膽戰心驚的喊著。

❖

在公主院大廳中，蘭馨壓著吟霜，繼續用照妖鏡拚命打著她。

吟霜躲避鏡子，掙扎喊著：

「公主！我跟您說了那麼多，您想一想呀！大家都說您是最聰明的公主，為什麼會這樣傻，相信那些傳言呢？」

「妳竟敢說本公主傻！我就用這照妖鏡，打出妳的狐狸原形！」

蘭馨左手壓著吟霜的脖子，右手不停的用照妖鏡打著吟霜的頭。吟霜無法呼吸，喊著：

「公主，快放開我，不要打了！」

「照妖鏡，快快讓這個妖女現形！照妖鏡，趕快發生作用！照妖鏡……」

忽然，照妖鏡的琉璃被蘭馨打破了，碎片四散。鏡子突然破裂，一旁觀看的崔諭娘和宮女們都震懾無比。蘭馨見到照妖鏡破裂，更加恐懼，抓起一片銳利的琉璃破片，用破片抵著吟霜的臉頰：

「連照妖鏡都收拾不了妳！妳分明是妖狐！本公主就先劃破妳這張勾魂的臉！」

就在這緊張時刻，雪如、秦媽、皓禎、小樂衝了進來。皓禎大喊：

「蘭馨！住手！」

蘭馨手握琉璃碎片，抬頭看著急急趕來的雪如等人，又是驚恐，又是憤怒的大叫：

「誰敢過來！每次我收拾這妖狐，你們就趕來救她！」

皓禎飛快的竄上前來，伸手一招「小擒拿」，抓住了蘭馨握著琉璃碎片的手，把她雙手剪到身後。雪如和秦媽就急忙上前，去拉起在地上的吟霜。吟霜被拉起時，從衣服內掉出了狐毛玉珮，她趕緊拾起玉珮，收進衣服內袋裡。蘭馨看到狐毛玉珮，驚恐萬分，失聲尖叫：

「狐毛玉珮！狐毛玉珮！狐毛玉珮……被我敲碎的狐毛玉珮居然還魂了！崔諭娘，妳看到了嗎？那個打碎的玉珮也會回來！她不是妖狐是什麼？」

「奴婢看見了！」崔諭娘顫抖的說。

「看見什麼了？」皓禎氣憤的說：「玉珮嗎？大驚小怪！以前那個被蘭馨敲碎的，是我送給吟霜的！」

雪如生氣的接口：

「現在這個玉珮是我送給她的，難道我也是妖狐嗎？」

蘭馨回頭看崔諭娘，顫聲的說：

「將軍府全家都被附身了！他們一個護著一個，死的都能說成活的！怎麼辦？怎麼辦？」抱住崔諭娘，恐懼已極。

「公主，不是的，玉珮本來就有兩個，不要怕……」吟霜還想說明。

皓禎對吟霜生氣的一喊：

「解釋有用嗎？越解釋越糟！妳的經驗還不夠多嗎？跟我走！」

皓禎拉著吟霜就走。雪如、秦媽、小樂都急急跟去。

❖

回到畫梅軒，皓禎就氣極敗壞的看著吟霜，吼叫著：

「妳到底想做什麼？妳去治療公主，妳以為妳是觀音菩薩嗎？現在只有菩薩能幫助她！妳又沒武功，又不會打架，就靠妳的熱心和堅持，有用嗎？我一會兒沒看著妳，妳就跑去自投羅網！」

「我想試一試。我爹說，以身試藥是冒險的行為，但是，也是必須的事！我覺得我也好，你也好，將軍府也好，對公主都有一些責任，畢竟她是好端端嫁過來的，現在病成這樣，我們有責任治好她！」吟霜歉然的解釋。

「責任！責任！」皓禎生氣喊：「我說過，不要再喚起我的罪惡感，妳就是不聽！我也知道有責任，我也努力想去治好她，結果怎樣？妳不是沒看見，居然還要去被她打！妳看，頭上又被打得紅一塊，青一塊！上次用木劍劃傷妳的臉，妳忘了嗎？妳是不是嫌自己太漂亮，一定要毀掉自己的容貌？」

吟霜看皓禎如此生氣，不敢說話，拿著藥罐，對著鏡子擦藥。銅鏡模模糊糊，看不清楚。皓禎一把搶過藥罐，說道：

「我來！」看看吟霜臉上的瘀傷，更加生氣，把藥罐重重往桌上一放：「好多事要跟寄南、啟望談，為了妳都不敢走開，再這樣下去，我們每個人都會瘋，妳會一個人跑去公主院，一定也是瘋了！我也快瘋了！我娘也快瘋了！我看到妳又被公主壓在地上打，我真的瘋了……」

吟霜一把抱住了他，用臉頰貼著他，哀聲說道：

「我承認我太傻！最後一次，再也不試了！只要你不跟我生氣！」

皓禎深吸口氣，平靜了一下自己，再度拿起藥罐，推開她，幫她擦藥。

皓禎陷在蘭馨和吟霜的問題之中，一時分身乏術。太子卻有太子的問題，自從看過漢陽找到的卷軸，太子心上就沉甸甸的。這晚，太子背著手，在室內走來走去，心事重重。太子妃看著他，揣測著他的心事，青蘿在一邊侍候著茶水。

「太子，您已經在這房間裡，來來回回走了幾百圈，如果心裡有事，能不能跟我談談呢？」太子妃問。

「沒事！妳不必擔心！」太子心不在焉的說。

「時辰不早了，您還不休息？」太子妃問。

「我想再走走，妳先去休息吧！看看佩兒睡得好不好？」

「奴婢剛剛去看過了，白羽陪著他，睡得可香了！」青蘿接口。

太子妃深深看了青蘿一眼，說道：

「青蘿，妳不應該是奴婢，早就不應該了！」就含意深刻的看看太子：「那麼，我先去睡了！青蘿，好好照顧太子！」

「是！」青蘿恭敬的說。

太子妃退下了。太子回頭看看青蘿，說：

「太子妃心心念念，要把妳跟我湊在一起，我想，妳心裡也明白吧！」

「是！青蘿明白！」青蘿垂下眼瞼。

「秋峰的功夫學得如何？」

「謝太子！」青蘿笑了：「他學得可好了！現在舞起那大刀，虎虎生風！將來一定是個大將！他說，要永遠追隨太子，如果要他上戰場，他要馬革裹屍，報答太子！」

「哎！話說得不對，應該說，如果要他上戰場，百戰百勝，報答太子！」

「是！奴婢轉告他，讓他跟太子重說一遍！」她看太子：「太子的心事，青蘿能夠知道嗎？或者青蘿可以幫太子分析一下！」

「唉！」太子一嘆：「不外是朝廷上的事，百姓的事，奸臣和忠臣的事，皇上的事！社稷的事！」

「皇上和太子，已經誤會冰釋！那麼就是百姓的事，奸臣和忠臣的事，江山社稷的事！太子安心，邪不勝正！」青蘿說。

「可是，我看到太多邪能勝正的事！很擔心朝廷上，一些正直的人，被奸臣謀害，上次『抓亂黨』的事件，留下許多問題！」忽然看著青蘿說道：「我們一定要談這麼嚴肅的問題嗎？」

「太子想談什麼呢？」青蘿小臉一紅。

太子走向青蘿，輕輕把青蘿攬進懷中。

「問妳一個問題，必須坦白回答我！」

「是！」青蘿低聲的回答。

「妳喜歡我嗎？」太子柔聲問。

青蘿抬頭看著太子，誠實的說道：

「喜歡！很喜歡！非常非常喜歡！」

「以前問過妳一次，那時妳才來沒有多久，現在妳已經來了這麼久，或者想法會有改變，再問妳一次，想當我的『孺子』嗎？」

青蘿想推開太子，但是太子牢牢不放。青蘿就低垂著頭，真切的說道：

「太子！青蘿上次就說過，敝帚之身，難侍君子！我會永遠感恩太子對我的恩惠，但是，絕不敢用我殘花敗柳的身子，玷污太子的清譽！不，我不能！請太子把對我的錯愛，放在心中，我們心照不宣吧！我會珍惜太子，尊敬太子，永遠永遠跟隨太子！」說著說著，眼中含淚了。

太子一嘆鬆手：

「如此女子，讓人不佩服也難！去吧，青蘿！我也會尊重妳的意志，絕對不會勉強妳！雖然，我對妳用『殘花敗柳』四個字形容自己，是非常不以為然的！我不會在乎那個！反而因此更加憐惜妳，忍辱偷生是件最困難的事，妳不能因為壞人對妳犯下的罪惡，來懲罰妳自己，我也不會因此而輕視妳！」

青蘿感動到熱淚盈眶，輕聲說：

「還有四個字，是太子這一生都要面對，逃不掉的！」

「那四個字？」

青蘿清晰的回答：

「人言可畏！」

太子不禁一怔。是啊！如果他不是太子，或者可以逃開種種批判，就因為他是太子，有些禁忌，是再也逃不開的！他呆呆的看著青蘿，這個小小的女子，有著大大的胸懷！她沒有為自身考慮，沒有想攀龍附鳳，她考慮的，是太子的聲望！在這一剎那，他有更深的體悟，**男女之間的愛有很多種，一種最普遍，是佔有！另一種最艱難，是犧牲！**他凝視著青蘿的眼光，瞬間兩人已用眼神交換了千言萬語。

「那麼，就終生留在我身邊吧！讓我能夠常常見到妳，聽到妳為我做的種種分析！」太子忍痛說道：「這是我的自私，我失去過妳一次，不想再失去妳！寧可委屈妳，但也尊重妳，我不佔有妳，卻不放開妳！等到有一天，或者會柳暗花明，行嗎？」

青蘿跪在他腳下，磕頭說道：

「那正是青蘿夢寐以求的！謝謝太子的成全！」

太子把她從地上拉了起來，兩人深深互視著。半晌，太子說道：

「去吧！在我還能控制自己的時候！」

青蘿就行禮退下，輕聲說道：

「奴婢告退！」

太子看著她離去的背影，自言自語的說道：

「最起碼，她在我身邊！比起『盈盈一水間，脈脈不得語』強多了！人，不能貪婪，不能強求！有知音如此，該滿足了！」忽然，他對皓禎有了另一番的瞭解。就因為尊重蘭馨，才不能佔有蘭馨！只因為尊重吟霜，才不能辜負吟霜！只是，這種境界，幾人能體會呢？幾人做得到呢？

# 70

這天，吟霜和香綺都穿著一身素服，兩人將水果和祭奠的食品放進籃子，準備出門。皓禎下朝回來走進院子，詫異的打量兩人。皓禎問：

「妳們要出去？」

吟霜抬頭看皓禎，眼神悽楚的說道：

「皓禎，你讓魯超準備馬車，陪我去一趟我爹的墓地，今天，是我娘的祭日，我娘的墓在深山裡，我只好去我爹的墓地，我相信我娘的魂魄，一定徘徊在那兒，我等於祭拜了爹和娘！」

「要去祭拜妳爹娘？那我換件衣服陪妳去！」皓禎說。

正好雪如帶著秦媽過來，皓禎就對雪如說道：

「娘，我陪吟霜去祭拜她的爹，今天是她親娘的祭日！」

「親娘的祭日」幾個字，像針一般刺進雪如的心，說不出有多痛！她看向吟霜，接觸到吟霜悽然的眼神，吟霜像是需要解釋一般，對雪如說：

「我有好多悄悄話，想對我娘說！只能在我爹墳前，說給他們兩個聽！」請求允許的說：「我已經很久沒去上墳了！」

雪如癡癡看吟霜，驚痛而憐惜的說道：

「悄悄話？想對妳娘說？那……我和秦媽，也去祭拜妳爹一下吧！謝謝他們為我……養育了這麼好的……兒媳婦！」

於是，魯超駕著馬車，皓禎騎著馬，大家來到勝齡的墓前。只見墓碑上，猛兒赫然站在上面。吟霜、雪如、秦媽、香綺等人下了馬車。吟霜看到猛兒，頓時飛奔而上，熱烈的痛喊著：

「猛兒！猛兒！自從我進了將軍府，你只有偶然從天空飛過，都沒有跟我親熱一下！原來你幫我來守墓盡孝了！」

猛兒就飛到吟霜肩上，用腦袋摩擦著吟霜的下巴，充滿依依之情。雪如和秦媽，震撼的看著。雪如對秦媽低語：

「這就是那隻通靈的鳥兒——猛兒？」

「牠認得吟霜夫人，牠還會守墓？」秦媽敬畏的說，看著猛兒。

魯超幾乎是尊敬的說：

「牠會的事可多了，牠一直在默默的保護著吟霜夫人。」

皓禎走到吟霜身邊，對猛兒說道：

「猛兒兄，別來無恙！謝謝你幾次提醒我去救吟霜！」伸出胳臂：「到我這兒來吧！讓吟霜跟她爹娘說說『悄悄話』！」

猛兒就振翅飛來，停到皓禎手臂上。

吟霜擺好了祭品，手持香火，跪在墓前，對著墓碑，虔誠低語：

「爹！娘！吟霜不孝，不能常常來上香，家裡一直發生好多事情！但是，我從來沒有停止過想爹娘！」說到這兒，聲音哽咽，眼淚就流下來：「娘！不知道妳在不在這兒，我好多事情只能跟親娘商量呀，好多心事只能跟親娘說呀！妳不在，我去跟誰說呢？我心裡有個缺口，那是皓禎也無法填補的，只有娘，妳才能告訴我，一些事情的對和錯！我不懂呀，我需要妳呀……」

皓禎十分震撼的聽著吟霜的告白，不知道那缺口是什麼？心亂了起來。

雪如淚水奪眶而出，原來吟霜有很多心事要跟親娘說，原來她心上有個缺口，只有親娘才能彌補的缺口，她就在吟霜面前呀！那缺口是什麼？她聽著，心碎了起來。

回到畫梅軒，皓禎無法放過這件事。他緊緊的握住吟霜的手，深深看她：

「妳心裡有個缺口？是我也不能填補的？這對我是個很震撼的消息，妳得告訴我是什麼？為什麼有這個缺口？現在妳娘已經不在世，除了我幫妳補，還有誰能幫妳？告訴我，我把那個缺口補起來！」

「只是一種說法而已，你別管了！」吟霜逃避的說，頭一低：「是我跟我娘的悄悄話，你根本不應該聽的！」

「不公平！」皓禎說：「我心裡所有的悄悄話都告訴了妳，我在妳面前沒有祕密！如果我心裡出現了缺口，我一定讓妳知道！妳這番悄悄話，直接打擊到我，這個缺口是我造成的嗎？」

吟霜想抽出自己的手，依舊逃避的說：

「不是不是！就是女兒和娘撒嬌的話而已，你別追究了！我還要去整理藥草，清理銀針！好多事要做呢！你不是也要找寄南商討大事嗎？」

皓禎握緊她，不讓她走：

「那些大事晚點商量沒關係！」皓禎說：「不行！妳心裡有缺口，我沒弄清楚以前，不能讓妳走！請妳告訴我是怎麼回事，否則也會是我心裡的缺口！」

吟霜無法逃避了，就抬眼哀哀欲訴的看著他：

「就是你！你知道我很怕你嗎？像是去幫公主治病，我認為是我的責任，最起碼我該試一試，可是你會生氣！你太在乎我的安危，對我限制越來越多，我不敢抗拒你，只有順從！有時我不知道是對還是錯，有時也會委屈……還有……我一直順從你，讓我覺得失去了自我，那個自我裡，有我爹娘給我的教育……」

皓禎仔細專心的聽著，吟霜還來不及說完，秦媽急急的敲門進來說：

「吟霜夫人，夫人請妳馬上過去一下！她想跟妳單獨談談！」

吟霜住口，和皓禎都一怔。皓禎還沒弄清楚那缺口的事，秦媽就拉著吟霜的手，把吟霜急急的帶走了。秦媽帶著吟霜，快步進了雪如的寢室。立刻把房門關上，把門閂閂上，把窗子也緊緊關好。

雪如手裡拿著梅花簪癡癡看著，淚眼模糊。雪如一見到吟霜，就撲奔過來，崩潰的抓著吟霜的雙臂，淚水潰堤。壓抑已久的雪如，終於豁出去了，堅決而熱烈的喊著：

「聽著！吟霜，我現在要告訴妳的，是我和妳的祕密！這祕密我死守了二十一年，今天妳在墓前跟妳娘說的一番話，打倒了我！我不能再隱瞞妳了！」就顫聲的說道：「吟霜，妳不止是我的媳婦，妳還是我的女兒！我嫡親的女兒！」

「什麼？娘？您在說什麼？我聽不懂！」吟霜大驚。

雪如就上前，拉開吟霜肩上的衣服，露出後肩的梅花烙。雪如喊道：

「秦媽，拿個手鏡來，讓她看看她後肩上的梅花烙！」

「什麼？梅花烙？娘是說我背上的梅花印記嗎？那是我生下來就有的！」

雪如狂亂的搖頭，說道：

「不是妳生下來就有的，是我用梅花簪烙上去的！」就把梅花簪出示在吟霜眼前：「就是這個簪子！那是丙戌年十月十九日亥時，如果妳的生日是十月二十日，那應該是妳那神仙父母撿到妳的日子！」

吟霜睜大眼睛，不敢相信的說：

「撿到我的日子？娘，妳在告訴我，我不是白勝齡和蘇翠華的女兒嗎？我是他們撿到的？」

「是是是！」雪如拚命點頭：「我不知道他們如何撿到妳的，但是，妳確實是我當初烙下烙印，被妳姨母放在杏花溪，隨水漂流而去的女兒！」雪如含淚用手鏡照著吟霜那朵梅花，再用梅花簪比對著：「吟霜，妳看到了嗎？當初我烙下這個梅花烙的時候，就說過一句話『再續母女情，但憑梅花烙』！」

吟霜看著手鏡裡那個梅花烙，這是第一次，她看到這朵梅花。因為在後肩上，她從來沒有親眼看過！如今，梅花簪比對著梅花烙，一模一樣！她有如五雷轟頂，臉色慘變，喃喃的說：

「不是的，不會的，我是白勝齡和蘇翠華的女兒！我是他們親生的女兒！如果我是撿來的，他們會告訴我！他們從來沒有說過！」

雪如激動的哭著喊：

「相信我！妳的的確確是我和柏凱的親生女兒！這朵梅花，烙在妳身上，也烙在我心上，現在，老天見諒，讓我們母女相會……」

這個突然揭發的事實，完全震撼和打擊了吟霜。一時之間，她根本無法相信這件事，腦子裡昏昏沉沉，心中卻像萬箭鑽心般痛楚起來。不止痛楚，還像澆下了一壺滾燙的熱油，把她的五臟六腑，全部燒灼得千瘡百孔。她努力想思索，想分析，所有的思緒，都像絞扭成一團的亂麻，帶來更深的痛楚。

「不不不！」吟霜拚命搖頭：「如果我是您的女兒，您為什麼遺棄了我？」

「原諒我！吟霜，原諒我！當時，翩翩也快要生了，袁家三代單傳，柏凱連兒子的名字都取好了！我急於要一個兒子，妳姨母出了主意，抱了皓禎來，如果是女兒就換，如果是兒子就不換，結果，妳出生了！是娘……烙下烙印，讓妳姨母把妳抱走！我以為妳姨母會收留養大妳，誰知道她為了斷絕後患，把妳裝進木盆放進河水裡。娘，從此就失去妳！」

吟霜傾聽著，越聽臉色越白。忽然間，這事實帶來了一個更大的恐懼。她顫聲問：

「這麼說，皓禎根本不是將軍府的兒子？那麼，他從哪兒來的？」

「我不知道！」雪如哭著：「是妳姨母從一個牙婆那兒收買的，應該是窮人家的兒子，娘既然把他當親生兒子，就再也沒有追究他的出身！」

吟霜眼光發直，這打擊太大太大了！不是她能招架的！她看著手鏡裡的梅花烙和梅花簪，心裡千迴百轉，每個真相裡都包含了無數的危險，無數的驚天動地，無數的痛楚……不！這不能是真相！絕對不能是真相！她有點驚醒了，喊著說：

「娘！您說的這個故事，我沒有一個字相信！我不知道您為什麼要編出這樣殘忍的故事來！我是您的兒媳婦，不是您的女兒，我背上的梅花印記，是生下來就有的，和這個梅花簪一點關係都沒有！請您不要再編故事，我走出這房間，就會忘掉您說的每個字！您還是皓禎的親娘，是我的婆婆！」

雪如哭著，抓著吟霜的手，哀懇的喊：

「吟霜！妳一定要相信我，是真的！我現在說的都是實話，秦媽當晚看著妳出生，可以作證！我知道妳一時無法接受，自從妳被清風道長作法，我幫妳清洗，第一次見到那梅花烙，我就差點要說出口！吟霜，原諒我！我知道我根本不值得原諒，但是，我的確是妳的親娘！」

吟霜的思想開始清晰，她愣愣的瞪著雪如，用力摔開了雪如的手，眼中冰冰冷。

「如果這個故事是真的，這是多大的騙局！皓禎根本不是將軍的兒子，皓祥才是獨子！皓禎的地位何在？您說出這個故事，是想讓皓禎徹底毀滅嗎？如果他知道了真相，他還能活嗎？他深愛的爹娘、崇拜的爹娘，都是假的！他只是一個買來的兒子，他的心會痛成怎樣？碎成怎樣？您想過嗎？」

雪如驚痛的喊道：

「原來……妳想的都是皓禎……」她吶吶的、怯怯的、啜泣的說：「我沒想那麼多，我只看到那個想對親娘說話的女兒，我就是妳的親娘啊！妳心裡有缺口，告訴我啊！我就在妳面前啊！」

吟霜瞪視著雪如，激動卻堅決的喊道：

「我沒有聽到您的故事，請您再也不要對任何人說起！我不是您的女兒，以前不是，現在不是，從來都不是，永遠都不是！」

吟霜喊完，就拔開門閂，奪門而去了。

剩下雪如，哭倒在床榻上，秦媽過來抱住她，兩人一起哭成一團。

❖

吟霜奔回了畫梅軒，衝進了房間，淚盈眼眶，情緒崩潰，一下子就匍匐在床榻上。皓禎驚跳起來，趕緊上前去看她，搖著她的肩問：

「妳怎麼了？娘找妳去談什麼？臉色怎麼那麼壞？妳哭什麼？」

吟霜用手推著他：

「你出去！」泣不成聲：「出去！我要一個人靜一下！」

「發生了什麼事？」皓禎大急：「妳如果不說，我去找我娘問清楚！」

吟霜立即從床上坐起來，緊緊的把皓禎抱住，把臉孔埋在他胸前，恐懼啜泣的喊：

「不要去！不要去！千萬不要去！」

皓禎心驚膽顫的，猜測的說：

「我娘……是想填補妳心裡的那個缺口嗎？」

吟霜「哇」的一聲，就哭出聲來。半晌，她擦擦淚說道：

「皓禎，別管那個缺口了，那個一點意義都沒有……我……我要告訴你，我心裡沒有缺口了，只有你只有你只有你！你已經把什麼缺口都填滿了，我現在腦子裡、心裡，擔心害怕的都是你！」

「是嗎？」皓禎迷糊的問：「妳不是說，我讓妳心裡有缺口嗎？我一直在這兒思前想後，我想我是太霸道了一些，都是我爹娘寵壞的，我改！」

吟霜更哭，在他胸前拚命搖頭：

「不要改，我喜歡你的霸道！我喜歡你所有的一切！永遠不要改變，不要為任何事情改變，我就要現在這個你！充滿自信，充滿正義感，愛國愛民也愛我的你！」

皓禎困惑著，卻被這樣的吟霜深深感動著，擁著她說：

「妳不太對勁，我不知道妳怎麼了？不管怎樣，妳心裡那個缺口，我還是要弄明白！然後把它補起來！我以後不再那麼自私，我會為妳的立場去想！我不會再剝奪妳的自我，妳那對神仙爹娘，給妳的教育一定是最好的，我改！真的！」

吟霜心碎神傷，緊緊依偎著皓禎。神仙爹娘，神仙爹娘！你們怎麼不說？那朵梅花烙，會害死皓禎的！早知如此，寧可在深山裡孤獨一生，保全皓禎！想到這兒，她又猶豫起來，真的嗎？此生如果不遇到皓禎，豈不白來一趟？她混亂了，迷失了，只知道她的心很痛，為雪如痛，為皓禎痛，為自己痛，並且，為那不可知的未來，深深恐懼！

❖

吟霜是該恐懼的，因為袁家還有一個兒子，可能他才是袁柏凱的獨子！袁皓祥！永遠被忽視，被皓禎的光芒遮住，在暗影中生存的皓祥！這晚，在一家燈紅酒綠的小酒館裡，皓祥和項魁正在喝酒，皓祥已經醉醺醺了。

項魁給皓祥倒酒，套著皓祥的話：

「這麼說，公主在將軍府並不幸福囉？」

「什麼幸福？我哥皓禎除了狐狸精白吟霜，對公主正眼都沒瞧過！最冷的冷宮，也比公主那兒熱，要不然，公主怎麼會生病呢？」

「公主生病啦？什麼病？」項魁驚問。

「瘋了！把整個公主院，都貼滿了符咒，人也完全失了神，昨天我和我娘還去看她，她拿著一個破碎的琉璃鏡，到處照來照去，還對著我娘照，嘴裡不停的說著，要照出妖狐的原形！」

「這麼慘呀！如果皇上知道了，你們將軍府就完蛋了！」項魁說。

皓祥一驚，酒醒了一半：

「將軍府完蛋？公主的事，可不關我和我娘的事！我們一直是擁護公主的！」

項魁得意著，劫公主不成，現在這條消息，可以翻身了！心想：

「這下有好戲可看了！那袁皓禎三番兩次公開跟本官作對，現在本官去報告一下，袁皓禎，你就等著砍頭吧！」

第二天，皇后就從伍震榮那兒得到消息。

「蘭馨那丫頭瘋了病了？這消息可真？上次為了下蠱事件，她還跑到宮裡來大鬧，說話咄咄逼人，還是一心向著皓禎，看不出什麼瘋了的跡象！了不起就是對那個妖狐憤憤不平而已！」

「如果不嚴重，下官會如此著急嗎？」伍震榮說：「蘭馨有皇后殿下的個性，要強好勝，不肯認輸！她想征服袁皓禎，可是駙馬心不在她身上，她就算心裡有多少苦，也沒地方發洩！再加上那妖狐就在身邊，隨時威脅她！皇后殿下！再不救蘭馨，恐怕就來不及了！趁此機會，也把袁家那股勢力，給消滅掉吧！」

「這事，恐怕一定要皇上出馬才行！」皇后想想：「對！那袁柏凱掌握軍權，在朝廷上勢力強大，和駙馬已經擺明是擁李派，如果蘭馨真的有任何差錯，本宮就趁勢把他們給滅了！本想蘭馨嫁過去，可以吸收袁家這股勢力，看來是大錯特錯！」

「只怕皇上又會向著袁家，說什麼兒女之事，父皇母后少插手！」

「本宮這就去跟他說明厲害！就算誇張一點也無妨！告訴他蘭馨快死了，看他還沉得住氣嗎？他還是很喜歡，很在乎這個女兒的！」

伍震榮點頭：

「皇后的話，皇上總是言聽計從的！這次，一定要讓袁家嚐到厲害！他們多次公然和本王作對，已經無法無天！那妖狐在中秋作法，變出蠍子蟒蛇欺負項魁，現在又害了公主，怎能從輕發落？妳就押著皇上，說去就去！」

皇后嚴重的點頭，眼裡，閃著憤怒的光芒。

❖

就在皇后計畫押著皇上去將軍府時，公主院裡的蘭馨正披頭散髮，穿著寢衣，坐在院子的地上堆著泥人，臉上、頭髮上都沾著泥土。

院子裡已經堆滿了一些小泥人，每個人大約兩尺高度。小泥人一圈圍著一圈，圍繞了整整兩大圈。蘭馨就在最內圈的正中央，神思恍惚的坐在泥濘中，繼續做泥人。崔諭娘帶著宮女慌亂的從屋裡出來，見到蘭馨在堆泥人，一臉驚訝。

「公主，您不是在睡覺嗎？何時溜出來的？在做什麼呀？」崔諭娘滿臉疑惑問。

衛士無奈走近崔諭娘報告：

「公主已經在院子堆泥人，堆了一個晚上了，不讓我們靠近，也不許我們出聲！」

蘭馨用沾滿泥土的手指頭搗著嘴說：

「噓噓！你們不要吵！這些泥人馬上醒來了，他們擺了『天旋陣』，專門降妖除魔，要對付那個白吟霜！你們放心！我們公主院得救了！」

崔諭娘看到已經瘋了的蘭馨，悲從中來，蹲在蘭馨身旁流淚：

「我可憐的公主！您怎麼變成這樣？公主……」

蘭馨忙著堆泥人，一面說：

「崔諭娘，妳哭什麼？不許哭！本公主已經得救了，昨夜我做了一個夢，夢裡的神仙告訴本公主，只要我們在院子裡擺一個泥人陣，就可以消滅那個妖狐了，妳不用害怕！」積極的捏土：「泥人快做好了！快做好了！」

崔諭娘擦著眼淚，扶著蘭馨：

「公主，別捏泥人了，咱們去洗臉換衣服，您身上都是泥土呀！」

蘭馨摔開崔諭娘：

「本公主不能離開這些泥人，妳看到了，這一圈圈都是保護本公主的陣法，妳不要破壞了我的泥人陣！怕死的就在這個圈圈裡，不怕死的就出去！」推著崔諭娘：「妳走開！妳走開！不要煩我！」

崔諭娘無奈的退出圈子，憐憫的望著蘭馨。

宮女在崔諭娘耳邊說道：

「怎麼辦？公主好像真的瘋了！」

崔諭娘對宮女狠狠打一耳光，罵道：

「放肆！妳再胡說，我把妳的嘴縫起來！」對宮女衛士們說道：「妳們該忙什麼，通通去忙去！就讓公主在這玩一會！」

❖

這時的袁柏凱正在大廳喝茶，有點奇怪的看著雪如，問道：

「雪如，妳這兩天不舒服嗎？怎麼神思恍惚的？」

雪如沒聽到似的，呆呆的看著窗外，柏凱搖頭放下茶杯。

忽然間，袁忠慌張的跑進客廳通報：

「大將軍！皇上……皇上……他……」

「皇上？皇上他怎麼了？你好好說話呀！」

「皇上和皇后剛剛派了馬前卒來通報，要來咱們將軍府探望公主！不過，不上咱們大廳，直接要去公主院，他們大隊人馬，已經到了三條街之外了！」

雪如這才如夢初醒，慌張的問：

「皇上來了？三條街之外？不就已經快到我們大門口了嗎？」

「無事不登三寶殿，皇上突然無預警的來，恐怕不是什麼好事，快叫皓禎、吟霜準備接駕！」一想：「也快快通知公主院！」

❖

吟霜正在畫梅軒裡，心事重重的挑著藥草。皓禎拿著一個文卷，眼光卻落在吟霜身上。

小樂急匆匆的奔進屋裡通報：

「公子公子！皇上和皇后要來探望公主，不上將軍府大廳，直接上公主院！」

「什麼？皇上皇后要來探望公主？現在公主在幹嘛？」皓禎急問。

「聽說在堆泥人！堆了滿身的泥巴，崔諭娘都拉不走！」

「堆泥人？」皓禎更吃驚。

「糟了糟了！」香綺喊：「公主瘋瘋癲癲的，給皇上看到就慘了！」

吟霜這才從心事重重中驚醒，急忙看皓禎：

「皓禎，你快去想辦法讓公主換套衣服！不管如何總是要乾乾淨淨的接駕吧！你用哄的、用騙的都好，就是一定要讓公主正常的見見她的爹娘呀！」

皓禎點頭，急忙往公主院奔去。

公主院裡，蘭馨又堆了更多的泥人，已經堆第三圈的泥人了。皓禎踏進院子裡，見一圈圈的泥人大驚失色。皓禎才要踏進最外圈的泥人陣裡，蘭馨就起身對他大聲喊：

「你不許過來！是不是白吟霜派你來破壞我的陣法？你走開！你若踏進一步，本公主就殺了你！」

「好好！我不進去妳的陣法，妳的圈子，那妳可以出來跟我好好談談嗎？至少換件乾淨的衣服，我們好好的聊一聊！」皓禎耐著性子說。

「你又想聊親人那一套是嗎？本公主再也不會上當了！走到今天，我們是敵人，不是親人！」蘭馨趕著他：「你走你走！」

崔諭娘拿著蘭馨乾淨的衣服，湊近皓禎身邊，急促說道：

「駙馬爺，您快想想辦法，快讓公主更衣才行啊！皇上皇后馬上到了！」

皓禎無奈，心裡轉著念頭，怎樣才能說服蘭馨去更衣呢？緊張中，他喊道：

「蘭馨，妳這泥人陣沒什麼了不起！」皓禎高高抓起一個泥人：「妳看，我隨手一抓，它就碎了！怎麼保護妳？」皓禎將泥人摔在地上：「別弄這泥人，趕快去換件衣裳要緊！」

蘭馨一見皓禎捏碎了泥人，勃然大怒。她衝出泥人陣，踢倒了更多泥人，衝向皓禎：

「你還我泥人！你這可惡的袁皓禎！你毀了我的陣法！我要殺了你！」

蘭馨雙手泥土，抓住皓禎猛打，皓禎只想擒服蘭馨，被蘭馨抓得滿身是土。蘭馨又哭又喊又打：

「袁皓禎！我恨你！我恨你！我要殺了你！」

皓禎與蘭馨糾纏，喊著：

「蘭馨，妳快住手，妳要讓妳父皇母后看到妳這般瘋狂的模樣嗎？快住手！」

院子大門忽然大開，皇上皇后帶著浩浩蕩蕩的人馬，一擁而入。皇上皇后立刻吃驚的看著皓禎與蘭馨。皇上震驚，大喊：

「蘭馨！妳這是在幹什麼？」

袁柏凱帶著一眾家眷，雪如、翩翩、吟霜、皓祥也進入了公主院。袁柏凱走到皇上面前趕緊行禮：

「微臣叩見皇上皇后，陛下聖安！殿下金安！」

雪如、翩翩、吟霜、皓祥等家僕及崔諭娘、宮女衛士等也跟著下跪。

蘭馨轉頭看向皇上，悲從中來，哭喊：

「父皇！父皇！」衝向皇上，抱著皇上大哭：「父皇您終於來了，快救救您的女兒，您的女兒什麼法子都用了，全部沒用！全部沒用啊！」

皇上拉開滿身髒污的蘭馨，仔細端詳，心疼的說：

「怎麼會變得這副德行？妳現在還像個公主嗎？」

皇后大怒大吼：

「崔諭娘，妳是怎麼照顧公主的！該當何罪！」

崔諭娘趕緊下跪也跟著哭喊，因皇上皇后駕到而壯膽了：

「皇后娘娘明察呀！娘娘要幫公主作主呀！陛下，公主……公主會變得今天這個模樣，都是將軍府害的！陛下要幫公主討回公道啊！」

皇上怒喊：

「袁柏凱！要不是朕親眼所見，還不知道你這將軍府居然把蘭馨折磨成這樣！」大吼：

「袁皓禎！朕要廢掉你的駙馬頭銜，立刻斬首示眾！」

吟霜臉色慘變。柏凱、雪如一聽，如五雷轟頂，兩人跪行兩步，對皇上磕頭。

「陛下，請息怒！皓禎罪該萬死，請看在下官屢次立下戰功的情分上，饒他一死！」柏凱說道。

「陛下，上次皇后來，說過親家就是一家人，現在小夫妻失和，陛下一句話斬首示眾，讓人情何以堪？都是為人父母呀！」雪如哀聲喊道。

皇后怒道：

「你們把蘭馨虐待成這樣，算什麼親家？袁皓禎！你到底怎樣對待公主？居然兩人公開扭打？你不知道蘭馨是公主嗎？你不知道憐香惜玉嗎？」

皓禎往前一站，傲然挺立，悲切的說：

「皓禎對不起公主！但是，殿下剛剛看到的，並不是扭打，而是微臣想讓公主回房，換一件乾淨的衣服見駕！公主病了是事實，微臣也想治好他！只是能力太渺小！或者多給微臣幾個月可以改善狀況，如果陛下賜死，皓禎也只能領死，但不知皓禎之死，能讓公主的病痊癒嗎？」

皇上被皓禎問倒了，急忙推開抱著自己的蘭馨，問道：

「蘭馨！妳要不要駙馬死？父皇幫妳出氣，斬了駙馬可好？」

蘭馨看著滿院子的人，看看皇上，又看皓禎。蘭馨眼前，閃過皓禎徒手抓劍救她的畫面。吟霜用深切的眸子，緊緊的盯著蘭馨，眼裡帶著最虔誠的祈求。

「父皇要殺了皓禎？」蘭馨迷糊的問。

「對！這樣的駙馬，不如殺了！」皇后大聲說。

「母后也要殺了皓禎？」蘭馨更加迷糊的問。

「是！妳的意思怎樣？如此忘恩負義的皓禎，殺了都不能讓本宮洩恨！」

蘭馨看著皇后，忽然大笑道：

「哈哈哈哈！母后，妳知道蘭馨和妳的意見，永遠是相反的！妳說殺，本公主就說不殺！」

皇上、皇后傻眼了。柏凱趁機說道：

「陛下！就算皓禎犯了大罪，也該先審再判刑！不審定罪，又是死罪，恐怕會讓天下人議論紛紛！不如請陛下和皇后移駕到將軍府大廳喝杯茶，讓陛下和皇后，慢慢瞭解真相，看看皓禎是不是還有一線生機？」

皇后看看四處貼滿符咒的景象，說道：

「不忙！本宮想先參觀一下這公主院！」

一句話讓袁家人個個提心吊膽，因為現在的公主院實在蕭條凌亂，但是無人敢再提異議。於是，皇上和皇后就帶著蘭馨走在前面，袁家眾人隨後，大家在公主院各個角落走著。

皇上看到各處飄搖的黃色符咒，看到臥室裡牆上還貼著小人，心驚膽顫問：

「蘭馨！這些都是妳貼的嗎？」

「宮女們、衛士們、崔諭娘……都幫著貼，但是沒用沒用，一點用處都沒有！」蘭馨說，忽然想起：「崔諭娘，我的照妖鏡呢？」

「在在在！」崔諭娘趕緊遞上已經破裂的琉璃鏡。

蘭馨舉著琉璃鏡，對皇上炫耀著：

「父皇，這是道觀給我的照妖鏡，可是也沒用！我拿著總比沒有拿著好！」

皇上和皇后四面走了一圈，兩人神色沉重。柏凱等袁家人跟隨在後，人人惴惴不安。走完一圈，皇后看著蘭馨說道：「蘭馨，妳去梳洗一下，不管妳是生病還是怎樣，妳依舊是公主！公主就要維持公主的體面！崔諭娘，幫她弄乾淨，換一身像樣的衣服！」

「是！」崔諭娘應著。

皇后一臉寒霜說道：

「參觀夠了！皇上，我們去將軍府大廳喝茶吧！本宮要好好的審一審將軍、夫人、駙馬，和那位鼎鼎大名的白吟霜！」

皓禎心頭一驚，吟霜臉色慘變。

# 71

宰相府裡，寄南、靈兒、漢陽三人正準備去大理寺，在庭院裡向外走。魯超忽然急匆匆衝進庭院，對三人喊道：

「竇王爺不好了，將軍府出大事了！皇上皇后到了將軍府，說是要將少將軍斬首示眾！請竇王爺、漢陽大人快去救救我們少將軍吧！」

寄南、靈兒、漢陽一聽大震。

「怎麼會呢？」寄南震驚不已：「到底發生什麼事情了，這麼嚴重？」

「好像是為了公主生病的事！」魯超急急說：「請三位快去，晚了就來不及了！」

「我就知道又是公主闖的禍！」靈兒喊著，就往門外衝。

「快走！如果皇后也去了，皓禎凶多吉少！」漢陽說，大叫：「備馬！」

「魯超！」寄南急喊：「趕快去通知太子！要他快馬趕來救皓禎！」

三人立刻騎上馬，快馬奔向將軍府。

❖

將軍府的大廳裡，是一股肅殺氣氛。蘭馨已經梳洗過，換了乾淨的衣裳，坐在皇上和皇后的身邊。柏凱、雪如、皓禎、皓祥、翩翩、吟霜等站在皇上和皇后身前。崔諭娘、秦嬤、袁忠、宮女衛士兩邊肅立。這比大理寺、刑部的審判廳還要肅穆。

「皇上，你看明白了嗎？」皇后看皇上，嚴重的問道：「蘭馨在這兒不是公主，甚至不是正室，只是一個嚇破膽的小媳婦！」

「朕看明白了！」皇上面色凝重，生氣的說：「不用審判了！蘭馨簡直是生不如死！」大吼：「這將軍府就應該滿門抄斬！」

皇上一句話，袁家每個人都臉色大變，翩翩和皓祥立刻跪下了。翩翩哭喊道：

「陛下饒命啊！這公主院的事，皓祥和我最關心，每天都去問候，不信可問崔諭娘！這些和我們無關呀，都是白狐作祟，要斬也該斬白狐呀！」

「啟稟陛下，皓祥母子不但無辜，還是向陛下通風報信的人！」皓祥說道：「陛下應該獎勵皓祥，怎能一概而論呢？在袁家有人卑微，有人高貴！皓祥就是卑微的那個，說什麼都沒有人重視，公主生病的事，還是皓祥去告訴伍項魁的！」

皓祥話才出口，柏凱大驚回頭，就狠狠給了他一耳光。

「原來『滿門抄斬』是你的傑作！」柏凱怒罵：「反正死到臨頭，無所畏懼，我先殺了你這個逆子！」

皓祥怒喊：

「皇上在此，爹，要打也輪不到你！」

柏凱立刻給了他第二個耳光，氣勢凜然的說：

「即使皇上在此，也管不了我教訓逆子！」就看著皇上說：「陛下，滿門抄斬，請陛下第一個斬了袁皓祥！我以這個兒子為恥！」

「袁柏凱！」翩翩悲喊道：「你這是什麼話，這麼多年，你把我們母子當成什麼？難道只有皓禎才是你兒子嗎？你欺人太甚！」

皇后大怒，厲聲的喊道：

「你們通通住口！現在是皇上和本宮要審你們，不是你們自家人吵架的時候！死到臨頭了，還是這樣囂張！」就喊道：「白吟霜，過來！」

吟霜臉色一慘，上前跪下，匍匐在地，說道：

「民女白吟霜叩見皇上皇后！」

皓禎的眼光直勾勾的看著吟霜。皇上命令：

「抬起頭來，讓朕看看這狐狸是個什麼樣？」

吟霜被動的抬起頭來，憂傷的看著皇上。皇上打量吟霜，納悶的喃喃自語：

「長得挺端正的，怎麼看都不像狐狸！」

皇后怒看皇上一眼。心想，狐狸還能讓你一眼看出來嗎？什麼皇帝？氣死人！

❖

院子裡，寄南、靈兒、漢陽急奔到大廳外。寄南邊跑邊說：

「漢陽，你是大理寺丞，可能比我這個小小的賓王爺有用，現在已經不是據理力爭的時候，本朝律法有用沒有也不知道……」

「皇上要砍頭，律法就什麼用處都沒有！本官盡力而為吧！不過，皇上對寄南一向另眼相看，恐怕寄南的話，皇上會聽進去吧？」

靈兒聽到門內皇后的聲音，驚道：

「誰的嗓門這麼大？」

寄南瞪她一眼說：

「那是皇后！妳進去少開口，妳只是個小廝！這是生死交關的事！」

同時間，太子帶著鄧勇，也火速奔進庭院。太子著急的問寄南等人：

「到底是什麼情形？」

「太子趕到，皓禎有希望了！聽說要滿門抄斬呢！」寄南說。

「滿門抄斬？」太子大驚：「母后小題大作也罷了，難道父皇也這樣嗎？」

大家急忙進門，看到皇后正在審吟霜。寄南、靈兒、漢陽、太子不便現身，站在後面觀望，只見皇后正在發威，厲聲喊：

「白吟霜，上次本宮已經警告過妳，要妳小心！妳居然一再傷害公主，把公主驚嚇成病，妳自己說，該當何罪？」

「皇后娘娘，」吟霜一嘆：「公主是自己嚇自己，清風道長奉命來捉妖，因為民女是人非妖，逼不出狐狸形象，道長開始妖言惑眾，公主信以為真，這才病倒的。民女從小學醫，只要公主肯讓民女診治，一定可以治好。」

皇后一拍矮桌，砰然一響：

「大膽！已經把公主嚇成這樣，還敢振振有詞！本宮知道，所有的病源都從妳開始！誘惑駙馬，離間駙馬和公主的感情，恃寵而驕，獨佔駙馬……這些是不是事實？」

吟霜還沒回答，皓禎再也忍不住，一步上前說道：

「皇后娘娘！吟霜只是一個弱女子，絕對不是妖狐！不能因為皓禎曾經有過捉白狐放白狐的故事，就硬扣給吟霜一個白狐的罪名！至於離間感情、恃寵而驕，真不知從何說起？如果有罪，也是皓禎情不自禁所犯的罪！與吟霜無關！」

皇后又一拍矮桌：

「你還偏袒著她！」看皇上：「皇上，該怎麼發落，請拿個主意吧！」暗示的：「滿門抄斬可能也太重，一個一個來，皓禎逃不掉！但是，先把這白狐斬了再說吧！」

皓禎大驚，痛喊：

「陛下開恩！如果吟霜因白狐而問斬，請先證明她是白狐！」

漢陽忍不住了，急忙站出來出聲：

「陛下！那清風道長已經被漢陽拿下，正關在大牢內，他曾對吟霜作過各種法，都沒有逼出什麼狐狸原形，本官可以作證！」

太子也忍不住了，大喊：

「父皇！這吟霜夫人曾經救過兒臣一命！她是一位醫術高超的女大夫，兒臣可以作證，她絕對不是白狐！」

寄南更加忍不住了，跟著喊道：

「皇上，吟霜的父親是神醫白勝齡，當初為了公主的百鳥衣，被伍項魁殺死。如果吟霜是狐，怎會救不活她的父親？」

皇上看到三人一驚，問道：

「你們三個都趕來了？都振振有詞幫吟霜作證？」

「是！」太子說：「我們都趕來幫吟霜作證！父皇，死罪是何等大罪？身為皇上，萬萬不可隨便砍別人的頭！上次長安城發生抓亂黨事件，死了很多無辜百姓，市井之中，對父皇都有微詞，如果宮中再傳出白狐謠言，傷害會更大！請父皇三思呀！」

皇上被太子的話深深震撼了。此時，蘭馨已經按捺不住，起身瘋瘋癲癲說道：

「白狐是殺不死的，白狐是趕不走的！父皇母后，你們不要再白狐白狐的叫，她會生氣的，會附在我身上，到時候我也變成白狐！」忽然驚喊：「崔諭娘，本公主的照妖鏡呢？照妖鏡！照妖鏡！」開始不安的滿屋子兜圈子：「我的泥人陣！」就往門外奔去：「我要去擺我的泥人陣！」

「蘭馨！回來！」皇上大驚，喊著：「來人呀！攔住公主！」

皇家衛士立刻衝了出來，攔住蘭馨。蘭馨受驚，更加瘋狂，拚命衝撞著衛士圍成的人牆，大喊大叫：

「放我出去！放我出去！我的泥人陣，還沒有擺好！我要我的泥人陣！」哭著看皇后：

「母后，妳又來跟我作對！妳永遠跟我作對……」

「蘭馨！」皇后驚喊：「本宮是來救妳的，怎麼說本宮來跟妳作對呢？」

「你們來殺袁家人，就是跟我作對，誰也不可以殺袁家人……」蘭馨哭道。

「趕快把蘭馨帶回宮去治療吧！她已經瘋了！抓住她！抓住她！」皇后喊。

皓禎和漢陽同時衝了過來，漢陽就近，一把抱住了蘭馨，心痛的說：

「公主啊！妳怎麼病成這樣？本官是漢陽呀！」

蘭馨一看漢陽，痛哭起來，邊哭邊喊：

「漢陽！漢陽！好多人要抓我！」一抬頭又看到寄南，大哭：「寄南，救我救我！再看到太子，哭喊：「啟望哥哥！大家都要害我，我要我的泥人陣！」

太子搞不清狀況，著急的說：

「泥人陣？什麼泥人陣？皓禎，你就給她吧！」

「不能給她，是她自己捏的一堆泥娃娃！」皓禎說。

靈兒同情起蘭馨來，趕緊說：

「泥娃娃在哪裡？我去拿，先讓她平靜下來再說！」

蘭馨又哭喊道：

「泥人陣保護不了我，誰保護父皇呀？父皇，您要保護好您的寶座呀，不要給別人搶去呀……啟望哥哥，要保護父皇呀……」

皇上看蘭馨瘋瘋癲癲，還想著要保護父皇，眼眶都濕了，喊著：

「女兒啊！妳在說些什麼？現在的問題，不是父皇的寶座，是妳的健康呀！皇后，我們先把蘭馨帶回去治病，至於這袁家如何判罪的問題，就再研究吧！」

皇后怒喊：

「還研究什麼，這白吟霜明明是狐，而且是罪魁禍首！如果皇上不殺她，也要治她，把她送到尼姑庵裡去，有菩薩鎮住她，讓她削髮為尼！」

皇上急於帶走蘭馨，就說道：

「好好好，就這麼辦！」就大聲宣布：「袁柏凱聽旨，三日之內，把白吟霜送進青雲庵，削髮為尼，不得有誤！如果違旨，滿門抄斬！」

吟霜和皓禎，兩人慘然變色。柏凱、雪如、寄南、靈兒、漢陽，太子等人個個張口結舌，手足無措了。太子還想講話，皇上已經起身，大聲說道：

「蘭馨，跟朕立刻回宮！」

「起駕！」皇家衛士們大聲喊道。

轉眼間，皇上皇后帶著蘭馨、崔諭娘宮女等人，在衛士簇擁下，浩浩蕩蕩的走了。

❖

緊接著，太子、皓禎、寄南、漢陽、吟霜、靈兒等一眾人，都聚在畫梅軒討論目前情勢，將如何應變？靈兒焦慮的說：

「現在怎麼辦？怎麼辦呢？袁家是逃過一劫了，但是吟霜要削髮為尼，這分明是要活生生拆散鴛鴦，這種生離，不是比死別還痛苦嗎？」著急，下決心說：「不行！我不能那麼自私，我要坦白招供蠍子毒蛇……」

靈兒話還沒有說完，寄南急忙雙手從後摀住靈兒的嘴，低聲說道：

「妳不要在這裡增加問題！現在皇上生氣的不是那個，是公主病了的事實！」放開靈兒，義憤填膺對大家說：「我覺得皓禎和吟霜的處境，非常危險！要不然，一不做二不休，皓禎和吟霜，你們快逃吧！」

「逃？」皓禎悽然說：「我們能逃到哪裡去？現在將軍府外面，伍項魁正見獵心喜，布滿重重的羽林軍，我們怎麼逃得出去！」

「什麼？」太子大叫：「伍項魁居然把羽林軍帶來包圍將軍府？我去命令羽林軍全體回宮歸隊！不管怎樣，我是太子！如果伍項魁敢反抗，我就把他斬了！毒殺無辜百姓，已經是幾十個死罪！」

「太子！」漢陽說：「現在斬了伍項魁，麻煩更多！看來皇后這次是有備而來，早就算準這一步，絕不讓吟霜有逃脫的機會。」

吟霜落寞的接口：

「如果我出家為尼，能換得將軍府的生路，又能換回公主的健康，那這種犧牲……也算值得，或者我就應該承認我是白狐。」

「這算什麼犧牲？」皓禎悽然大喊：「我絕不會讓妳遁入空門！妳不承認是白狐，皇后都要砍妳的頭，妳承認了還有活路嗎？」

靈兒掙脫寄南，拉著吟霜：

「妳千萬不要傻！妳如果胡亂承認，妳肯定會被當眾燒死！」握緊吟霜的手：「現在逃命要緊啊！」看向皓禎：「你們將軍府有沒有什麼密道可以逃出去的？」

靈兒建議抗旨逃亡，突然想到漢陽在場，大家都擔憂的看向漢陽。

漢陽見眾人都看著自己，冷靜的說：

「別顧慮本官了，我知道吟霜她不是白狐，你們要是有什麼密道就快走吧！吟霜的醫術高明、人品高潔，被迫遁入空門實在可惜！」

寄南拍漢陽的肩膀：

「果然漢陽是明理之人，現在情況緊急，一切就不多說了，吟霜、皓禎既然要走，不如我和裘兒也和你們一起走吧！」

「對對對！」靈兒大力擊掌同意：「我們四個人一起走，一路上才有個照應！」

「不行！」太子說：「你們都走了，把我一個人留在長安，我還有好日子過嗎？反正我也不在乎太子的地位，如果大家都要走，不如我帶著你們走！看誰敢攔我的路！」

「好了！」皓禎說：「你們大家都不用為我們著急煩惱了，我不會離開將軍府的，這裡還有我的爹娘，如果我和吟霜苟且偷生逃走，那豈不是陷我父母於危險境地！」

「是！皓禎說得沒錯！」吟霜悲哀的說：「既然一切因我而起，就讓我面對我的命運吧！我遵旨到青雲庵，全家就有救了！」

皓禎堅定的說：

「吟霜，我絕對絕對不會讓妳削髮為尼。妳是我袁皓禎的妻子，陪著妳的應該是我，而不是青燈古佛！」回頭看漢陽和太子：「啟望、漢陽，現在還有一個機會。漢陽，你進宮去說服蘭馨，只有你能讓她笑，我相信你有這個力量！啟望，你……」

太子大聲的說道：

「我知道你的意思，我立刻進宮，去說服父皇取消這無理的聖旨！你們都不要慌張！等我！」就對漢陽說道：「別耽誤時辰，我們馬上進宮去！」

太子和漢陽就立刻進宮了。

❖

太子直接進了皇上的書房，激動的說道：

「父皇！請趕緊取消讓吟霜去青雲庵的命令！吟霜是皓禎的如夫人，兩人情深意重，這樣一道聖旨，不止斷送了吟霜的未來，也等於斷送了皓禎的命！失去皓禎，兒臣等於失去一員大將，朝廷失去一位忠臣！父皇，萬萬不可哪！」

皇上盛怒的看著太子，不可思議的說：

「蘭馨才回來，你不去探視生病的妹妹，還來為吟霜求情！你有沒有腦子？現在，皓禎為了吟霜而冷落蘭馨，害得蘭馨病成這樣，只有除掉吟霜，才能救你妹妹！難道你對蘭馨沒有一點同情嗎？」

「我當然同情蘭馨！但是我也同情吟霜和皓禎！這是他們閨房中的事，父皇不能為了祖護自己的女兒，就以皇上的身分，下旨讓吟霜出家呀！這是皇上最不喜歡的事，以上欺下！何況，這對佛門，也是莫大的褻瀆！」

皇上一怒起身，瞪大眼睛問：

「怎會又褻瀆了佛門呢？」

「當然褻瀆了佛門！」太子有力的說：「父皇！那吟霜塵緣未了，也非佛門子弟，我朝對宗教開放，道教、佛教、大食法（注一）、景教、祆教、摩尼教……各種『夷教』（注二）都有，父皇把一個信仰不明的夫人，送到佛庵裡去，那青雲庵又無法拒絕，這豈不是給青雲庵難題嗎？」

「這個……」皇上語塞：「朕倒沒想到，實在有點不妥！」

太子急忙建議：

「所以，兒臣建議趕快取消這道聖旨吧！畢竟是聖旨，方方面面都要顧到！如果要懲罰皓禎，用別的方法也可以！例如，永遠不許他再納妾……」

太子還沒說完，皇后帶著莫尚宮趕到。一進門，皇后就氣勢洶洶說道：

「太子真會幫吟霜脫罪，還建議永遠不許皓禎再納妾！皓禎早就被那白狐迷住了，怎會再納妾？皇上已經下旨，誰也無法更改！太子！聽說你把榮王的義女劫持到太子府，還想封為孺子，你這閨房生活，也夠糜爛！」

太子怒視皇后，頂撞道：

「母后在說青蘿嗎？母后為了玉帶鉤的事件，不是親眼看到榮王一劍刺傷青蘿的事？怎麼青蘿又變成榮王的義女了？榮王多變、善變，請母后小心！」

太子語氣暗示明顯，皇后大怒，對太子吼道：

「你有什麼資格幫吟霜求情？」轉眼看皇上，眼神立刻變得哀懇：「皇上！救救您的女兒蘭馨吧！」

皇上被吵得頭昏腦脹，對蘭馨也充滿憐憫，皺著眉頭對太子揮手：

「聖旨已下，君無戲言！太子你管好自己的事，這件事就不要談了！不管合適不合適，就讓吟霜削髮為尼！朕已經網開一面，沒有追究皓禎，你也別把事態再擴大！」

太子看著面有得色的皇后，氣得臉色發青。

❖

注一：大食法，即伊斯蘭教（回教），因當時稱阿拉伯為大食。

注二：夷教，外來宗教，通稱「夷教」。

太子碰了釘子，漢陽也沒多好。他直接去了公主寢宮，崔諭娘讓他進房，他就看到剛回宮的蘭馨，正在滿室踱步。

「公主！漢陽緊急求見，希望公主發揮一下妳的霸氣！」

「霸氣？」蘭馨心不在焉的說：「我哪兒還有霸氣？」不安的到處張望：「崔諭娘！崔諭娘！妳在哪裡？窗外是不是有人啊？」

崔諭娘匆忙走近蘭馨公主，安慰著說道：

「奴婢在這兒！您不要害怕，窗外都是保護您的衛士！沒有壞人，別怕別怕啊！」

蘭馨忽然發現漢陽，就對漢陽說：

「漢陽，你看，就算在皇宮裡，我也覺得不安全！」

「公主，請恕下官直言，**安全感是靠自己建立的，若是心中沒有堅強的意志，縱使有千軍萬馬保護，也於事無補！**」

「是嗎？」蘭馨迷糊的說：「千軍萬馬都沒有辦法保護我？」想了想：「對！白吟霜的法力太強大了，我鬥不過她！」

漢陽直言不諱：

「妳不是鬥不過白吟霜，而是妳的心被蒙蔽了！自從妳進了將軍府、開始虐待白吟霜起，妳就把妳自己的心丟了！」

「我把我的心丟了？哈哈哈！」蘭馨笑：「如果本公主沒了心，不就早死了嗎？」

「是的！妳現在就和死了沒有兩樣！」

「大膽！方漢陽，你居然敢詛咒本公主！掌嘴！」

「公主，如果妳還有心，就不會被恐懼打倒，如果妳還有心，怎麼會鬥不過一個區區的白吟霜？妳認為她有法力，難道妳就沒有嗎？」

「我也有法力？」蘭馨甩甩袖子：「我哪來的法力？你是不是看我病糊塗了，要來糊弄我？」

「白吟霜的法力來自哪裡？妳知道嗎？是來自愛，她愛身邊每個人，她就征服了身邊每個人！妳呢？妳讓恨，把妳原來那顆善良的心，全部蒙蔽了！妳確確實實也有法力，但是這個法力，必須從妳的心念開始，一旦妳有熱情、有正義、有愛心，妳的心就充滿魔力！」

「你說了一大堆，我聽得糊裡糊塗，你就乾脆告訴我，應該如何施法力就對了嘛！本公主一向沒有耐心！」

「好！最簡單一件事情！從做善事開始，妳就是在施法力了！」

「做善事？」

「請求皇上放了白吟霜，別讓她出家為尼，這個法術妳一但施展了，妳會收穫很多很多的愛與崇敬！」漢陽誠誠懇懇的說。

蘭馨一想，突然大怒起來，將茶杯摔在地上喊：

「方漢陽！你分明是袁皓禎找來的說客，你不要利用我對你的信任來哄騙我，本公主還沒有病到是非不分！」推著漢陽出門：「你滾！你出去！再為白吟霜求情，我就翻臉不認人了！」

漢陽被推出門外，蘭馨砰的一聲關上了房門。漢陽氣餒想著：

「想來，要挽救兩位女子的前途，我方漢陽的能力實在太小了！」

❖

太子和漢陽都碰了釘子，眼看吟霜勢必削髮為尼。雪如心碎片片，手裡握著那梅花簪，一心一意想說出真相，只要真相大白，證實吟霜是人，那「白狐」的罪名就不攻自破。但是，秦嬤私下拉著她，把她拉到無人之處，緊張的說道：

「夫人！不可不可，萬萬不可！吟霜就算進了青雲庵，還有出來的希望！如果您說出真相，不但救不了吟霜，可能還毀了全家！別讓大將軍恨您，別讓皓禎無地自容，別讓翩翩得意，更別讓皓祥逮著報仇的機會！還有皇后，她會用欺君大罪的名義，滅掉將軍府的！那您是得不償失啊！上次吟霜也分析過厲害給您聽，她不會承認您的，如果因此傷到了公子，吟霜也會恨您的！當初您遺棄了她，現在不能再毀了她最愛的丈夫啊！」

雪如知道，秦媽說的句句是實話，握緊那梅花簪，她的心，就像飄落的梅花花瓣，成為片片飛雪了！

❖

這晚，畫梅軒的梅花樹已經開花了。滿樹的白梅，綻放在枝頭。皓禎和吟霜穿著冬季披風，依偎在梅花樹下，兩人有著無盡的愁緒和落寞。皓禎癡癡的望著吟霜說：

「妳不要絕望，皇上說三日內，那麼這幾天一定會有轉機的。我相信漢陽、寄南和太子還會繼續努力，說不定峰迴路轉，我們絕對不會就此分離。」

吟霜紅著眼眶，憂傷的說：

「我想通了，也認命了，這一切一定是上蒼的安排……」想起傷心事：「讓我們的孩子留不住，讓我必須離開將軍府，只有我離開了，你才能夠擁有一個平靜的人生，美好的前程！就把我們這一段，放在你心裡，讓它停在最美好的時刻吧！」

「現在都什麼時候了，妳還在說這種話，難道我對妳一點意義都沒有？妳那位神仙母親的遺言呢？我就是妳要找的，命中注定的人！妳看我的手心……」皓禎激動的攤開手心，展示出像樹的疤痕：「這不是妳娘留給妳的線索嗎？我還幫它添上樹枝了呢！」

吟霜含淚轉頭，不忍去看皓禎手心上的疤痕。

「吟霜吟霜，不要否定我們的相遇，不要否定我們的感情，現在我們就在梅花樹下，梅花正為我們綻放，我們的誓言也沒有改變！記住，妳是梅花我是梅花樹呀！」

吟霜心中一痛，緊緊依偎著皓禎。一陣風過，花瓣飄飛在兩人身上，片片如雪，點點如淚，悽美而憂傷。

# 72

宰相府裡的夫人采文，最近心神不寧。她看著伍震榮常常來找世廷，又看到寄南、靈兒和漢陽越走越近，這也罷了，連太子也會突然闖進宰相府找漢陽，到底，朝廷上發生了什麼事？她是個逆來順受、恪守本分的女子，對世廷的事、漢陽的事、朝廷的事……都保守的不敢過問。但是，每當她心裡有事時，她一定會到祠堂裡去上香，好像在這世上，已經沒人能夠瞭解她，也不會有人關心她的心事，只有祠堂裡那些列祖列宗，還有她逝去的婆婆，才會聽她細訴衷懷。這天，她又去祠堂了！又對逝去的婆婆說了很多知心話，剛剛上完香，轉身要離開祠堂。紀媽匆匆過來，對采文說道：

「夫人！後門有個老乞婆，一連三天都在那兒等，說是要見夫人！我給了飯菜也給了錢，她就是不走！堅持要見宰相夫人！」

「啊？要見我？」采文驚訝的說：「老乞婆總之是可憐人，去看看也好。」

采文帶著紀媽從後門出來，一個衣衫襤褸、背脊傴僂的老婦就迎上前來。采文關心的問道：

「老婆婆，妳找我嗎？我就是宰相的夫人！妳需要什麼幫助嗎？」

老婦仔細凝視采文，不勝感慨的說道：

「哦！終於見到妳了！二十一年了，宰相夫人大概早就忘了我！」

「我們見過嗎？」采文驚愕的問。

「二十一年前，我們見過一面，我就是當初那個牙婆啊！」

采文臉色大變，轉頭看向紀媽，聲音顫抖的說：

「紀媽，妳去幫我拿件披風，天氣好冷！」

紀媽應聲離去。采文就一把攥住了老婦的手，急急的、祈求的說道：

「妳需要什麼，我都給妳！只要妳保密！二十一年前的事，不要跟任何人說起！我求妳了！」

「妳甚至……不想知道那孩子的去處嗎？」老婦問。

「妳……妳知道那孩子的去處？」采文大震。

「是！」老婦說：「當年妳追著馬車哭，我也是做娘的人，心裡跟著妳痛，都是窮人家，才會這樣做呀！我就想著，不知這孩子會到什麼樣的家裡去？我就悄悄跟在馬車後面，進了長安城，看著那孩子，被抱進一個大戶人家的後門裡去了！」

采文臉色慘白，用手扶著門框，勉強支撐著自己，激動到一塌糊塗，屏息的說：

「長安城？原來就在長安？」用手抓著胸前的衣服，幾乎不能呼吸了。「大戶人家？難道是他？大家都說，外甥多似舅，我每次見到他都疑惑，怎麼長得跟我弟弟那麼相像？但是不可能呀！他爹娘那麼疼他……」盯著老婦問道：「那家姓袁？是不是？將軍府，是不是？我那孩子，被送進了將軍府，是不是？」

老婦點頭，含淚的說：

「這是祕密，不該跟妳說的，我也一直沒說，可是我病了，快要死了，不讓妳知道，我不能闔眼呀！我只想來告訴妳，他過得很好！真的很好，妳可以安心了！」

采文一個顛躓，身子緊緊的貼在門邊的牆上，淚水奪眶而出，低聲喊道：

「老天可憐我，終於讓我知道他的去向！牙婆，謝謝妳來告訴我，我會安排妳的住處，安排妳日後的生活，如果妳有兒孫，也接來一起住！這事，就是妳我兩人知道，好嗎？妳再也別對任何人提起，好嗎？」

老婦拚命點頭，說道：

「二十一年，宰相府，將軍府，那孩子沒有白白失去，夫人，都值得了！」

「想了二十一年，哭了二十一年！」采文說道：「現在知道他是誰了，我卻不能相認啊！值得嗎？他成了駙馬，成了驍勇少將軍，是皇上的愛將，怎麼我還是這麼心痛呢？值得嗎？我不知道啊！」

❖

值得嗎？現在的驍勇少將軍，正被羽林軍重重包圍在將軍府裡。他已不是駙馬，也不是皇上的愛將！將軍府門前，項魁得意洋洋的拿著懿旨，坐在一個高台上，對羽林軍神氣的喊道：

「給我看緊了，什麼人都不許進出！除非他們交出那個妖女白狐！」

項魁正神氣活現的說著，太子帶著鄧勇，大步來到。太子大喝一聲：

「羽林軍聽令，立刻撤軍回宮！這是本太子的命令，誰再守在這兒，軍紀處分！」

羽林軍看到太子，嚇了一跳，立刻行軍禮，齊聲應道。

「太子威武！羽林軍聽令！」就要撤軍。

項魁揮舞著懿旨大喊：

「誰敢離開，就是違背皇后懿旨，殺無赦！」

太子一個飛躍，就躍到項魁面前，一招「平地飛龍」，一個擒拿扣，鎖住項魁右臂，把他拉下高台，大罵道：

「你這個作威作福的左監大人，敢不敢在你的羽林軍面前，跟本太子大戰三百回合？我們公平作戰，我打賭十招之內，讓你趴在地上當狗！」

項魁得意忘形，嚷嚷著：

「我五招之內，就能把你打成泥鰍！但是，本官不想打！」

太子把項魁的手一扭，就扭到身後去，項魁頓時痛得哇哇叫。太子怒聲問：

「想打還是不想打？想打我們就公平的打！不想打我就把你的手先廢掉！」再用力一扭，項魁痛得大叫：

「哇！打打打！」

太子放開項魁，一招「推窗望月」，立刻一拳狠狠打向項魁胸膛，把項魁打倒在地。太子大喊：

「才一招就趴在地上當狗，太沒用了！起來再打！」

項魁縮在地上，從腰間拔出一把匕首，就滾了過來，想用匕首去刺太子的腳。太子腳一踢，就把他踢得飛了出去，匕首脫手，差點刺傷一個羽林軍。項魁亂喊：

「太子用踢的不算！說好是打……」

項魁話沒說完，太子把他從地上拉了起來，一招「大蟒纏身」，左右開弓，打得他身子像陀螺般亂轉。太子不讓他倒地，左一拳，右一拳，足足打了九拳才鬆手。項魁被打得鼻青臉腫，趴在地上哼哼的叫。

太子對眾羽林軍說道：

「你們都是證人！公平打架！一招倒地，九招趴下！剛好十招！以後你們遇到敵人，就要這樣打！乾脆俐落，不能拖泥帶水！」

眾羽林軍大聲歡呼，齊聲叫好：

「太子打得漂亮！太子教導有方！太子威武！」

鄧勇這才高聲喊道：

「還不讓出走道來，太子要進將軍府！」

羽林軍趕緊讓出走道，行軍禮讓太子大步進門去。太子就這樣威風八面的進了將軍府，走進大廳，面對柏凱家人以及靈兒、寄南。太子黯然說道：

「啟望沒有達成任務，想必你們也知道了！父皇幾乎被我說服了！可是，皇后一出現，我又功虧一簣！現在，必須另想出路！那羽林軍有皇后懿旨，看來不會退兵，至於伍項魁，我已經先幫袁大將軍教訓了他一頓！袁大將軍，你的左驍衛……」

柏凱正色的打斷：

「左驍衛是保護京城的軍隊，怎能因家庭私事來和羽林軍作對？何況，左驍衛都駐紮在營區，也遠水救不了近火！上次伍震榮來鬧，也只調了練武場的一百多人而已！」

皓祥忿忿難平，上前說道：

「爹！連太子這招，也不管用了，趕緊送走那個妖孽才是上策！也好讓外面的伍項魁和羽林軍撤走呀！」瞪著吟霜：「這白吟霜根本就是拖累我們袁家的禍水！」

皓禎氣憤起身，大吼：

「皓祥！是伍項魁指使你來催促的嗎？你和誰狼狽為奸我不管，但是不准你詆毀吟霜！」

「怎麼不許說了？」皓祥偏要說：「昨兒個我們全家差點滿門抄斬，不都是因為白吟霜所賜！這個家會弄得雞犬不寧，」指著皓禎：「都是因為你帶進來了這個禍根！你還好意思對我大吼大叫！」

「皓祥！現在你們家裡有難，何況吟霜還是你的大嫂，應該是團結對外的時候，你不要這麼張牙舞爪，幫助外人打擊家人！」太子按捺不住說道。

吟霜見眾人為自己爭吵，難過至極。靈兒和寄南，眼露凶光瞪著皓祥，忍著一肚子氣。翩翩上前說道：

「太子殿下，您是太子，我們不敢得罪！但是，我家事也不是您能瞭解的！請不要為這個妖不妖、人不人的白吟霜辯護！」

「二娘！」皓禎怒吼：「請妳說話客氣一點！吟霜是我的妻子，她該何去何從都不干你們母子的事，你們通通住口吧！」

「怎麼不干我們的事？」皓祥嚷著：「就是你這個最自私的長子，仗著爹的疼愛，硬拉著我們全家當你們的陪葬品，我袁皓祥不會任你擺布的！」轉向煩惱至極的柏凱：「爹！不能再猶豫了，早一點送走她，我們全家才能保命啊！」

「是啊！」翩翩接口：「老爺，難道非要鬧到我們袁家都滅了，才來後悔嗎？」

寄南仗義執言：

「大將軍，請容小輩說句話。皇上既然給了三日的期限，那麼時辰未到，我們不該這樣就放棄！」看太子：「啟望，我們再進宮去如何？」

靈兒急急推著寄南：

「大家都說，皇上對你最好，或者皇上會聽你的話！」

「對對對！太子、寄南，你們行行好，現在我們袁家上下都無法進宮求情，只有你們可以，不管要付出什麼代價，只要能挽救吟霜，我們袁家在所不惜！」雪如哀求著。

「什麼袁家在所不惜？」皓祥大叫：「你們想付出代價被砍頭，不要包含我們母子！」

柏凱威嚴的說道：

「好啦！你們都不要再吵了！現在的局面你們還看不清楚嗎？越是去求情越可能遭殃！我們袁家是看在蘭馨對皓禎的不捨上，才能暫且保命，現在吟霜好歹還有一條活路，若再激怒了皇上和皇后，說不定她連活路都沒有了！」

寄南痛心止步。吟霜已淚流滿面，身子搖搖欲墜。柏凱無奈的望著吟霜說：

「聖命難違！妳也別怪我們將軍府無情……」一嘆：「早晚都得走，今天妳就去青雲庵吧！免得羽林軍守在門口，這對將軍府實在是莫大侮辱！」

吟霜跪向柏凱，說道：

「爹！您說得對，聖命難違，大家不要再為我求情，也不要再吵了……」茫然無奈的磕下頭去：「爹、娘，請你們多保重了！」

皓禎和雪如同時悽厲的大喊：

「不！她不能走！」

吟霜起身，用手摀著嘴，努力不讓自己哭出來，奔向了畫梅軒。皓禎、寄南、太子、靈兒、雪如、柏凱……等人，也追向畫梅軒。

❖

不久之後，吟霜含著淚，已收拾好簡單的衣物，眾人圍繞，除了皓祥、翩翩，個個面容慘烈。雪如哭倒在柏凱的身上，秦嬤、香綺、小樂、魯超等眾家僕也淚流滿面。

雪如對柏凱說道：

「如果你要把吟霜送走，你也一併把我也送去青雲庵吧！」痛悔的：「反正我一身罪孽，我也該去廟裡懺悔贖罪！」

吟霜跪倒雪如身前，哭喊：

「娘！不要說了！您讓我安心的走吧！娘！請為我保重！」

「雪如，妳這是做什麼？」柏凱問：「什麼懺悔贖罪？難道妳還分不清楚事情輕重嗎？如果吟霜一個人能換來我們全家保命，那是吟霜救我袁家數十條人命，勝造七級浮屠啊！」

「爹！」皓禎痛喊：「如果要用吟霜交換我們袁家的苟且偷生，那我不如就死在你的劍下！」皓禎瞬間抽出柏凱身邊的長劍，立刻被寄南奪走。寄南凜然的喊：

「皓禎！你要冷靜啊！事情還沒有嚴重到你死我活，你怎麼能如此輕視你的生命呢？漢陽去和蘭馨談了，或者還有轉機呢？」

太子沉痛的說道：

「漢陽昨天進宮，和蘭馨談得非常不愉快，不要指望漢陽！他還有好多大事要忙，我們必須想出新的辦法來！」

柏凱悲痛無奈，拍著皓禎的肩：

「皓禎，你是一個男子漢，就應該懂得大義大勇，吟霜都比你懂事！你不要再兒女情長了，會造成今天的局面，你也有責任！」

「吟霜有什麼錯呀？皓禎又有什麼錯？為什麼好人要受這麼多苦難？壞人卻在外面招搖，人心是怎麼了？怎麼那麼沒有天理呀！」靈兒傷心不平。

「好了！」皓祥不悅的說：「你們這些外人不要在我們袁家假惺惺了，外面監送官也等得不耐煩了！」大喊：「來人啊！把白吟霜押出去！」

吟霜叩別柏凱和雪如：

「爹，娘，吟霜帶給袁家的痛苦，也會隨著我離去而恢復平靜。兒媳不孝，你們的恩情，只有等待來生再報了！」

雪如終於崩潰，痛哭失聲：

「不！我不能等，我不知道還有沒有來生讓我贖罪，我不能再等了！也不能再錯了！」一把抓住柏凱，用力搖晃，衝口而出：「救救你的女兒吧！她是你的女兒！親生女兒呀！她不是白狐，是我們的女兒啊！」

柏凱莫名其妙，皓禎混亂不解，太子等眾人全部驚愕！吟霜撲向雪如，失聲大喊：

「娘！您不要胡說！不是的！不是的！我不是您的女兒！」

「吟霜！不要再瞞妳爹了！我不能再讓錯誤延續下去！柏凱！吟霜是你嫡親的女兒，你不能斷送她一輩子呀！」雪如哭著喊。

「娘！我求您不要再說了！」吟霜大喊：「不要再說了！不是不是的！」

皓祥抓著吟霜的手：

「妳這可惡的妖狐，臨走之前還再對大娘作法，居然讓大娘說出這麼可怕的話！皇上簡直是太仁慈了，應該就直接把妳賜死！」

「對對！我是白狐，你快把我送走吧！娘說的話，全部都是假的，全都是受我的蠱惑控制！」吟霜慌亂急切的說：「我招了，我就是皓禎放掉的那隻白狐！」

雪如衝過來抓著吟霜，激動萬狀的喊：

「妳為什麼要承認自己是白狐？妳寧願承認是白狐，也不承認是我的女兒嗎？不要這樣……」搖著吟霜哭喊：「娘不能再瞞下去了！娘快要崩潰了……」

柏凱忍無可忍的暴吼一聲：

「夠了！」大步上前把雪如一抓：「我真是不敢相信，妳因為捨不得吟霜，竟然捏造出這種謊言，妳是不是瘋了？」

雪如豁出去大叫：

「我沒瘋！我沒瘋！我在二十一年前捏造了一個謊言，我欺騙了你二十一年！我現在告訴你的才是事實，是真相啊！」一手握著吟霜，一手抓著柏凱，淚眼婆娑的說：「這是咱們的女兒，真的是咱們的親生女兒……」

皓禎悲痛的喊道：

「娘！妳這樣說也救不了吟霜，不要再編故事了！」

「我沒有編故事……」

「不！」柏凱咆哮：「我不要再聽一個字，翩翩說得沒錯，妳根本是得了失心瘋，入了魔了！」將吟霜手腕一扣：「這個魔就是她！」

吟霜神情慘然的一震。柏凱面孔抽搐，咬牙道：

「咱們將軍府一刻也容不得妳！」

秦嬤見紙包不住火，對柏凱撲通一跪，落淚喊：

「大將軍！瞞著您二十一年的祕密，終於還是得見光了！吟霜夫人確實是您和夫人的親生女兒！奴婢是活生生的人證，吟霜夫人身上的梅花烙，也是鐵證呀！」

「梅花烙？」柏凱疑惑。

皓禎一聽「梅花烙」三字，臉色頓時刷白。

太子、寄南、靈兒、翩翩、皓祥等眾人錯愕萬分。雪如痛哭著，拉著吟霜就往自己寢室跑去。眾人莫名其妙的跟著，雪如邊跑邊喊：

「梅花烙！你們跟我來，讓我告訴你們什麼是梅花烙！讓我證明，吟霜不是白狐，因為她是我親生的，是我烙下梅花烙，失去的女兒……」

❖

片刻之後，在大廳裡，吟霜被動的裸露出右肩，露出了梅花烙，眾人圍成一圈，吟霜背對著大家。雪如舉起手上的梅花簪子，落淚說道：

「丙戌年十月十九日亥時，我就是用這根簪子，在她肩上烙下了這個記號，做為日後相認的根據！」

皓禎再也忍不住，一個箭步衝到雪如與吟霜身邊。

「這究竟是怎麼回事？告訴我！」

雪如與吟霜抬起布滿淚痕的臉望著皓禎，再悽然對望，心知無法再逃避了，彼此皆滿心忐忑與惶恐。雪如鼓起勇氣的對皓禎說道：

「你……你不是我親生的……」

皓禎腦中轟然一響，踉蹌一退。柏凱怒吼：

「妳胡說！」旋風似的衝了過去：「妳胡說！」

雪如直挺挺的站著，竭力維持著鎮定：

「皓禎是姊姊偷偷抱來的孩子，在我產下吟霜那天，我祕密的做下了一件事，就是把女兒換成了兒子！因為將軍府需要兒子繼承香煙！」

皓禎面如死灰，身子搖搖欲墜的幾乎站不住。吟霜從他身後把他一抱，哽咽一喊：

「皓禎……」

太子、寄南、靈兒則完全嚇呆了。

柏凱咬咬牙，毫不考慮的，劈手就奪走了梅花簪子。

「就憑一根簪子，和吟霜肩頭上一個形狀相似的疤痕，妳就要我相信這一切？我告訴妳，這全部都是鬼話！」他氣得用力折斷了簪子，背著雪如，面孔卻抽搐得厲害，強忍著內心深重的打擊，悲憤得說不出話來。

吟霜痛楚的看著震驚的皓禎，紊亂已極，完全不知所措。皓禎努力想整理自己紛亂的思緒，喃喃說道：

「梅花烙……梅花烙……原來這朵梅花，是這樣來的……我明白了……」

就在這一片驚疑中，皓祥忽然揚聲怪笑起來：

「哈……哈……哈……哈……」

全體驚看向皓祥。皓祥悽厲的喊著：

「梅花簪子可以折斷！」指著吟霜：「可她身上的梅花烙卻抹不掉！」誇張的站到雪如面前，抱拳行禮：「大娘！我對妳真是佩服得五體投地，咱們一家子叫妳給耍了二十一年，現在真相大白，難怪爹不願承認，這實在讓人太難堪了！」

雪如轉開臉去，不願看他譏諷的嘴臉，柏凱則轉過身來，一張臉孔鐵青著。

皓祥跨步至皓禎面前，繼續說道：

「對了！我這位文武全才、皇上器重的皓禎哥哥怎麼說呢？嗯？」做出一個猛然醒悟的表情：「喲！這會兒再喊你哥哥，變得不大對勁兒了，你聽了也怪彆扭的吧？」

皓禎臉孔煞白著，還在震驚中，呆怔著不能言語。柏凱以一種嚴重警告的語氣說：

「你給我住口！」

皓祥倏然轉身，近乎瘋癲的對柏凱嚷嚷著：

「呵！這樣天大的祕密給抖了出來，您居然還叫我住口？」指著皓禎，激動起來：「這是個假兒子！」手上上下下的指著皓禎：「徹頭徹尾的冒牌貨……打我出娘胎起……」指著自己鼻子吼著：「我！這個真兒子就被這個冒牌貨欺壓至今，你們知道我現在是什麼感覺嗎？呵？」握著拳頭，憋足了氣的吶喊：「我一輩子都沒這麼嘔過……」

柏凱以迅雷不及掩耳的速度衝上去，把皓祥推倒在地。翩翩觸電似的渾身一震。柏凱對皓祥厲聲的喊：

「你現在給不給我安靜下來？」

皓祥狠狠的瞪著柏凱，翩翩已過來拉起他，並低語著：

「夠了！別鬧了吧！」

皓祥氣不打一處來，甩開翩翩的手：

「妳怎麼還像個小媳婦兒似的？不是當初換兒子的話，妳已經母以子貴，早做了大夫人了，妳懂不懂？妳叫人給坑了，咱們母子都給人坑了……」

啪的一聲，柏凱拔出長劍重重放在桌上。

「誰敢再說一句皓禎是假兒子，我就要他的命！」

翩翩緊緊攥著皓祥胳臂，兩人都呆住了，震懾住了，眼中有著不相信，有忌憚，更有著受傷和打擊。

雪如與吟霜亦噤若寒蟬。皓禎再也忍不住，衝出房門而去。吟霜大喊：

「皓禎！你別走，你聽我說！」

靈兒給吟霜一個撫慰的眼神，便和寄南追向皓禎，太子也跟著追去。

皓禎在花園中疾走，太子、寄南和靈兒跑近皓禎身旁。寄南急忙安慰：

「皓禎，今天袁家的衝擊實在太大了，你也別多想，皓祥那張嘴本來就很壞！找機會我好好教訓他一頓！」

「你娘這個故事實在太玄，你自己應該明白，你從小是如何被袁家對待的！你家一向用梅花當家徽，說不定你娘為了救吟霜，編出這個故事！」太子也分析著。

「夫人這故事編得好呀！」靈兒說：「你想，只要她咬定吟霜是女兒，就不是白狐了，那麼，也不用削髮為尼了，我也不必抖出蠍子蟒蛇的事，這也是好事一樁嘛！你別生氣了！」

皓禎終於開口：

「我有什麼理由生氣？生誰的氣？我娘？吟霜？還是皓祥？」

柏凱與雪如趕來，柏凱走到皓禎面前，握著皓禎肩膀，低沉有力的說：

「你是我的兒子！」

皓禎神情僵硬，目光渙散。太子、寄南和靈兒識相的離開，走向庭院一隅。

太子神情嚴重的看著寄南和靈兒，說道：

「寄南、裘兒，這件事太嚴重了！雖然我剛剛安慰皓禎說這故事不是真的，但是，我看到夫人那神情，看到那梅花烙，我想，故事一定八九不離十！而且，這事馬上就會傳到宮裡去，皓禎是駙馬，又逼瘋了蘭馨，我只怕這次，皓禎凶多吉少！」

「那要怎麼辦呢？最壞的情況是怎樣？」寄南著急的問。

「皓禎是皇后的死對頭，更是伍震榮的死對頭！皓禎可能難逃一死！」

「太子！」靈兒驚喊：「你不能讓皓禎死，他是你的兄弟呀！你趕快想辦法！」又去推寄南：「王爺，你也想辦法，怎樣才能救皓禎和吟霜？」

「寄南，你和裘兒留在將軍府，必要的時候，不妨逃之夭夭！留住生命，才能有未來！我們還有大事未了，來日大難，恐怕還要我們才救得了！現在只有我可以自由出入將軍府，那伍項魁被我痛打一頓，不敢攔我，羽林軍更不敢攔我！我這就出去想辦法！」太子沉重的說。

「我明白了！我守著皓禎和吟霜，拚死保護他們的安全！」寄南說。

「我先走一步！你們也要保護自己的安全！」太子說完，一個跳躍，就上了牆頭，鄧勇不知從何處冒出來，也上了牆頭。

兩人迅速的消失在牆外。

❖

庭院裡，柏凱、雪如、吟霜、秦媽都圍繞著皓禎。柏凱的手，重重握著皓禎的肩。

「皓禎！看著我！」柏凱把他一搖。

皓禎神情動了動，眨眨眼，看向柏凱。柏凱用力的，似乎要把自己全身的感情都放進去，堅定的說：

「你是我的兒子，我親生的兒子，從我看到你第一眼開始，你就是我的驕傲。當咱們父子並轡而馳，挽弓而射的時候，你是我的驕傲；當你隨我打仗，官拜驍勇少將軍的時候，你更是我的驕傲，二十一年也好，多少年也好，你永遠是我的驕傲！」

皓禎只覺得整個人被掏空了似的，張著口，卻不知自己想要說什麼，驀的就濕了眼眶。

柏凱繼續說：

「聽著，你娘太愛你了，她知道你不能失去吟霜，所以為了替你挽留吟霜。她無所不用其極，跟吟霜合起來演這麼一齣戲，她們其情可憫，用心也苦，可是用的法子實在是愚不可及，完全影響不了我，你也要跟我一樣，不受影響，懂嗎？」

雪如默默不語，發展至此，她既醒悟又後悔。

皓禎無法回答任何話，柏凱回頭一看雪如，嚴峻道：

「妳這個糊塗的女子，簡直是太不知輕重了。妳要編怎樣天大的謊言，我都不在乎，可妳居然對皓禎說他不是妳親生的，妳實在太過分了！他裹在襁褓裡，依偎在妳懷中的模樣，妳忘了嗎？他開口第一句學會的是叫妳一聲娘，妳忘了嗎？這二十一年裡不計其數的點點滴滴，難道……難道妳通通都忘了嗎？」

柏凱痛心疾首的陳述，聽得雪如是淚如泉湧，最後忍不住的失聲哭了。

「我沒忘，我一樣都沒忘啊！皓禎……」伸著雙手奔向皓禎，握著他痛哭流涕：「對不起，我……我怎麼會對你說那麼殘忍的話，你……你就當我是急糊塗了，昏了頭吧！」痛苦又紛亂之極的：「原諒我，你當然是娘親生的兒子，你當然是的！」

皓禎眨眨眼睛，一回頭，看到站在那兒，心神俱碎的吟霜。

皓禎一把握住吟霜的手腕：

「跟我去房裡！我們兩個要單獨談談！」拉著她就走。

柏凱、雪如、靈兒、寄南全部怔著，沒有人阻止。

❖

皓禎拉著吟霜進入畫梅軒臥房，甩上了房門。吟霜被動的、含淚的看著他。皓禎定定的看著她，一瞬也不瞬的看著她，啞聲的問：

「妳什麼時候知道真相的？爹娘那些話我都不要聽。我要聽妳說，妳什麼時候知道妳是袁家的女兒？妳瞞了我多久？妳說！」

吟霜眼淚一掉，坦白的說道：

「是……清風道長作法那天，娘發現了我後肩的梅花烙，但是，她告訴我真相，是在從我爹墓地回來那天！」

皓禎痛楚的噓了口氣：

「是妳說妳心上有個缺口的那天？」

「是！娘想幫我補那個缺口，才告訴我的……」頓時崩潰的把皓禎一抱，哭著喊：「皓禎，皓禎，老天用換子的方式，讓兩個永遠不會相遇的我們，相遇在一起！只要想到我這樣才能遇到你，我就充滿了感恩！謝謝老天，讓娘把我換成了你，否則，我如何擁有你？如果沒有你，我的生命還有什麼意義？」

皓禎大受打擊的說道：

「所以，妳才是這個家庭裡的梅花，我卻不是這個家庭裡的梅花樹！我是荒草，是雜草，是隨風飄進來的野草……」

「不是的！不是的！不要這樣說，我是梅花你是梅花樹！我們注定要相遇的，上蒼只有用這種方法才能撮合我們，我還是白勝齡和蘇翠華的女兒，你還是袁家的皓禎！不要為這事受打擊，我們還有很多問題要面對！」

皓禎深深凝視她，用手指拭去她面頰上的淚珠，沉痛的說道：

「原來，這二十一年裡，我佔據了妳的位置，讓妳流落在外，讓妳跑江湖看診為生，讓妳被壞人欺負，即使跟了我這個假公子，還要受到種種虐待，做丫頭，做小妾……」越說越痛楚：「我在不知情之下，偷走了妳的人生！」

吟霜急切的喊：

「沒有沒有！你沒有偷走我的人生，你給了我最美好的人生……」

「我不止偷走了妳的人生，我也偷走了皓祥的人生！」

# 73

此時，采文匍匐在祖宗牌位前，哭得唏哩嘩啦，說道：

「娘！當初您作主，讓我失去了那孩兒，二十一年來，妳知道我哭乾了多少眼淚，每夜每夜，每日每日，我都在想念那個無緣的孩子！現在，上天可憐我，讓我知道了他的下落，原來這二十一年來，他離開我就只有幾條大街，母子也幾度見面，卻相見不相識！娘，世廷一直認為那孩子生下就死了，我……我……我多想去認那孩子啊……我要怎麼辦呢……」

采文正哭得悽慘，漢陽找了過來。

「娘！紀媽說妳一早就在這兒哭，妳怎麼了？又想祖母了嗎？娘，我最近忙得天翻地覆，實在照顧不了家裡，爹一早就被榮王找去，我覺得也沒好事！我……」

漢陽話沒說完，在衛士大聲的「太子到」的通報聲中，太子帶著鄧勇，急急的直闖過來。太子著急的說：

「漢陽，經過跟你的幾次深談，現在只有來找你！皓禎生命危險，我們得趕快想辦法去救他！」

「什麼？皓禎生命有危險？」漢陽衝口而出：「難道伍項魁敢闖進將軍府去殺人嗎？」

采文一聽，臉色蒼白的從地上站了起來，直奔過來，連行禮都忘了，看著太子，驚慌失措的問道：

「皓禎怎會有生命危險？他病了嗎？他跟公主不和，觸犯了皇上嗎？太子！請告訴我！」

「宰相夫人，此事說來話長，皓禎確實得罪了皇室，現在生命懸於一線，不過此事和宰相府無關，夫人不必為此操心！」對漢陽使眼色：「有地方讓我們兩個談談嗎？」對采文施禮：「救人要緊！我和漢陽有事商量！啟望告辭！」

采文身不由己的追著他們喊：

「救得了皓禎嗎？救得了嗎？」

太子回頭，肯定的嚷道：

「救不了也得救！他是我兄弟，是本朝舉足輕重的人！是我捨命也要相救的人！」

漢陽拉著太子就走。

采文整顆心都跟著去了。

✣

漢陽跟太子騎著馬來到曠野。鄧勇騎馬跟在後面保護。漢陽大驚的說：

「什麼？你要借我那張圖一用？這是什麼計策？」

「我拿那張圖給父皇看，讓他明白，來日大難是什麼？絕對不是皓禎的身世問題，而是本朝的命脈問題！我朝在此時此刻，需要的是忠心的大將之才！皓禎父子能保住我朝江山！這樣才能說服父皇，饒皓禎一死！」

「不行不行！那張圖怎能輕易拿出來？那是我們的大祕密，你不要為了救皓禎，弄得方寸大亂！何況，你何以見得皓禎會被處死？」

「皇后要他死，伍震榮要他死，你爹可能也要他死！伍家個個人要他死！蘭馨發瘋回宮，皓禎等於已經死了一半，如果再來一個『身世不明』、『欺君大罪』，他豈不是死定了？」

「現在我那兩個助手在哪兒？」漢陽整理著思緒。

「我讓他們守在將軍府，必要的時候，說服皓禎帶著吟霜逃走！可是羽林軍守在那兒，要突圍有點困難！不過，我太子府有東宮十衛，各種武士都有，可以調來一用！」

「萬萬不可！」漢陽大急：「你的東宮十衛紀律嚴明，到時候可能要大戰羽林軍，絕對不能出面，萬一暴露身分！你這太子也成了謀逆！」

「所以我才要借你那張圖用用！」太子說。

「這張圖是絕對不能拿出來的！」漢陽堅持：「我們還要按圖索驥，還要追出對方的大本營！如果這張圖在皇宮暴露，讓對方有了防備，我們會全盤皆輸！」

太子吸口氣，耐心的解釋：

「漢陽，我知道你跟皓禎的關係不像我，我跟他等於手足之情！如果救不了他，我身為太子，會永遠無法原諒自己！」

「太子別急，我們下馬，好好的計畫一下吧！那皓禎，我也敬之如兄弟！」漢陽看太子，認真的說：「不過，我只會辦案，還不曾研究過如何突圍！有件事太子一定要答應我，如果皓禎他們突圍，太子一定要待在太子府避嫌！絕對不能跑去幫忙！」

太子鄭重的點點頭。

❖

當太子和漢陽在曠野上，緊急商討營救皓禎的時候，皓祥正在他的房裡發瘋，對翩翩咆哮著：

「大娘揭開了這麼天大的祕密，爹居然不肯相信，還出手推我，想用劍殺我，這算什麼，把咱們娘兒倆當傻子耍嗎？」

翩翩心思紊亂已極，激動道：

「原來咱們真當了二十多年的傻子！回首這些年來倍受冷落，腰桿兒始終都挺不直的日子，想來就千萬個不甘心！」

翩翩忍不住哭了，皓祥神情一動，上前把翩翩一握，積極有力的說：

「所以啦！現在是咱們母子轉敗為勝，揚眉吐氣的時候了！爹想掩蓋事實，門兒都沒有！我才是正統的袁家人，咱們要跟爹爭，爭這二十一年的公道，不能再像今兒那樣默默認栽，任由爹袒護那個假兒子，而動手教訓他唯一親生的兒子，這口氣，我無論如何都嚥不下去！」

皓祥憤慨陳述中，翩翩聽得神情大動，頗有認同之意。他們卻不知，門外的柏凱，已聽得震動一退。

「可咱們爭得過嗎？我瞧你爹那麼堅決……」

皓祥非常激動的說道：

「他是老糊塗了，還死命的當皓禎是寶！」激憤已極，神情猙獰的怪笑起來：「哈……這下可是滑天下之大稽，他以為血統純正的寶貝兒子，原來是個雜種，而受盡他鄙視的，卻道道地地是他的種，真是太諷刺了！哈……」

砰的一聲，房門被一腳踹開，柏凱一張臉鐵青，出現在母子二人面前。

皓祥的笑聲戛然而止，翩翩亦大吃一驚，本能就衝上前，張臂攔在皓祥前面，青兒、翠兒嚇得對柏凱撲通跪下。翩翩對柏凱急聲道：

「您別發脾氣，他……他這也不過是發發牢騷罷了！」

被護在身後的皓祥，一時也瞠目結舌著。青兒和翠兒各喊各的：

「大將軍！原諒皓祥吧！大將軍息怒呀！」

柏凱痛心達於極點，渾身都為之顫抖了，指著皓祥：

「我怎麼會有你這樣的兒子？胸襟狹窄，自私自利，無知又尖酸苛薄，在全家面臨著生死存亡的關頭，你不知同舟共濟，一味只顧著你自己……」

皓祥受不了的打斷：

「我不顧自己的話，誰顧我？你？你眼裡只有皓禎，即使明知他不是你的兒子，你仍然那麼重視他，你就只看見他受了傷，至於我和那白吟霜，是你真正的一對兒女！可你在乎咱們的感受嗎？你才自私！」

柏凱踉蹌一退，痛心疾首的說：

「你……你若是有一點兒人性，就不會在這節骨眼兒上同室操戈，好歹他也做了你二十一年的兄長。他已經一無所有，你還需要跟他爭什麼呢？你……你若是有一點兒人性，就該明白我推你、吼你，不單為了保護皓禎，更為了保護咱們一家子。倘若我真糊塗，現在也不會急匆匆的趕來安慰你跟你娘了！」

這番批評，聽得皓祥臉色大變、火冒三丈。他一把撥開翩翩，往前一站，衝著柏凱激動的嚷著：

「安慰？你一腳把門踹開，凶神惡煞似的模樣，你這叫做安慰？打你開口到現在，你對我只有辱罵和輕視，充滿憤怒與恨意！當你安慰皓禎的時候可不是這個樣兒，你怎麼可以這樣對我呢？他不過是個雜種！一個不明來歷，卑賤低下的雜種啊！」吼得面紅耳赤，額暴青筋。

柏凱死死的、靜靜的看著皓祥，心寒透頂，半晌後，他哀莫大於心死的低沉著聲音，不帶感情的說出：

「有子如你，才是我家門不幸，我要一個有人性有良知的兒子，即使不是我的血脈！如果你有皓禎一半的心胸氣魄，你都會是我的驕傲！今天知道了真相，我最痛心的是你！你明白嗎？為什麼我親生的不如皓禎？你從小不長進，才會失去我對你的信心和愛！你懂嗎？」

怒目一瞪，抓著皓祥衣襟，厲聲的：「關於皓禎的事，如果你敢洩露一字半句……」

皓祥怒吼接口：

「原來你是來對你的親生兒子滅口？真是好一個親爹呀！哈哈哈！如果你要豁出去了，我奉陪！」

「袁柏凱！」翩翩大叫：「你到底是不是人啊！你居然想殺你兒子滅口是嗎？」搥打柏凱：「放開我兒子！我跟你拚了！」

翩翩與柏凱扭成一團，皓祥趁機迅速的溜了出去，邊走邊吼：

「娘！親生不如雜種，老天會來收了這個殘酷的老頭子……」

翩翩與柏凱的扭打中，皓祥已逃得不見蹤影。

❖

皓祥逃出了家門，和伍項魁一陣交頭接耳，項魁一聽，簡直喜出望外，立刻親自陪著他進宮去見皇后。皇后正在寢宮外面的偏殿裡，伍震榮也在。聽了他報告的事，皇后大驚失色的喊道：

「什麼？假兒子？皓禎不是袁柏凱的親生兒子？白吟霜才是袁家的親生女兒！」

皓祥跪在皇后面前：

「是的！皓祥如實稟報，不敢有所欺瞞！還請皇后為我們母子作主！」

「哈哈哈！」伍震榮大笑：「真是天助我也！皇后，不須咱們苦思對策，袁柏凱這一家子總算玩完了！」

皓祥不安的看向伍震榮，說道：

「榮王，你們答應過我，要動袁家，不包括我和我娘呀！」

「放心啦！」伍項魁笑著：「有我爹擔保，你還有什麼好擔憂的！等皇上一下旨，咱們就有好戲看了！」

「袁柏凱、袁皓禎膽敢犯下欺君之罪！不必等皇上下旨了，現在就傳本宮懿旨，全力捉拿袁皓禎和白吟霜！」

皇后話才說完，皇上一腳踏入偏殿。

皇上迅速的掃了眾人一眼，見榮王、項魁都在，又見皓祥，不悅的說道：

「皇后這兒，在開什麼祕密議事大會？那將軍府，不是已經有皇后懿旨，被羽林軍包圍了嗎？」

皇后立刻接口說道：

「皇上，原來現在袁柏凱那兒，又有全新的發展！那袁皓禎根本不是袁柏凱的兒子，而是個抱來的冒牌貨！皇上來得正好，請趕緊下旨，把他們全家捉拿賜死，他們個個都犯了欺君大罪！」

皓祥衝口而出：

「不包括我！我是來報信的！」

皇上一怔，疑惑的看著皓祥，驚愕的思索。

「皓禎是袁家抱來的？此事大大可疑！皓祥，你和你哥哥不和，人盡皆知！此時來通風報信，你是想陷害全家嗎？怎有這樣的弟弟？就算是真的，你也是袁家養大的！」

伍震榮趕緊接口：

「皇上！此事千真萬確！聽說太子當時也在，親眼目睹了證據！」

「太子怎麼會牽扯到袁家的家務事裡去？既然太子知道，等朕問過太子再說！」

皇后著急，大聲說道：

「皇上！您還不抓袁皓禎？要等他們逃跑嗎？」

「羽林軍不是包圍著將軍府嗎？他們怎麼逃？難道我們的羽林軍如此不堪一擊？那袁柏凱忠心耿耿，即使鬧成這樣，也沒用左驍衛對付羽林軍！朕信得過他！至於假兒子一事，還要徹查！說不定皓祥才是假的！這事，皇后最好不要插手，朕自有定奪！」看眾人一眼：

「你們也可以散了！」說著，大步出門去。

皇后無可奈何，咬牙切齒的大聲說道：

「加派羽林軍，牢牢守住那個將軍府！」

❖

寄南好歹是個靖威王，很快就得到消息，知道皓祥進宮告狀的事。在畫梅軒大廳中，扼腕的大嘆特嘆：

「想不到這可惡的皓祥，真做得出這種賣祖求榮的事情來！這下是欺君大罪，非砍頭不可了！」

「所以我說嘛！」靈兒說：「早勸你們要遠走高飛就是不聽！我們不是還有護國大業嗎？如果你們被皇上砍頭了，那我們天元通寶的弟兄該怎麼辦？木鳶又從不露面，以後誰帶我們去伸張正義？」

皓禎還陷在身世的痛楚中，喃喃的說道：

「護國大業、保李行動、滅伍計畫……現在離我都很遙遠，好像是幾千幾百年前的事……」

寄南一躍，就躍到皓禎面前，抓住皓禎胸口的衣服一陣亂搖，生氣的喊：

「你還是我們大家的袁皓禎嗎？你還是黑白雙煞的那個煞星嗎？你還是出生入死的英雄人物嗎？一個身世問題就把你打倒了？是誰生你，是誰養你，有什麼重要？重要的是，你是我們大家無法缺少的將領！你醒醒吧！」

皓禎掙開寄南，一吼：

「可是這身世問題，已經把全家逼到絕路了，你懂嗎？」

吟霜走過來，伸手握住皓禎的手。

「我們都振作起來吧，大家商討商討，現在還有沒有生機？最起碼，你不要再痛苦了，行嗎？」

「好！我振作！」皓禎吸口氣：「但是要我逃走，讓爹娘獨扛欺君之罪！我做不到！」

「如果進退都要鬧得殺頭，那麼我們為何不拚一場，也許就被我們殺出一條血路來了呀！」靈兒激昂的說。

「我們？」吟霜驚疑的問：「妳的意思是……妳和寄南也打算一起逃走？可是你們奉命要在宰相府，那右宰相明為『管束』，實際就是『監視』！如果你們也鬧失蹤，不是更加坐實你們和我們的關係！」

「已經管不了那麼多了，本王爺早就想離開宰相府，現在正是時候，我們就保護你們一起逃出長安城！」寄南說。

皓禎終於鎮定下來，能夠分析思想了，說道：

「吟霜說得對！將軍府和宰相府同時丟了人，那肯定讓皇上氣得跳腳！到時候連你也一起砍頭，說不定還株連了漢陽！」

「砍頭就砍啊！誰叫咱們是一起出生入死的好兄弟！」寄南豁達的說：「至於漢陽，方世廷和伍震榮關係那麼密切，一定會把責任推得一乾二淨，不會牽連漢陽的！你別操心那麼多！」

正討論著，柏凱和雪如嚴肅的走進大廳來。柏凱說：

「皓禎，帶著吟霜一起走吧！不用管爹娘了！」

「爹、娘，這個萬萬不可啊！皇后一心想除掉我們袁家，絕對不會放過將軍府的！」吟霜著急的說。

「就是因為皇后處心積慮，你們才更應該離開。聽娘的話，你們趕緊和寄南離開長安城！有寄南陪著你們，娘會安心的！」雪如說。

「你們不要為爹娘擔心，爹還是輔國大將軍兼左驍衛上將軍，還有神威軍支持，這點即使是專權的皇后，都還要顧慮三分。皇后就是想逮到機會，連根拔除將軍府的勢力，為了以防萬一，皓禎和吟霜更應該保命！萬一爹娘有什麼閃失，你們才有機會回來拯救我們將軍府！」

「可是，爹娘這樣會……」皓禎猶豫。

柏凱搭著皓禎的肩膀，注視著他的眼睛，鄭重的囑咐：

「皓禎，咱們將軍府的使命還未了，萬一爹無法達成的事情，你一定要幫爹完成。我們這面保國的大旗，已經高高掛在天際之上了，不能對不起我們的列祖列宗，和本朝的社稷，你只准成功，不准失敗！」

柏凱正說著，魯超奔進門，喊道：

「將軍，公子！不好了！咱們將軍府被更多的羽林軍整個包圍，已密不透風！」

眾人大驚失色。寄南跌腳大嘆：

「就說要你們快走快走！這下好了，要走都走不成了！」

突然，窗櫺上咚的一響，眾人奔到窗前，皓禎從窗格上拿起一個金錢鏢。打開紙箋，只見金錢鏢上寫著：

「午夜東隅突圍——木鳶。」

皓禎唸著內容，抬頭看眾人：

「木鳶終於出面了？他安排好了？東邊羽林軍裡有我們天元通寶的兄弟？木鳶也要我們走？在這樣重重包圍的羽林軍之下，他還能射進金錢鏢？可見……」

「可見，羽林軍裡有木鳶的人！」寄南振奮接口。

柏凱下決心：

「就這麼辦！沒時辰再猶豫了！」

❖

距離午夜還有一段時辰，大家緊張的準備行裝、急救藥囊、武器等。柏凱進房來，在眾人面前打開一張地圖，說道：

「皓禎，你們就往東北方向走吧！從蒲州出發到河東道的代州！代州府的府尹王大人是我故交，不過你們亡命天涯，要隱姓埋名，不要去打擾他們！只是以備萬一！如果碰到困難，說不定有用！」

「爹！你的路線都設想好了？」皓禎感動。

「原來大將軍已經有安排和設想！那好！咱們就去代州府！」寄南十分驚喜。

「這回出門不比以往出任務，何時能夠回到長安也是不得而知，你們四個就好好彼此照應吧！魯超會跟著你們、保護你們！」

皓禎對著柏凱跪下，說：

「爹，此路漫漫，皓禎不能在家盡孝，請恕兒子不孝！」

柏凱扶起皓禎。

「千言萬語都不必說！只希望有朝一日你們都能平安歸來！時候不早，你們快點準備行裝吧！」

❖

雪如和秦媽緊張的在收拾著皓禎和吟霜的行裝。雪如說：

「天氣很冷，快要下雪了！把我那件羊毛披肩拿來，隨時可以披著保暖，夜裡還能當被蓋，這樣出去等於逃難，餐風飲露都可能的，厚衣服一定要帶！」

秦媽拿著一件男用斗篷：

「這件將軍的斗篷，就給公子帶去吧！」

兩人正忙碌著，忽然有人敲門，吟霜急急進門，返身就把房門閂上。

「娘！我有幾句話要跟您說！」

「是！」雪如站起身，對秦媽說道：「關好窗子，到門外守著！千萬防著皓祥和翩翩！」

「是！」秦媽急忙關窗出門去。

吟霜見屋內無人了，就用雙手握住雪如的雙手，急促的說道：

「現在我們必須逃亡，未來的命運，我們誰也不知道！和娘再相見的日子，是哪一天也不知道！我必須在離別前，把我的感覺告訴娘！」

「妳說！我等著妳的判決，無論是愛是恨，我都接受！」

「當初，您因為我是女兒，而拋棄了我！這個事實，確實重重的打擊了我！我想，我怎樣也無法去接受一個拋棄我的母親。何況我的神仙爹娘，對我寵愛有加，如果我認了您，等於背叛了把我養大的父母！再加上皓禎的緣故……我不能認您！這就是我知道身世那天的心態！」

雪如眼淚一掉，點點頭。

「可是，在我心裡，對您有同情，有憐憫，有愛，就是沒有恨！我想，當初那個烙上梅花烙，把我放棄的您，一定是心如刀割的！」

雪如頓時淚落如雨，拚命點頭，說不出話來。雪如哭著，把吟霜緊緊一抱：

「娘明白了！妳愛皓禎勝於一切，願妳的愛能彌補我給皓禎添上的傷痕，一路上你們要好好的照顧自己，皓禎和妳都是我的心頭肉！」

吟霜就對雪如跪下，雙手放在身前行大禮，落淚說道：

「謝謝娘的照顧，請娘為了我們兩個，珍重再珍重！健康的等我們回來盡孝！」

雪如滑落地，心痛已極的抱住吟霜，兩人一起落淚。

❖

寂靜的暗夜裡，皓禎、吟霜、寄南、靈兒四人換上遠行勁裝，帶著武器，五匹馬上都放著包裹行囊。魯超一身夜行衣，在旁緊張的東張西望。吟霜擔憂的看向屋裡，低語告別：

「從此一別，不知何時還能再見，爹娘、香綺、小欒，你們要保重了！」

「現在該擔心的是咱們自己！東邊突圍！」靈兒指著東邊方向。

「吟霜，趕快上馬！午夜快要到了！妳現在騎馬的技術應該沒問題吧！」皓禎說。

「你放心！我騎得和你一樣好！」

五人就各騎著一匹馬。皓禎對寄南小聲的交代：

「等會兒突圍以後，就照我們的計畫走，如果途中我們失散了，記得到蒲州的溪口村會合！」

「知道了！咱們快出發吧！」寄南說。

「這時候，木鳶安排的天元通寶兄弟應該都在待命，咱們衝向東邊吧！」魯超說。

就在此時，一聲大喝傳來，皓祥現身。

「好啊！幸虧我從宮裡趕回來了，可給我抓到了，你們半夜偷偷摸摸，是要潛逃嗎？全部站住！」

皓禎、寄南等人大駭，此時，柏凱一聲不響的出現在皓祥身後，用劍柄敲昏了皓祥。柏凱沉聲說道：

「時辰到了！快走！突圍時小心！」

「爹！珍重！」皓禎和吟霜同聲說。

五人騎在馬上，最後一次回顧。牆邊，雪如滿眼含淚，在秦媽陪伴下目送著一行人。寄南、靈兒、魯超、皓禎、吟霜都是一身勁裝，背著武器袋，手裡拿著武器。只有吟霜沒有武器，馬背上掛著沉重的醫藥袋。寄南低喊：

「東邊！衝啊！駕！」

五匹馬就疾衝而去。衝出東邊偏門，羽林軍迅速的圍了過來。

「天元通寶！讓路！」皓禎喊道。

不是天元通寶的人，依舊圍了過來，喊道：

「站住！誰也不能過去！將軍府的人，全部封鎖了！」

魯超、寄南、皓禎、靈兒同時拔劍，殺了過去。雙方人馬激戰起來。只見若干天元通寶的羽林軍，紛紛出現，迅速的打倒了那幾個擋路的羽林軍，一切快速解決。一個天元通寶的羽林軍行軍禮說道：

「天元通寶兄弟們恭送少將軍，竇王爺！一路平安！」

「謝了！兄弟們！後會有期！」皓禎說道。

皓禎等人，就衝過重圍而去。

❖

柏凱知道皓禎等人，已經突圍而去。就把剛剛從地上爬起來，還想去追皓禎的皓祥，一路拖進了皓祥的房間，他一手抓著皓祥胸前的衣服，另一手一拳頭對皓祥打去。柏凱罵道：

「你有沒有一點良心？先去皇后那兒告密，再去後門口攔阻皓禎和吟霜！他們好歹是你的哥哥和嫂嫂，即使不是哥哥和嫂嫂，也是姊姊和姊夫！你真心想要他們死嗎？」

翩翩過來拉扯著柏凱，嚷著：

「放手！放手！這個兒子你不要我還要！我們將軍府因為野種引來了禍端，你不怪皓禎，反而來怪皓祥！難道你真的瘋了嗎？」

柏凱大怒，轉身給了翩翩一個耳光，大吼：

「誰是野種？我三令五申的，要你們母子不許亂說！這個禍水，是妳的好兒子皓祥給引進門的！」

皓祥憤憤的說道：

「現在我們每個人的腦袋都不保了！你們做父母的，還把主犯給放走！明擺著就是要我和我娘陪葬，我明天再去皇宮告密，就說爹和大娘放走了皓禎和吟霜……」

皓祥話沒說完，柏凱盛怒的撲了過來，抓住皓祥一陣搖撼。

「如果你從小肯好好念書，就知道什麼是忠孝仁義，我會多麼珍惜你！但是，你只會讓我失望！我們和伍家一向是對立的，你居然倒向伍家，你還配當我的兒子嗎？」

「配不配又怎樣？早知道會因為皓禎而砍頭，我娘是嫁錯了人，我是投錯了胎！我才不稀罕當你的兒子！」皓祥喊。

柏凱氣得發昏，對著皓祥一陣拳打腳踢。青兒、翠兒嚇得跪向柏凱，哭著磕頭。

「大將軍饒命呀！饒命呀！」

翩翩尖叫著：

「皇上還沒砍我們的頭，你先把兒子打死了！皓祥被你打死，皓禎逃命去了！你身邊還有誰幫你送終？」

柏凱氣得快瘋了：

「我怎麼會有你們這一對母子……」

雪如聞聲而來，急忙上來勸架：

「柏凱！柏凱，不要打了！好歹是你的兒子……將軍府已經被羽林軍包圍，明天大家是生是死都不知道，現在就團結一點吧……」

雪如話沒說完，柏凱對著皓祥揮拳，雪如往前一擋，這拳竟然打在雪如下巴上，讓她應聲倒地。

柏凱大驚，喊道：

「雪如！雪如……妳居然幫皓祥擋這一拳……」

# 74

當皓禎等人「午夜突圍」的時候，宮裡的蘭馨正在睡覺。她睡得並不安穩，輾轉反側，夢囈連連。忽然，她從床榻上坐起身來，四面看看，驚叫：

「我在哪兒？這是哪裡？這不是我的床榻！」

崔諭娘急忙奔過來，拍著她，哄著她：

「公主公主！這是妳的閨房呀，咱們回宮了！妳父皇和母后把妳接回宮了，難道妳忘了嗎？」喊宮女：「趕快把燈點亮一點！公主怕黑！」

宮女們睡眼惺忪，趕緊起身點燈。一盞一盞燈都亮了起來，蘭馨坐在床上迷糊的巡視著四周，搖頭說道：

「這不是我的房間，我要回我的房間睡！」

「公主！妳再看看清楚，這是妳宮裡的房間呀！妳出嫁以前，都住在這兒呀！」

蘭馨赤腳跳下了床，跑到窗子前，摸著窗欞，驚懼的說：

「怎麼沒有貼符咒？道觀給本公主的符咒呢？」又去摸門框：「這兒也沒有！」到處摸著：「符咒呢？我的房間都有貼，這明明不是我的房間！」就上前抓住崔諭娘，拚命搖著她：「為什麼妳說這是本公主的房間？妳也聯合起來騙我！」

崔諭娘驚嚇，喊著：

「公主！不是不是！妳完全不記得回宮的事了嗎？」

「回宮？」蘭馨思索著，努力回憶：「哦！母后把我帶回來了！」突然恐懼大叫：「母后是不是把皓禎殺了？是不是把將軍府給滅了？」

蘭馨喊著，打開房門，就衝了出去，一路飛奔著喊：

「母后！母后……父皇……父皇……」

崔諭娘和宮女們趕緊追著蘭馨跑。崔諭娘邊追邊喊：

「公主！趕快回來呀，現在深更半夜，妳要吵醒宮裡每個人嗎？」

蘭馨這樣一陣喧鬧，宮裡長廊各處，一盞盞燈都亮了起來。皇后這晚正好也留宿在皇上的寢宮，寢宮裡的燈，也亮了起來。皇后和皇上驚醒，雙雙起身。

只見房門砰的一聲衝開，蘭馨穿著寢衣，光著腳丫，直闖進門。莫尚宮和崔諭娘追在後面，各喊各的：

「公主請留步！皇上皇后都休息了！」

蘭馨直奔到床前，就搖著皇上，喊道：

「我想起來了！父皇，伍震榮要殺袁柏凱！」

「什麼？」皇上大驚問。

皇后跳下床去摀著蘭馨的嘴：

「蘭馨！妳病得頭腦都不清了嗎？怎麼半夜三更在這兒胡言亂語？趕快回房去！崔諭娘、莫尚宮，把她拉回去！」

蘭馨大力的推開皇后，皇后不敵蘭馨的力氣，摔在地上，直叫哎喲。崔諭娘和莫尚宮趕緊來扶皇后。蘭馨就急道：

「父皇！要小心伍震榮父子！他們到處抓亂黨，要抓皓禎和他爹，不能殺……不能殺！可是可是……」

皇后厲聲打斷：

「妳要氣死本宮嗎？好不容易把妳從泥巴堆裡救出來，現在妳不玩小泥人了？又變了花樣？妳的白狐怎樣了？」

蘭馨頓時洩了氣，沮喪的說道：

「白狐是打不死的，母后，妳不要抓白狐，也不要下蠱，如果妳下蠱，到處都會有蟲子的！宮裡也會有蟲子的！」

皇后突然打了一個冷戰，害怕的伸手握住胸前的衣服。蘭馨混亂的說道：

「那些蟲子會咬妳，會讓妳痛得滿床打滾，我不騙妳！我親眼看到了，母后，千萬千萬不要下蠱！」

皇上摸不著頭腦，問道：

「蘭馨，妳到底在說些什麼？妳要告訴父皇什麼？」

蘭馨苦苦思索，是的，她有重要的話要告訴父皇，但是，是什麼呢？她喃喃說道：

「我要告訴您……皓禎對不起我，吟霜是白狐……但是袁柏凱和皓禎都是您的忠臣……在您身邊，幾乎沒有忠臣了！」

皇上震撼的聽著，像是從夢中驚醒。皇后再也受不了，大聲喊道：

「把蘭馨公主拉回她房間裡去，關好門別讓她亂跑！」

宮女和崔諭娘、莫尚宮一擁而上，拖著蘭馨回房去。

蘭馨一面被拖著離開，一面大喊著：

「父皇父皇！我還有一件重要的事情要告訴您……我還沒說完……」

砰的一聲，房門關上了，皇后心驚膽顫的想著：

「早知道就把她留在將軍府！原來她現在這麼麻煩！這可真是個大問題，她知道的事還真多，如果隨時來個半夜大叫，本宮防她都來不及！」

皇上躺在床上，真的深思起來，說道：

「袁家的欺君之罪，朕有必要再查清楚，讓朕再想想吧！」

「啊？您還要想想？」皇后驚訝的問，她咬牙看著皇上，多少枕邊細語，皇上都沒聽進去，蘭馨的瘋狂大喊，卻讓皇上聽進去了？這皇上，越來越難控制了！

❖

衝出將軍府的皓禎、寄南、靈兒、吟霜、魯超分騎著快馬，繞過了城中心，從住戶稀少的邊緣地帶，奔向城門口，一路穿過樹林，越過小橋，終於來到了城門口。因為繞道耽誤不少時辰，大概已是丑時了。

城門在望，皓禎與吟霜看著寄南和靈兒，四人心有靈犀的一個對望之後，帶著魯超，五人策馬衝向城門。驟然間，城門立刻關閉，同時湧出了重重官兵。項魁從重兵的隊伍中走出來，大笑說道：

「哈哈哈！我爹料想你們會來這招，果然是一幫貪生怕死的鼠賊，看你們往哪裡逃，來人！把他們通通抓起來！」

項魁話聲才落，一群蒙面的黑衣人帶著各種兵器從天而降。魯超對皓禎大喊：

「少將軍快走！弟兄們趕來為您開道！你們儘管衝出城門吧！」

大批的官兵和魯超等黑衣人大打出手，為皓禎等人開路。皓禎叮囑吟霜：

「拉緊馬韁，我們快馬衝出去！」

一群官兵攻上來，皓禎乾坤雙劍錚然出鞘回擊，銳不可當的刺倒不少官兵。皓禎一面打，一面護著吟霜，在黑衣人的馳援下，雙雙衝出了城門。靈兒和寄南分騎在馬上，各持著刀劍，對官兵勢如破竹的砍了出去。靈兒鬥志如虹，大罵道：

「這個臭蛤蟆，臨走前還要讓我練武，我就殺你個片甲不留！」

靈兒一邊持劍應付官兵，同時也靈巧的射出幾個連環飛鏢，擊倒了想襲擊吟霜的官兵。寄南殺到了前方，玄冥劍俐落的刺倒了幾個阻止皓禎前進的官兵，對皓禎大喊：

「一路向前，快走！」

寄南與皓禎邊衝邊砍的殺出了重圍。

伍項魁見到皓禎與寄南等人衝出城門，也快速上馬，帶著騎兵隊，追向了皓禎。項魁對騎兵們大喊：

「捉拿朝廷重犯袁皓禎、竇寄南！還有那個狐狸精！一個都不能讓他們跑掉！」

大批騎兵隊，快馬追向皓禎等人。

魯超也帶著若干黑衣人快速跳上馬，追出了城門。魯超大喊：

「保護少將軍！快追！」

皓禎急速的駕著馬，一邊拉著吟霜的馬韁飛奔。靈兒和寄南押後，保護皓禎和吟霜快馬飛馳，但是伍項魁帶領的騎兵大隊，也快馬追向皓禎等人。魯超等黑衣兵團又趕過來阻止騎兵大隊，幾路人馬，在馬背上互相襲擊砍殺。

突然左邊一個快馬騎兵，超趕過皓禎的馬之後，撒出了一張大網，讓右邊的騎兵接住。兩騎兵橫攔的一張大網，讓皓禎和吟霜衝不過去。

「吟霜，我們繞道！往左邊！」皓禎喊。

皓禎去拉吟霜的馬韁，吟霜的馬直立而起，吟霜驚叫一聲，滑落在地。

伍項魁趕來，大叫：

「抓住地上那個姑娘！」

皓禎飛馬過來，低俯身子，就一把抓住吟霜的手，拉上自己「追風」的馬背。寄南和靈兒飛騎過來，和追來的項魁及騎兵大打出手。靈兒喊著：

「皓禎，先帶吟霜衝出去，我們擋住他們，跑掉一個是一個！」

皓禎大叫：

「魯超！保護寄南和袭兒！」

皓禎就帶著吟霜，衝出重圍，不安的問：

「吟霜，妳還好嗎？剛剛摔下馬，有沒有受傷？」

「沒有沒有，真的沒有！」吟霜趕緊說道：「可是我那匹『嘯月』跑掉了，上面有我的藥箱，怎麼辦？」

「放心，『嘯月』是我們袁家軍訓練有素的軍馬，牠會找到我們的！」皓禎說。

靈兒、寄南和項魁打得天翻地覆。

魯超帶著一群黑衣人，和眾騎兵也打得天昏地暗。

只見寄南連續打倒了幾個騎兵，拉住了正在狂奔的「嘯月」。寄南飛騎到皓禎身邊，大笑著說：

「哈哈！好久沒有這麼痛快的打架了！吟霜，妳的馬給妳送來了！皓禎，接著馬韁，我再去幫靈兒和魯超！」

皓禎急忙接過馬韁，帶著吟霜往前飛騎而去。

騎兵團已經衝出了黑衣兵團的圍剿，跟著伍項魁追向靈兒。寄南飛騎趕來，大叫：

「魯超，不要戀戰，去保護公子和吟霜！」

「是！」魯超應著，打倒幾個騎兵，追向吟霜和皓禎。

於是，項魁帶著大批人馬，都追向了靈兒和寄南。項魁對騎兵大喊：

「抓到一個是一個！快把這芝麻王爺和他的斷袖小廝拿下！」

靈兒視死如歸，對寄南說：

「甩不開這群混蛋，咱們就和伍項魁算個總帳吧！」

「這還要妳說，我今天不讓他見血，我就不叫竇寄南！」

寄南和靈兒與騎兵團交戰，邊打邊跑。只見曠野越來越荒涼，也不知道跑向了什麼地方，騎兵緊追不捨，兩人拚死抵抗，前方地勢高聳，馬兒狂奔，忽然間，馬兒長嘶一聲，兩人一看，竟然被逼到山崖絕路處。靈兒、寄南的馬，差點踩空墜崖。兩人趕緊勒住馬兒。伍項魁和騎兵隊趕到，一步步把寄南、靈兒逼近山崖邊。項魁下馬，幸災樂禍的說：

「我就說你們無路可逃了吧！還是乖乖束手就擒吧！你們這對斷袖兄弟！」

靈兒火大，看到項魁，各種冤仇齊聚心頭，跳下馬，用男聲大罵：

「什麼斷袖兄弟！你這陰魂不散的鬼東西，有種下馬和我單挑呀！」

如此近距離，伍項魁依然沒有認出靈兒，一來天還沒亮，光線不足；二來想也沒往靈兒身上想；三來靈兒的「男聲」實在太逼真；四來打架已經來不及，根本沒辦法分心。聽到靈兒發出挑戰，他輕藐的說道：

「哼！一個小小隨從，有什麼身分與本官單挑？」

寄南跳下馬，霸氣的喊：

「她沒身分，那麼就由我這個有身分的王爺來會會你囉！」舉劍出手，使出一招「二分天下」：「看招！」

寄南聲到劍也到，項魁大驚急閃，持劍亂砍一通。寄南快手快腳，玄冥劍的劍花亂點，劍鋒到處，連續劃傷了項魁的手臂。項魁哎喲哎喲直叫，猛烈回擊，卻砍不到寄南，見自己武藝遠遠不如寄南，勃然大怒，對旁觀的騎兵大吼：

「看什麼看！把他們兩個通通抓起來呀！全上！」

騎兵下馬與寄南、靈兒開打。寄南靈兒寡不敵眾，兩人背靠背並肩作戰，被逼到山崖邊緣。艱險的地勢下，靈兒的防守顧此失彼，手臂突然被劃上了一刀，她手上一痛，腳步不穩。項魁便一腳踢向靈兒的肚子，靈兒驚慌的踏空，墜落山崖。千鈞一髮中，寄南撲倒在地，就地一滾，伸手拉住靈兒一隻手。寄南大喊：

「裘兒！抓住我！」

靈兒一手抓緊寄南的手，往下看是萬丈深淵，落石紛紛掉落，懸崖深不見底，靈兒驚恐的喊：「寄南！」

項魁蹲在寄南身邊，戲謔的說道：

「嘖嘖嘖！本官只看過男女鴛鴦，還沒見過斷袖鴛鴦！既然這麼難分難捨，本官就成全你們！」拿出長刀說：「下去吧！」

伍項魁對寄南拉著靈兒的手，一刀砍下，接著再用力將寄南也踢下山崖。

寄南鮮血直流的手臂，依舊緊緊抓著靈兒的手不放，兩人一起不停墜落。寄南大喊：

「裘兒！」

靈兒同時大喊：

「寄南！」

項魁在崖上得意的大笑：

「哈哈哈！本來想活捉你們，既然你們這對狗男子這麼恩愛！就一起去見閻羅王吧！哈哈哈！」

懸崖邊的空中，寄南拉著靈兒，隨著彼此的呼叫聲，兩人向懸崖下不斷墜落。

❖

靈兒和寄南墜了崖，吟霜和皓禎還在飛騎狂奔。魯超殿後，眼觀四面八方，保護著吟霜和皓禎。皓禎說道：

「這樣一陣飛跑，應該已經擺脫伍項魁了！」

「寄南和靈兒把他們引開，不知道他們兩個怎麼打得過這麼多人。我們五個人，應該還是不要分開才好！」吟霜說。

「說得也是！不過靈兒和寄南都很機智，我們的路線和計畫也都擬好，希望到了下一站，大家可以會合！」皓禎十分擔心，卻安慰著吟霜也安慰著自己。

魯超忽然大叫：

「公子！小心右邊，有弓箭手！」

魯超剛喊完，一排弓箭對吟霜和皓禎激射而來。眼看躲不過這麼多枝箭，忽然從山谷中竄出一隊約十人的斗笠大隊，各各手持長劍。眾長劍組成陣式，築成一道劍幕，在千鈞一髮之際，將那些雨點般射來的箭，迅速的攔截打落。但仍有無數枝箭射向皓禎和吟霜。皓禎下馬，把吟霜也抱下馬背，就用身子護著吟霜，用乾坤雙劍飛舞出劍花，武力全開，把箭都打落於地。魯超也下馬，飛奔過來，一起揮舞長劍，打落那陣箭雨。

一批箭打落，第二批又激射而來。斗笠怪客對皓禎喊道：

「弓箭手眾多！帶人向東跑！這兒我來抵擋！」

「謝了！天元通寶兄！」

皓禎就把吟霜抱上馬背，「追風」與「嘯月」一陣飛騎，擺脫了弓箭手的埋伏範圍。皓禎不禁傷感痛罵：

「還埋伏了弓箭手來對付我！沒料到為國盡忠，居然被羽林軍包圍，現在還被重重追殺！幸好有斗笠怪客，否則會葬身在弓箭手中！」

魯超又大喊：

「公子小心，後面有追兵！」

後面，伍項魁帶著騎兵隊伍，追了上來，大喊：

「袁皓禎、白吟霜，你們投降吧！竇寄南和他的小廝已經被我逼到『萬仞崖』，墜崖而死，剩下你們兩個，不要再做困獸之鬥，納命來吧！」

皓禎跳下馬，撲了過去，一劍「燕子抄水」，劍鋒横掃項魁的馬腿，馬兒倒地，項魁也跟著滾落地。魯超急忙過去護著吟霜，擋掉第二批刺殺而來的羽林軍。皓禎持劍，一劍就對項魁刺去。項魁就地一滾，驚險避掉，跳起身子。

又有分散的弓箭手亂箭射來，差點射中項魁。項魁又驚又氣，大叫：

「弓箭手停止！誰是主子，誰是敵人，你們認不清嗎？」

散亂的弓箭手，趕緊停止。隨著項魁追來的騎兵，卻圍著皓禎打。皓禎打倒若干人，就直奔項魁，罵道：

「你的胡說八道，才騙不了我，寄南和他的小廝，大概把你打得落荒而逃，才改變路線，跑到這兒來追我的吧？」

項魁大笑：

「你還不相信？寄南對那個小廝，原來挺有情的，小廝掉下懸崖，他居然去救。本官就成全了他們兩個，一刀砍在寄南手上，他們就雙雙殉情了！」

吟霜聽得心驚膽顫，怒瞪項魁：

「不會的！他們兩個絕對不會死在你手上！」

項魁太得意了，忽然舉起手來喊道：

「暫時休兵！讓這對白狐夫妻死得明明白白！」

騎兵都停止了打鬥，皓禎、吟霜、魯超也稍獲喘息。項魁喊：

「把竇寄南和他小廝的馬牽來，給少將軍和白狐夫人過目！」

便有兩個騎兵，牽來靈兒和寄南的馬。馬上還馱著兩人的行李和包袱。皓禎和吟霜一看，駭然變色。吟霜顫聲的說：

「皓禎，這是他們兩個的馬！」

皓禎瞪著項魁，悲憤已極的喊：

「你偷了他們的馬？你了不起只是一個偷馬賊！寄南和裘兒絕對不會死！如果他們死了，你拿屍體來看！」

「哈哈哈哈！」項魁大笑：「萬仞崖下有他們的屍體，等到你們死了，魂魄可以去找他們相聚！別走錯路，是萬仞崖！摔下去的人，從來沒有活口！何況他們已經被我打得遍體鱗傷！」對手下一聲吆喝：「一起上！捉活的！這個駙馬還可以到公主那兒去邀功，這個白狐會巫術，有用！」

頓時，官兵把吟霜和皓禎圍得密不透風，皓禎護著吟霜，打得十分辛苦。吟霜也早已下馬，兩匹馬兒在大戰中，已不知去向。兩人背靠背，皓禎看看情勢不妙，魯超在外圍苦戰，寡不敵眾。天元通寶的兄弟，也越戰越少。斗笠怪客不過十來人，顯然還在和眾多弓箭手苦戰。他心中飛快的轉著念頭，一面看看天色，發現隨著曙色，有濃霧正在飄浮過來。皓禎就對吟霜急道：

「吟霜，讓我去面對皇上，妳快跑！妳活著才有救我的機會！去宮裡求蘭馨，她雖然恨我，但是我們畢竟做了一場掛名夫妻，她儘管刁蠻，卻良心未泯！用妳的善良，用妳所有的能力救我，看到那片霧沒有？利用它，快走！」

吟霜聽到皓禎這篇話，知道逃不掉了，悲憤至極，急道：

「皓禎，我沒辦法丟下你……我辦不到！」

皓禎低語：

「我把敵兵引開，妳盡量跑！魯超會保護妳的！」

「哈哈哈！」項魁大笑：「白狐夫人不是有妖術嗎？妳再變個戲法讓我瞧瞧啊！」

皓禎雙劍銳不可當的揮向項魁面門，大叫：

「我的連環劍，要把你碎屍萬段！」

項魁大驚，不敢迎戰，回頭跑，喊著：

「大家去打呀！」

皓禎就一夫當關的全力進攻。

大霧湧了過來，瞬間濃霧把眾人全部罩住。項魁喊道：

「起霧了！大家別散開，圍住袁皓禎，別讓他跑了！」

皓禎在霧中飛跑，邊跑邊喊：

「來追我呀！看你們追得到還是追不到！」

項魁帶著眾追兵，向著皓禎追去。

吟霜在濃霧中分辨不清方向，慌亂的和皓禎分散了。廝殺聲和馬蹄聲都聽不見了，安靜讓她更加恐慌，她不斷的奔跑著喊著：

「皓禎！皓禎……你在哪兒？你在哪兒？」

回答她的，只有濃霧中隱隱飄蕩而來的回音。

❖

這場大戰，雖然出動了天元通寶，依舊讓皓禎和吟霜分散，讓寄南和靈兒墜崖……追殺他們的，竟然是他們效忠的李氏皇軍！英雄兒女淚，亂世兒女情！此時此刻，他們堅信的忠孝仁義，又在何方？

# 75

萬仞崖，那確實是個「死亡谷」，掉下萬仞崖的人，沒有人生還過，這都是事實！當項魁對皓禎和吟霜炫耀時，也沒有誇大。皓禎是知道萬仞崖的，看到寄南、靈兒的馬，聽到他們墜崖的消息，心中已充滿不祥的預感。如果寄南、靈兒為他而死，他又怎能獨活？救吟霜，那時，他只想救吟霜，才會對吟霜吩咐了一篇話，對自己的生死，早已置之度外。

但是，掉下萬仞崖的人，沒有人生還過，那是指「掉下去」的人。靈兒和寄南命大，掉下墜崖時，寄南受傷的一手緊抓住靈兒，另一手卻在胡亂揮舞中，抓住了一條藤蔓。兩人就懸在那兒晃著，寄南傷口上的血，沿著手臂，流到靈兒的手臂上。寄南放眼看去，看到不遠處有一個凹進去的山洞，就對靈兒喊著：

「裘兒，看到右邊那個山洞沒有？我把妳甩過去，妳想辦法跳到那山洞裡！千萬別摔下去了啊！」

靈兒看向那個山壁，吃力的說：

「好！我盡力跳過去！」

「什麼盡力，妳一定要用上妳吃奶的力氣！」寄南說，又抱怨著：「沒想到妳這麼重，我甩不甩得過去還不知道呢！看妳的運氣吧！」

寄南使出全力將靈兒甩到那個山壁，山洞空間不大，靈兒驚險的跌進山洞裡，摔痛了屁股，一面喊著哎喲，一面爬起身，站在山洞邊緣，對寄南喊：

「換你了！跳得過來嗎？」

不待靈兒說完話，寄南奮力的輕功加跳躍，也躍進山洞。他用力過猛，把靈兒又撞倒在山洞裡，寄南生怕靈兒的腦袋碰到石壁，趕緊用沒受傷的左手托住靈兒的頭，緊擁著她倒進山洞中。幸好山洞中積滿落葉，靈兒才沒有被他壓傷。他幾乎仆伏在她身上，兩人臉孔對著臉孔，大難不死，驚魂未定，雙雙凝視著彼此的雙眸。片刻後，靈兒終於崩潰，抱著寄南大哭，說道：

「我以為我們這次必死無疑了！我以為我再也聽不到你罵我、嫌棄我的聲音了！我以為你再也不能打我的頭了！」

寄南死裡逃生，緊抱著靈兒。冬日的寒風吹襲著，寄南感受到她身體的溫暖，不禁深情的盯著她，手指擦拭著她的眼淚，最後情不自禁的擁吻了她。靈兒先是驚訝一愣，接著慢慢融化在寄南的深吻裡。她的心怦怦跳著，一股熱浪，從心底湧到面頰湧到嘴唇，本能的反應著寄南的吻。**這一吻，來得如此熱烈，如此刺激，如此驚心動魄。儘管寄南曾經在風月場合打滾，這一吻竟勝過人間無數！**寄南吻完，盯著她說道：

「我以為我沒有機會對妳這麼做了！」

靈兒羞紅著臉問：

「你……你一直想這麼做？想……親我？」

寄南凝視著靈兒：

「嗯！常常想，又常常不敢想！怕妳不知道會不會突然猛打我一拳！或者給我一記風火球！現在這個地方這麼小，妳要打我，我也沒地方逃了，妳想打，就打吧！」

「打！當然一定要打！」靈兒說：「如果我們還能活命逃出這個山洞的話！我會找你算帳的！」看到寄南的手傷：「讓我先看看你的傷口！」

寄南和靈兒挪動了身子，在有限的空間中，讓彼此能舒服的坐下。

靈兒檢視著寄南的刀傷，從口袋裡掏出藥囊，找出藥膏幫寄南擦藥，又用藥囊裡的棉布條包紮寄南的手臂，一邊包紮一邊說道：

「還好我們都隨身帶著吟霜的『急救藥囊』，你這傷口應該縫線，但這我就沒辦法了，先馬馬虎虎包紮一下再說！」

寄南看著傷口說：

「還好天氣太冷了，血也流不動了，居然都不流血了！」看靈兒的手傷：「妳的傷呢？我也幫妳包紮一下！」拉過靈兒的手，幫她擦藥包紮。

「我只是皮肉傷，沒關係的！」靈兒感覺好冷，瑟縮著身子：「風怎麼越吹越大？好冷啊！」雙手摩擦身子：「咱們好不容易沒被摔死，會不會在這裡凍死了？」

寄南握著靈兒的手驚喊：

「妳的手怎麼冷冰冰？我抱著妳，就不會那麼冷了！」

寄南就緊緊的抱著靈兒，擔心的看著靈兒蒼白的臉色，著急的、心痛的想著：

「之前一直把妳當小廝看，畢竟妳只是個姑娘，靈兒，千萬千萬要挺住！」

❖

當寄南和靈兒困在山洞中時，在曠野引開項魁的皓禎，發現濃霧散了，吟霜已經不見，而項魁帶著許多追兵將他團團圍住。項魁說：

「看你還要往哪兒逃？」

皓禎看看那些圍住自己的追兵，除了羽林軍，裡面還有許多伍家的殺手，天元通寶的兄弟不在，斗笠大隊也不在，知道自己插翅難飛。這是他的宿命！他站住，一嘆：

「好吧！不打了，我跟你回長安見皇上！」

項魁對眾羽林軍嚷道：

「去把他綁起來！」又對皓禎喊道：「還不把武器放下！」

皓禎見對方人多勢眾，長嘆一聲，手中雙劍落地，抬頭挺胸說道：

「不用綁我，給我一匹馬，我跟你回去就是！」

「想得美！」項魁得意的冷笑：「你現在是我的俘虜了！俘虜就要有俘虜的樣子！來人呀！用繩子把他的雙手綁起來！」

皓禎兩手被繩子綁在一起，長長的繩子，另一頭繫在項魁的馬鞍後面。項魁騎著馬，就這樣拖著皓禎往前跑。皓禎的背部貼著地，眼睛看著天空，一路的石頭沙礫，摩擦著他的背脊，幸好是冬天，他的衣服厚重，即使如此，沒有多久，衣服便磨破了，石頭直接撞擊著他的背部。他唯一能做的，是利用自己的功夫，盡量讓頭部撐在繩索上，以免撞得頭破血流。

就這樣，皓禎被項魁一路拖向長安城，羽林軍和伍家衛士勝利的隨行。

❖

吟霜在濃霧中和皓禎分散了，聽著皓禎遠去的聲音，她慌張的喊著：

「皓禎！皓禎！」

聽不到皓禎的答覆，卻聽到四周沉寂下來，追兵全部去圍捕皓禎了。她心慌意亂，沒有皓禎，沒有寄南，沒有靈兒，她要怎麼辦？她不住喊著，毫無目的的奔跑，濃霧漸漸散去，她四面張望，找尋皓禎，依舊喊著：

「皓禎！皓禎！」

突然魯超騎馬奔來，手上另外牽著「嘯月」。魯超下馬奔向吟霜：

「吟霜夫人，您還好吧？有沒有受傷？」

吟霜四面觀望，著急的找尋：

「我沒事，沒事！可是……皓禎呢？皓禎呢？魯超，你看到皓禎沒有？」

魯超四面打量著：

「這裡四下無人，怕是少將軍真的引開追兵，然後被伍項魁的人馬抓走了！」

吟霜回想，深吸了一口氣：

「皓禎說他要回去面對皇上……要我去求公主……」她走向馬兒：「那我們也快回長

安！我們要想辦法營救皓禎！不知道現在將軍府怎樣？我們還能回到將軍府嗎？」

「我們從東邊突圍出來的，那兒的羽林軍，是木鳶安排好的，都是我們天元通寶的兄弟！我們現在還是從東邊進去！」

「那我們趕快回去吧！」吟霜急切的跳上馬背。

吟霜和魯超就疾馳在曠野中跑了一段，來到許多馬蹄雜沓的地方，「嘯月」走到一處，就停下了腳步。吟霜看去，一眼看到地上的「乾坤雙劍」，心臟怦然一跳，知道皓禎一定被俘了。她咬緊牙關，不讓淚水奪眶而出。魯超已經跳下馬，拾起雙劍，慘然的看著吟霜。只見吟霜眼神堅決悽楚，點頭說道：

「我們就先回將軍府，再去營救皓禎吧！」

天空裡，開始飄起雪來。

❖

靈兒和寄南相擁在山洞裡，望著外面的細雪紛飛。靈兒感慨：

「怎麼樣也沒想，我們兩個最後會葬身在這裡，我還以為我會犧牲在戰場裡的。」

「如果我們真的要在這裡結束一生，那我真的死而無憾了！至少我是擁著一個我喜歡的女子，告別這個天下，這一生也值得！」

「你喜歡的女子？你何時開始喜歡我的？」靈兒好奇的問。

「忘了！好像是在咸陽辦案的時候，又好像是妳詐死的那時候，可是又好像第一次在長安大街，見到妳駕著馬車橫衝直撞的時候！」

「原來你第一次見我就有好感……」靈兒感動的想著：「可是，小白菜不是你的老相好嗎？」

「小白菜？」寄南一嘆：「唉！我們確實好過一陣，但是後來就變成工作上的熱血伙伴，像姊弟親情那種關係！」想到小白菜之死，相當傷感。

「哦？好過一陣為什麼會變呢？」靈兒昏昏欲睡的問。

「隨著年齡，人都會變的！我風花雪月，從來沒有專情過，直到碰到一個斷了袖子的妳，才把我的生活弄得亂七八糟！反正都快要死了，也不用和妳爭面子了……」正經的說道：「我問妳，妳有沒有喜歡過我？」

靈兒沒有回答，寄南低頭一看，忽然發現靈兒陷進昏睡裡，大驚喊道：

「靈兒！靈兒！妳可別死，這是我第一次向妳表白，妳千萬不要沒聽完就死掉！」

靈兒迷迷糊糊的囈語著：

「爹，裘家班靈兒沒法照顧你了，爹……」

寄南慌亂的搓著靈兒的手腳，拍著靈兒的面頰：

「醒來醒來！我去洞外找出路！妳等著我……」脫下外衣，裹住靈兒：「妳等著我！」

寄南把靈兒放在地上，就衝到洞口，差點跌落到萬丈深谷裡。他四面一看，峭壁高聳，完全無路可逃。寄南挫敗的回到洞裡坐下，再把靈兒緊緊擁入懷，喊著：

「靈兒，我想我們兩個已經沒辦法活著出去了！這樣也好，不能同年同月同日生，但卻可以同年同月同日死！我真笨，和妳同住一室，整天打打鬧鬧，都不曾向妳表明我的心跡！」猛烈的搖著靈兒，悽然大喊：「靈兒，我命令妳醒來！要死，也聽完我的表白再死！」

靈兒恍恍惚惚的回應著：

「不要……打我的頭……不要……罵我笨……」

寄南淚水奪眶而出，緊抱著靈兒搖著：

「不打妳，不罵妳，再也不打妳，再也不罵妳，只要妳醒來！」

❖

皓禎、吟霜、寄南、靈兒就陷在大雪紛飛的絕望裡，各自找尋僅有的希望。皇宮中，太子緊急被皇上召來，詢問有關皓禎的身世。因為將軍府裡的各種傳言，已經傳得鋪天蓋地。

聽到太子的述說，皇上驚呼道：

「梅花烙？吟霜的後肩上，真有一個梅花烙？」

「其實看不清楚，就是有點像梅花的印記而已！」太子急急的解釋：「顯然將軍夫人太喜歡吟霜了，偏偏吟霜身上又有這麼一個印記，就編出這故事來救吟霜！只要這樣說，吟霜就不可能是白狐！」

「為了救吟霜，不惜犧牲皓禎嗎？」皇上驚疑：「這樣一說，皓禎豈不是成了來源不明的人物？不是袁柏凱的兒子，卻娶了蘭馨，這欺君大罪，等於坐實了！哪有這麼笨的『編故事』？」

太子著急沮喪的衝口而出：

「不管這故事笨不笨，反正伍項魁已經帶著眾多羽林軍，去追殺他們幾個了！現在，皓禎也好，吟霜也好，裘兒也好，寄南也好……在那麼強大的武力下，恐怕個個凶多吉少！」

「他們四個都逃跑了嗎？包括寄南，也跟他們在一起嗎？」皇上大驚，心慌意亂。

「差一點連我也跟他們在一起！」

「你說什麼？」皇上震動已極。

太子義正詞嚴，悲切的說：

「父皇說過，周易中說『二人同心，其利斷金』，因為兒臣和皓禎、寄南情同兄弟，父皇感動，把它改成『三人同心，無堅不摧』！當皓禎、寄南有難時，啟望不曾跟他們同在，已經快要急死了！現在他們如果有任何閃失，兒臣就是孤木一枝了！」

「那麼，他們現在情形怎樣？你還不趕快去打聽一下！速來回報！」皇上大急。

「兒臣立刻就去！不過父皇必須明白，他們的生死，遠遠比他們的身世重要！」

皇上揮手跳腳：

「快去！快去！」

❖

太子去打聽「大逃亡」的情形，伍震榮卻在宰相府，對著方世廷得意洋洋的說道：

「哈哈哈！我家那個辦事不牢的小子伍項魁，居然開竅立了一個大功，不旦擊斃了竇寄南和他的小廝，還活捉了袁皓禎！」

采文手中的茶杯，頓時落地打碎，慘烈驚呼：

「活捉了皓禎？」

漢陽也慘烈驚呼：

「什麼？擊斃了寄南和袞兒？」

世廷無法置信，問道：

「寄南和裘兒，前天還活蹦亂跳的兩個人，怎麼一轉眼就走了？」

「這不可能！」漢陽急道：「榮王怎能把寄南和他的小廝打死？這事我沒辦法接受！他們兩個是下官的助手，有什麼罪要被朝廷的軍隊擊斃？」

「他們幫助朝廷重犯袁皓禎和白吟霜出逃，等同是朝廷的欽犯，而且一路持械拒捕，像竇寄南這種公然與皇上作對的亂臣，死有餘辜！」伍震榮說。

世廷瞪著伍震榮，急道：

「榮王，你這就太造次了！那寄南是宰相府，受皇上聖命託管的人，項魁怎麼可以將他們擊斃？不管怎樣，也得活捉呀！這話是真是假？」

伍震榮得意著：

「當然是真，還有什麼假？世廷你也別在乎那個聖命，皇上不會在乎寄南的！何況袁柏凱也死到臨頭，他犯了欺君大罪，現在人人都知道了，原來皓禎是抱來的，根本不是袁家的骨肉！這故事太離奇了，大理寺也沒遇過這樣的大案子吧！現在好了，這幫眼中釘終於可以拔除，世廷，我們都可以鬆口氣了！」

采文面如死灰，聲音顫抖，一直重複說著：

「被活捉了……被活捉了……」完全失魂了。

「那麼袁皓禎現在被抓到哪裡呢？」漢陽急問。

「當然是在你們大理寺的大牢裡了！」伍震榮犀利的瞪著漢陽：「不過這案子不須你來插手，皇上和皇后親自審案！」對世廷說：「好了，本王另有要事，不能久留！你那兩個麻煩人物，本王總算幫你解決了！哈哈哈哈！」

伍震榮笑著離去，眾人都太震撼了，也忘記相送。

采文面色如死。整個人都像被掏空了一般，皓禎，他是換來的兒子之事已經曝光！他一定恨死了把他遺棄的爹娘！那麼優秀的孩子，她還來不及認他！來不及讓他知道，他的爹娘是誰？來不及告訴他當初的經過。現在，他被活捉了，關入大牢，他會落得什麼下場呢？怎麼可能這樣？怎麼可以這樣？她跌跌撞撞的奔進祠堂裡去了。

❖

伍震榮從宰相府出來，就直接進宮，面見皇上。這次，太子幫等於全軍覆沒，皓禎的欺君大罪，寄南的死有餘辜，就算皇上再如何袒護他們，也無力挽回了。

皇上聽了榮王的報告，一個踉蹌的跌落在矮榻上，脫口驚呼：

「什麼？寄南被羽林軍擊斃了？」臉色慘白：「榮王，你怎可將朕封的靖威王給打死？

你……你……你！你給我把屍體找來！朕要見到屍體，才能相信！」

皇后在一邊說道：

「死了就死了，還找什麼屍體？那小小的靖威王，生活放蕩，養著小廝，你還把他當個寶？死了才乾淨！」

皇上忽然之間勃然大怒，拍桌怒吼：

「你們知道什麼？小小的靖威王，曾在永業村拿出自己家當救蝗災，也曾在桐縣為老百姓抓貪官，還曾在驢兒坡不計前嫌救皇后……」指著伍震榮：「你是不是公報私仇？寄南屢次提出你的過失，朕也不曾追究，你居然殺了寄南？現在朕下旨命令你，立刻去把寄南給朕找來，朕要活著的他，不要死的！」

伍震榮大驚：

「皇上！他怎麼死的，下官還沒弄清楚，那麼多羽林軍打打殺殺，只怕找來也是一堆殘骸了！陛下為何如此在乎他？」

皇上氣急敗壞的嚷道：

「朕在乎他，就是在乎他！因為他真心愛著百姓！因為他……」眼中含淚了：「就是蘭馨說的那句話，是我身邊少有的忠臣！還不止於此……」對伍震榮怒瞪：「你還不去找他？

就算你是不可一世的榮王，我還是當朝皇上！你還要命不要？」

伍震榮一驚，突然感到皇上的威勢了，趕緊回答：

「臣遵旨！臣馬上去找！」和皇后交換視線，心想：「這個昏君是怎麼回事？突然變了個樣！活的竇寄南，我哪兒去找？」

❖

而活的竇寄南，正手忙腳亂的想救快要凍死的靈兒。兩人在寒冷中緊緊依偎，他搓著靈兒的手，懇求的看著她蒼白的臉，喊著：

「醒來！醒來！妳會凍死的！睜大眼睛，看著我！」

靈兒神思恍惚的說道：

「很冷，很冷……我……是不是要死了？」眼睛始終閉著。

「胡說！妳不會死！我不許妳死！睜開眼睛看看我啊！」

靈兒囈語：

「竇寄南，小心那食人魚……」

「怎麼辦？怎麼辦？」寄南心急如焚：「她快死了，這樣下去，她捱不過一個時辰！」

急促的拍拍靈兒的面頰，忽然提高聲音，生氣的吼著：「靈兒！我問妳，妳既然心裡有我，為什麼又去勾搭漢陽？」

靈兒被寄南這樣大聲一吼，醒了，睜開了眼睛，看著寄南。

寄南看到靈兒睜眼，心裡一喜，更大聲的問：

「妳給我說清楚！為什麼勾搭漢陽？」

靈兒真的醒了，雖然衰弱，卻生氣的說：

「我什麼時候勾搭漢陽了？你別給我亂扣罪名！」

「妳有！妳就是有！」寄南咄咄逼人的喊：「我看得清清楚楚，聽得清清楚楚！什麼『大人，大大人，小的，小小的……』妳就是勾搭漢陽！妳想一箭雙鵰嗎？」

靈兒眨著眼睛，忽然想了起來，那天是和漢陽在書房說笑，她說漢陽是「大人，大大人」，自己是「小的，小小的」，還舉了一個例子，對漢陽說：

「大人，大大人，大人一品高升，升到三十三天上，給玉皇大帝蓋瓦！小的，小小的，小的罪該萬死，死到十八層地獄，幫閻王老爺挖煤！」

結果，嚴肅的漢陽，當場噗哧一聲就笑了出來。現在，靈兒才知道寄南都偷聽到了，就生氣的喊：

「原來你都在偷聽、偷看我的行動，你這個王爺，實在太沒風度！和漢陽比起來，他就是『大人，大大人』，我就是『小的，小小的』，行嗎？懂嗎？我欣賞他不行嗎？」

寄南提高聲音：

「那我呢？他是『大人，大大人』，我是什麼呢？」

「你呀！你是什麼？」靈兒想想：「你了不起就是個『氣人，氣死人』！」

寄南一伸手，打了靈兒的頭。

「你又打我了！當心我一腳把你踢到懸崖下面去！」

寄南鬆了口氣，眼中充淚了，柔聲說道：

「吵吵架，妳就不想睡了！妳整個人冷冰冰，一直說夢話，我真害怕妳會凍死。我們兩個都不能死。我們得活著，等會兒再想辦法求生！」就緊擁著她，深深看著她的眼睛說道：

「我不是『氣人，氣死人』，我是『情人，有情人』！今生認定妳了！」

靈兒眨巴眼睛看著他，感動至深，眼角滑下一滴淚。

「你一定要等到我們快死的時候，才對我說這麼重要的話？」

「摸不透妳的心，不敢說！怕被妳打出門去！」

「說得太肉麻，我雞皮疙瘩都起來了！」靈兒說：「不過很好聽！」

寄南就把她緊緊抱住。細雪在洞口飄飛，兩人如同生死訣別時。

❖

皓禎被送進大理寺監牢，由陳大人經手，跳過了漢陽。他坐在大牢一隅深思著，身上衣服被馬拖走得支離破碎，背上傷口眾多，疼痛無比，臉上也有小箭傷。他憂心的想著：

「吟霜，妳能不能逃出這場災難呢？當時只想救妳，才要妳去求公主的！妳不會認真再去找公主吧？魯超會把妳平安送到代州吧？」

皓禎正想著，獄卒送來非常粗糙的饅頭，和一碗髒兮兮的水來給皓禎，毫不客氣的丟在牢門口。皓禎冷眼看了一眼饅頭和水，毫無食欲，對獄卒說道：

「你們拿走吧！本將軍不吃！」

「哼！」獄卒冷笑：「已經是階下囚了還本將軍咧！你愛吃不吃，隨你便，等一會老鼠叼走了，冤枉的是你自己！不知好歹！」

漢陽和太子已經悄然來到獄卒身後，太子怒氣沖沖，用劍柄敲了一記獄卒的腦袋：

「小小獄卒，居然敢在這兒仗勢欺人！」

獄卒挨揍轉身，一見到太子和漢陽，嚇得屁滾尿流，趕緊下跪：

「太子殿下，漢陽大人，小的知錯了，請見諒！」拚命磕頭。

「把這硬邦邦的饅頭撤下，從現在開始，三餐給少將軍三菜一湯外加熱米飯，現在就去重新送來飯菜！快去！」漢陽命令道。

太子厲聲喊道：

「湯要清燉雞湯！三菜要兩葷一素！雞湯要全雞！」

「是是是！小的立刻就去！」獄卒說完飛奔而去。

漢陽對另外一名守門的獄卒命令：

「開門！」

獄卒開了門，漢陽和太子走入牢內。皓禎迎向兩人，如見救星，著急的說道：

「啟望、漢陽！你們有吟霜的消息嗎？當時我們分散了！不知道吟霜是生是死！還有寄南和裘兒……」

「伍震榮到方宰相那兒炫耀，據伍震榮說，寄南和裘兒雙雙遇難了！不知道是不是真的？」太子問。

「我沒有親眼看到，當時我們都被伍項魁的人馬沖散了，聽說他們是跌落了『萬仞崖』。」皓禎求助的說：「啟望，我困在這兒，什麼都不能做。你們趕快幫忙，打聽吟霜下落！去萬仞崖找尋寄南、裘兒！」

「我這就去！」太子說：「皓禎，父皇那兒，我去為你備了案，你不要絕望，身世問題不至於讓你送命！父皇知道你是忠臣，他並不像表面那樣迷糊，他心裡是明白的！他知道你對我的重要性！」

「我已經把我自身的生死置之度外。現在最重要的，是救寄南、裘兒和吟霜！」

「好好好！」漢陽說：「我們馬上去，救人的救人，打聽的打聽！但是請你也要答應我們，保持體力，堅強面對！」

「等會兒三菜一湯送來，你必須吃得精光！」太子有力的說。

皓禎落寞的點頭，與太子、漢陽相望，一切盡在不言中。

❖

吟霜終於在魯超的保護下，回到了將軍府東邊的偏門。羽林軍只剩下三三兩兩，大部分都撤退了，連這三三兩兩也在倚著牆打瞌睡。魯超和吟霜牽著馬走了過來，她穿著披風戴著帽子，遮住大半個臉孔。一個羽林軍迎上前來問：

「什麼人？」

「天元通寶！」魯超低沉的回答。

羽林軍讓開，魯超就牽著兩匹馬，帶著吟霜溜進偏門去。

片刻以後，吟霜依舊穿著逃亡時的衣服，只卸下了披風，坐在畫梅軒的大廳裡。皓禎的

「乾坤雙劍」，交叉放在桌上。香綺哭著，急急送上熱茶，小樂哭著，急急把火盆移到吟霜面前。香綺哭道：

「小姐小姐！我以為我再也看不到妳了！看妳冷成這樣？趕快喝口熱茶！」

「公子去了哪兒？公子怎麼沒跟妳一起回來？」小樂問。

此時，魯超小心翼翼，躡手躡腳的帶著雪如和柏凱進門來。魯超對吟霜說：

「大將軍和夫人來了，我去外面把守，你們好好談談。」說完低喊：「小樂、香綺出來，我們各自把守一個方向，千萬別讓二公子靠近！」

香綺和小樂就急忙出門去。

吟霜看到雪如和柏凱，恍如隔世，迎向兩人，雙膝一軟跪落地，痛喊道：

「爹！娘！很抱歉！我們沒能逃出去！四個人出門，現在只剩我一個回來！」哭著磕下頭去：「我對不起爹娘！」

「妳快起來吧！別跪著。」柏凱急忙說，雙手把吟霜扶起。柏凱和雪如，都含著淚，真情流露的雙雙抱住吟霜。柏凱充滿感情的說道：「說什麼抱歉呢！沒逃出去也是天命，我才認了妳，還沒把妳仔細看看清楚，還沒跟妳說上一句父女間的話，妳就走了。現在還能看到妳，真要謝謝老天！」

「魯超把經過都告訴我們了！」雪如拭淚：「我知道妳滿心想著怎樣救皓禎，我們再來想辦法！妳這一天折騰，想必什麼都沒吃，一定餓壞了吧！我已經讓秦媽去廚房幫妳弄點吃的，妳先吃點東西再說！」

吟霜急問：

「爹娘有皓禎的消息嗎？」

「是！」柏凱忍著淚：「他已經被捕，現在關在大理寺的大牢裡！」

吟霜一痛，臉色慘白，說道：

「我要進宮去見蘭馨公主，我必須去見她一面，只有她才能救皓禎！」

「蘭馨？」柏凱驚訝的說：「她恨死了妳，妳要進宮去見蘭馨？那豈不是再投羅網？何況那皇宮裡，人人要我們袁家人死，妳進去還能出來嗎？」

「就是！」雪如說：「我們另想辦法吧！好不容易妳又回家了，我們大家還有多少日子可活，誰都不知道，我們父母和女兒，就多相聚一天是一天吧！」

「不！」吟霜堅持：「我要進宮見蘭馨，那是皓禎交待我的！我一定一定要進宮見蘭馨！」

❖

風雪停了，陽光露臉。靈兒和寄南兩人在山洞口，看著外面的峭壁發呆。寄南說：

「現在，要想想怎麼脫困？才能享受外面的陽光！」看著靈兒：「妳還很衰弱，讓我摟著妳，千萬別摔到懸崖下面去！」

靈兒依偎寄南，看著四周：

「我們一直卡在這山洞裡，上不上，下不下，到底怎麼辦呢？」

正當靈兒、寄南苦惱之際，山崖上，太子、漢陽、鄧勇帶著一批官兵正在到處搜尋靈兒和寄南。太子對眾官兵命令著：

「懸崖下也好，石頭縫裡也好，你們到處仔細搜尋，不能放過任何蛛絲馬跡！」

一位官兵奔來通報：

「稟告太子，山崖下都已經搜索過了，並沒有見到任何屍首！」

「很好！」漢陽說：「沒見到屍首證明人還健在，你們繼續在這方圓內搜索！」突然大喊：「竇寄南、袠兒，你們在哪裡？」

所有官兵跟著大喊：

「竇王爺！袠兒！你們在哪裡？」

山洞裡的靈兒和寄南聽到了呼喊聲。靈兒喜悅地問：

「寄南，你聽你聽，是不是有人在喊咱們？」

「寄南、裘兒！你們在哪裡？」太子大叫。

「咦！好像是太子老哥的聲音，他親自來找我們了！快！我們快回應他！」寄南大喊：

「啟望！我們在山洞裡，快來救我們！」

山崖上鄧勇趴在懸崖邊緣，發現了靈兒、寄南，正伸出雙手在山洞口揮舞。

鄧勇驚喜大喊：

「太子殿下！」指著懸崖下的山壁：「他們在那兒！」

太子和漢陽伸頭一看，兩人大喜過望。

「快！快拿繩索把他們救起來！」

鄧勇和官兵七手八腳快速垂下繩索給寄南和靈兒。

寄南用繩索，把靈兒綁在自己身上，兩人帶著傷，被官兵拉上了懸崖。

寄南喘息著，感激的說：

「漢陽！啟望！你們怎麼會找到這裡來的？以為再也見不到你們了！靈兒差點在山洞裡凍死了，有沒有熱水，趕快給她喝一口！」

太子一怔，喊道：

「熱水！哪兒有熱水？鄧勇！沒有就趕快起火燒一鍋！」

「是！」鄧勇喊道：「弟兄們！趕快燒熱水！」

寄南解開繩索，把靈兒放下。漢陽急忙找來毯子，把靈兒緊緊包住。靈兒坐在石塊上，裹著毯子，曬著太陽，感動哽咽著說：

「太子，漢陽大人，現在看到你們就像看到大菩薩，快讓我對你們磕幾個頭吧！」

「見到你們大難不死，我真是萬分高興，但是，現在我笑不出來，因為皓禎被抓進大牢了！」太子又喜又憂的說。

「皓禎還是沒有逃出這個劫難？」寄南大嘆。

「那吟霜呢？也被抓走了嗎？」靈兒急問。

「吟霜沒有被抓走，但我暫時也沒有她的消息。現在伍震榮父子都以為你們死了，你們打算何去何從呢？」漢陽問。

「我終於知道我命不該絕的理由了，當然回長安去救皓禎！」寄南說。

「沒錯！回長安！同生死共患難！」靈兒接口。

# 76

將軍府的一場大難，在深宮裡的蘭馨完全不知道。早上，崔諭娘侍候著蘭馨喝藥。蘭馨有氣無力，愛喝不喝，崔諭娘哄著說：

「公主，這藥最好趁熱喝，都快要涼了！」

「涼了就讓它涼了吧！藥吃再多，又有什麼用呢？」她忍不住長嘆問：「有將軍府的消息嗎？」

崔諭娘面露難色，欲言又止：

「這將軍府……公主還是不要知道的好！」

「什麼意思？為什麼我不要知道？妳快說！」

「公主這陣子生病，精神時好時壞，奴婢就怕說了又害您身體更糟呀！」

「本公主都成這樣了，我還能怎麼糟？」發脾氣一吼：「妳快一五一十的告訴我，將軍府到底出了什麼事情！」

「是是！公主別生氣！且聽奴婢慢慢道來！」

崔諭娘便對蘭馨說了皓禎身世的曝光經過。蘭馨這次倒是非常安靜，仔仔細細的聽著，聽完崔諭娘整個述說，震驚無比，精神也集中起來：

「這麼說，皓禎已經關在大牢裡了？他居然不是袁家的孩子？那他到底是誰家的呢？他怎麼進了將軍府的呢？」

「現在誰能管得了他是誰家的？總之他已經不是駙馬爺了，恐怕整個將軍府也快要不保！公主，其實這樣也好，咱們從此和袁家一點關係都沒有，您也解脫了！公主就好好養病吧！」

蘭馨把桌上的藥端起來慢慢的喝著，深思的說：

「那白吟霜不是白狐？她才是袁柏凱的女兒？這是真的嗎？事情怎麼會變成這樣呢？她身上有梅花烙，原來她是人……」清醒的把藥碗一放：「那她根本不是白狐！她和我一樣，是人生的，父母養的！」

「公主，這下證明沒有白狐也好，您也可以不再擔驚受怕了，是不是？」

蘭馨眼神清亮起來，思想也清晰起來，好像內心深處有扇關著的門豁然打開。她站起身子，在室內徘徊著，嘴裡喃喃的說道：

「我要仔細想一想，我要從頭想一想……」

❖

宰相府的大廳裡，采文面容憔悴，陷在深深的無奈與自責裡。

漢陽帶著寄南和靈兒回到宰相府，才踏進大廳，采文正喝茶，轉眼看到寄南和靈兒，大吃一驚，摔了杯子，自己被茶水嗆了咳嗽不止。靈兒本能的衝向采文，拍著她的背說道：

「宰相夫人，對不起嚇著妳了，妳八成也以為我們死了吧！」

「閻羅王嫌我們在地府礙事，又把我們趕回來了！」寄南打趣的說：「看來只好讓宰相府繼續收留我們了！本來也想直接回我的王府，但是，還有很多事要和漢陽商量，不知那間廂房，還能給我們住嗎？」

采文眼中含淚了，充滿感情的說道：

「寄南、裘兒，兩位大難不死，必有後福！但願袁家人也能逃過這場劫難，不知道皓禎在牢裡怎樣？他是將軍府最寵愛的兒子，在牢裡怎麼過呢？」

「是呀！是呀！」寄南就拉著漢陽：「你有沒有去看看他？有沒有特別關照他？」

「當然！」漢陽說：「就是他告訴我去萬仞崖找你的！放心，太子特別交待，三菜一湯！湯是清燉雞湯，還要全雞！菜是兩葷一素！」看采文說道：「娘！別管伍家怎麼想，我們要認清是非和善惡！寄南和靈兒的性命我擔保，妳也支持一下，讓他們先躲在宰相府吧！他們回靖威王府，太不安全！」

采文不停的點頭：

「是是是！僕人那邊……我趕快去打點！」看著寄南、靈兒狼狽又受傷的樣子：「你們有傷就快去治傷，好好待在廂房別到處亂跑！」

「我的傷沒關係！」寄南著急的說：「現在最重要的事是如何救皓禎？雖然關進大牢，皇上還沒發落，希望皇上是個明君，不管皓禎身世如何，皓禎就是那個十六歲就建立戰功的皓禎！就是那個忠孝仁義具備的皓禎！」

采文聽到這番話，回頭看了寄南一眼，淚水潰堤，急忙去安排一切了！

❖

皇上背負著手，在室內踱步。為了如何發落皓禎，滿臉焦灼和苦惱。皇后和伍震榮都著急的看著他。皇后忍不住了，一步上前說道：

「皇上，如果袁皓禎他們沒有謀反，為什麼要逃？現在，人既然抓回來了，還不趕快下旨，把他斬了，免得夜長夢多！」

皇上一個回頭，就怒視伍震榮，嚴厲的問：

「你找到寄南了嗎？」

伍震榮趕緊點頭：

「找到了！活生生的靖威王，他和他那小廝命大，掉下懸崖居然沒死，右宰相已經派人跟下官說了！他們兩個現在都好端端的在世廷那兒！」

「好端端的？沒死？」皇上大喜，唇邊浮現笑意，自言自語：「朕就知道，那個靖威王豈是等閒角色，要他的命，才沒這麼容易！」臉色一正，看皇后和伍震榮：「至於皓禎，是不是亂黨，還有商榷的餘地！」

皇后憤怒的接口：

「不是袁家血脈，卻欺騙皇室，娶了蘭馨，這就是欺君大罪！只要這一條，也足以讓皓禎上斷頭台了！」

「那也不是他的錯！」皇上說：「那是將軍夫人的錯！皓禎生下來就被換了，他那時還是嬰兒，如何算是欺君大罪？」

「陛下！」伍震榮積極的說：「臣有很多袁皓禎勾結亂黨的證據，江湖上有『黑白雙煞』

這個名稱，不知道皇上聽過嗎？上次臣奉皇后懿旨，去搜索將軍府，就查到幾件白色的勁裝！這袁皓禎顯然利用駙馬的名義，遮掩他謀反的目的！」

「以幾件衣服定罪，也太牽強了！畢竟是一條人命！」皇上為難的說。

「皇上，您別因小失大！那袁家個個都該斬首，本宮恨死這袁家，也恨死袁皓禎！」她走近皇上，貼近皇上的臉孔，嫵媚的說道：「皇上可還記得，當初封本宮為皇后時，送了本宮一樣禮物？」從衣服裡掏出一面「尚方御牌」，在皇上面前晃了晃：「見御牌如見皇上！有先斬後奏之權！皇上不下旨，本宮也可以用這面御牌，把袁家全部問斬！至於竇寄南還活著，皇上也別高興，他和皓禎是一路的，本宮要他死，他也活不成！」說著，把御牌收回衣服裡。

皇上大驚，不敢相信的看皇后，驚疑的說：

「這御牌是朕對妳的寵幸，送妳討妳歡心！妳今天居然用這御牌來威脅朕，要殺朕身邊的愛將！皇后，妳怎能如此？」

「因為皇上太優柔寡斷，屢次放掉對本宮大不敬的人，逼得本宮拿出這面御牌！這御牌臣妾也知道只是件禮物，但是大臣們不知道呀！」皇后有力的問：「皇上！是死一個袁皓禎，還是死將軍府全家，帶上竇寄南？」

皇上面色慘淡，張口結舌，無法相信的看著皇后。皇后就貼到皇上耳邊，悄悄的輕言細語，聲音溫柔如和風吹襲：

「皇上，臣妾對皇上忠心不二，侍候皇上二十幾年，鞠躬盡瘁，對皇上的心，始終如一，就是不知皇上對臣妾是否已經厭倦？如果皇上還是以前那個送我御牌的皇上，就寵我一次，為了蘭馨的委屈，也該斬了袁皓禎！臣妾會收好御牌，再不拿出來！」

「陛下！」伍震榮不知道皇后在說些什麼悄悄話，提醒說：「袁柏凱和皓禎的勢力已經太大，先殺袁皓禎，也讓袁柏凱知道厲害。他有戰功，又統領左驍衛，還官拜輔國大將軍，不止中央十六衛對他忌憚，邊疆的都督們和他也交情不淺，是陛下的大患！」

「如果皇上不忍殺皓禎，就讓本宮代勞，免得那些小輩劫獄！到時候，恐怕又是羽林軍大戰左驍衛，其他十五衛選邊站，當年的內戰，皇上忘了嗎？」皇后有力說道。

內戰！皇上一凜。皇后和伍震榮如此強烈堅持，如果不殺皓禎，一定會引起內亂！皇上再默默的看著皇后，眼中浮起了淚霧。怎忍殺皓禎？他是「三人同心」的一員！無力感充斥在他心頭，眼前卻閃過蘭馨玩小泥人的畫面，皓禎確實可惡！罷了罷了！如果不犧牲皓禎，可能還要犧牲寄南，伍震榮虎視眈眈，只怕內戰一觸即發！還有皇后，讓他珍惜不捨的皇后……人，都有弱點，皇上的弱點就是始終放不開這位盧皇后！

於是，這日聖旨來到將軍府，袁柏凱帶著全家老老少少，全部跪於地，曹安拿著聖旨，大聲宣讀：

「皇帝有旨，驍勇少將軍袁皓禎，即日起革除駙馬爵位，袁柏凱降為庶民！袁皓禎因欺君大罪、勾結亂黨、畏罪潛逃等罪，三日後午時，在朱雀大街廣場斬首示眾！」

曹安唸完，袁家一眾人等，個個表情嚴肅悲悽。

等到曹安帶著羽林軍，浩浩蕩蕩的走了。柏凱、吟霜等人聚集在雪如臥室中密談，魯超、秦媽在門口把守。漢陽和微服打扮、遮著面孔的太子突然一起出現。漢陽見到吟霜，喜出望外的說道：

「我只是想來將軍府打探消息，想不到妳真的回到將軍府了！」

「沒想到，本太子現在要進將軍府，也得遮遮掩掩，還說什麼『三人同心，無堅不摧』，父皇把我氣死了！」太子說。

「吟霜，除了太子，我還帶了人來！」漢陽說。

寄南和靈兒一起踏進房內，出現在吟霜眼前。吟霜大驚抬頭，看著寄南和靈兒，悲喜交集的迎向兩人，忘形的抱住靈兒說：

「謝謝老天，你們還活著！謝謝老天，讓我們還能重逢！」

「是啊！」靈兒淚汪汪的說：「看到妳實在太高興了，只是皓禎他……」

寄南激動的說道：

「我太對不起皓禎了。我等會兒就火速進宮，跟皇上懇求，跪也可以，磕頭也可以，拚了我的命，也要皇上收回成命！」

「不是他一個人進宮，是我和他一起進宮！」太子義憤填膺的接口：「看看父皇還是不是我心裡那個父皇！」

漢陽勉強想安慰眾人：

「雖然皓禎問斬，不過，好消息是，除了皓禎，大家的命都保住了！連吟霜是白狐一事，等於也澄清了，不再追究！」

雪如跌坐在坐榻裡，慘然的說：

「皓禎用他自己的命，來換我們全家的命嗎？」

「漢陽！太子！」吟霜痛喊：「請你們去安排，我要見蘭馨公主！」

「這個結果，我完全不能接受，要死，不如全家一起死！」柏凱喃喃的說。

「大家不要慌，皇上下旨是三日之後斬首，顯然有放水的意思。這三天，就是我們分頭營救的時候！」寄南積極的說。

「大家還記得四王嗎？我們能救下四王，也能救下皓禎！」太子堅定的說。

靈兒撲通一聲，就對漢陽跪下了：

「漢陽大人，小的、本助手給您磕頭，皓禎人關在大理寺監牢，是大人的勢力範圍，您趕快安排我們劫獄吧！」

漢陽一把拉起了靈兒：

「裘兒！你起來！雖然皓禎人關在大理寺監牢，伍震榮卻把這案子扣住不給我插手，我爹又護著伍震榮，我雖然心有餘，只怕力不足啊！」

吟霜心神俱碎的對漢陽說道：

「我要見公主，安排我去見公主！」

「好！大家鎮定鎮定！」漢陽說：「我們一件件來，安排吟霜見公主，這是我的事！我立刻就去安排！」

「我提議發起大臣聯名上奏請願。大將軍在朝廷的影響力很大，我們必須分頭找每個大臣，讓輿論造成力量！只要大臣都同心協力上書了，伍震榮一個人就構不成威脅了！」寄南熱烈的建議。

「最簡單的辦法，還是讓父皇收回成命！這是我的事！」太子說。

「那麼，還有救是不是？」雪如眼睛發亮的問。

吟霜點頭，眼睛也發亮的說：

「不到最後關頭，應該都有希望！」

大家思索著，半晌，漢陽說道：

「我別的力量就算沒有，安排大家探監的力量還有！」

❖

皓禎形容憔悴，靠著牆坐在地上，眼光無神的看著柵欄和虛空。

柵欄外監牢長廊，漢陽帶著吟霜走來，吟霜一身黑衣，用帽子遮著臉。漢陽對獄卒命令的說：

「通通到外面監視著，本官帶了人證來質問人犯，不管任何人，都不得打斷本官問話！就算榮王也不成，知道嗎？」

「是！」獄卒恭敬的應著，通通退下了。

聽到漢陽的聲音，皓禎驚動了，對柵欄外看過來。漢陽取出鑰匙開鎖，把吟霜推了進去，對吟霜說道：

「我到外面看著那些獄卒，你們兩個，長話短說！」

漢陽退了出去。

皓禎看到來人是吟霜，簡直不敢相信，迅速站起身來。吟霜放下帶來的食籃和衣物，奔上前去，抓住了皓禎的雙手，痛喊著：

「皓禎！皓禎！我真怕再也見不到你了！」

皓禎把她緊緊一抱，說不出有多麼珍惜。這個讓他魂牽夢縈的人兒，又在他懷裡了！即使三天後就要天人兩隔，現在還能抱住她，感覺她身體的溫暖，看到她眼中深不見底的深情，和眼神中的千言萬語，他真想對蒼天謝恩！如果這一刻能夠停住不動，讓兩人都化為石像，他也不悔！半晌，他才有力氣說話：

「我們就珍惜這有限的時辰吧！真沒料到，我想給妳的一生，如此短暫！我……」

「我知道我知道……」吟霜哽咽的打斷他，把他推開一些，緊緊的、定定的、牢牢的看著他的眼睛：「我們時辰不多，要說的話卻太多，怎樣都說不完！還能和你相見，已經是上天給我的恩惠……」

吟霜話沒說完，皓禎猝然又抱住她，死命的擁住她，兩人緊擁著，似乎都想把彼此的生命，融進這一抱裡。過了一會兒，皓禎抬頭，吸了口氣說道：

「聽著！我已經知道了，三天以後，我就要問斬！我也知道寄南和靈兒都脫困了，漢陽告訴了我！我猜，你們這三天，一定會想盡辦法救我，萬一不成，請妳幫我們兩個，對爹娘盡孝，他們撫養了來歷不明的我，愛我就像親生兒子，我欠他們太多，請妳……」

「噓！」吟霜噓著，用手指壓在他唇上：「沒用的，皓禎！你休想給我一個大責任，讓我可以在失去你以後，還有力量活下去！你心裡明明知道的，有你才有我，你生我也生，你死我也死！所以我並不害怕，我會跟你一路同行……」

皓禎拉下吟霜的手，命令的說：

「現在可能是我們最後一次見面，妳要不要聽我？」

吟霜堅定的凝視他：

「如果梅花樹死了，梅花還能活嗎？我們的命運，早在你一句話裡定案了！不要說服我，你懂我，比我自己還深！」

皓禎著急，哀懇的說：

「**求妳為我而生，別為我而死！**」

吟霜有力的回答：

「**除非你為我而生，沒有因我而死！**」

兩人話沒說完，漢陽匆匆入內，說道：

「時辰到了！吟霜，我送妳出去！」

皓禎不捨的握著吟霜的手，吟霜眼淚奪眶而出。漢陽拍拍吟霜的肩，吟霜想抽手，皓禎握住不放，她抬眼凝視他的雙眸，兩人眼中戀戀深情，纏綿著人生最真切的愛。皓禎知道終有一別，把手指鬆開，吟霜便慢慢把手指滑過他的手指，一如以前他們每次要離別時做的，兩人的手，都從對方手中滑過去，十根手指，纏繞著幾千幾萬縷的不捨，最後依舊分開了。

吟霜輕喊著：

「我會再想辦法和你見面的，食籃裡都是我親手做的飯菜，你要吃完！衣服是乾淨的，你要換掉！身上的傷要擦藥！就算要上斷頭台，也是英勇的袁皓禎，不是狼狽的袁皓禎！皇上會允許你不穿囚衣的，儘管只有三天，我們還在努力！」

說完，吟霜就摀著嘴，飛奔而去。

漢陽趕緊鎖好柵欄的門，給了皓禎一個安撫的注視，追著吟霜而去。

皓禎痛楚的靠著牆，滑坐在地上，把食籃拉到面前，緊緊抱著。他不想吃，只想抱著，他知道這裡面每一道菜，都是她一刀刀切著，一片片洗著，一盤盤炒著……那不是飯菜，是她的心血她的愛！數不清有多少，算不清有多少！這個女子前生欠了他，今生也欠了他，才會為他付出這麼多！來生，他能報答嗎？今生將盡，來世難期啊！

❖

太子與寄南不敢耽誤救援的時機，進宮衝進了皇上的書房。正在苦思無解的皇上，一震抬頭，接觸到太子沉痛的眼神，又看到寄南悲切的注視。太子痛喊出聲：

「父皇！您居然下旨要斬皓禎？您明知道皓禎和我情如手足，您也明知道皓禎對您忠心耿耿，您為什麼一定要殺他？」

寄南氣極敗壞接口：

「皓禎的身世不是他自己能作主的事，一切都是命運作弄，說他犯了欺君大罪，實在太牽強了！」

太子憤慨的再接口：

「說皓禎和亂黨勾結，完全是無的放矢！他非但沒有勾結亂黨，還時時刻刻在幫父皇清除亂黨！父皇，您已經失去忠孝仁義四王，難道還要失去我朝最傑出的年輕將官嗎？還要把『三人同心』削成『二人』嗎？」

寄南急得對皇上一跪，就行大禮：

「陛下！我跪您，我拜您，我求您！趕快收回成命，現在還來得及！皓禎除了對不起蘭馨，實在沒有大罪啊！」

皇上看著激動的二人，眼中濕潤了，情不自禁的走來伸手拉寄南，說：

「朕以為你被羽林軍殺了，不要跪我，你還活著，就是老天對你的照顧了。讓朕看看你有沒有受傷？」抓住寄南的手，寄南一痛，皇上發現寄南手背上的包紮，震怒的喊：「誰砍傷了你？朕幫你出氣！」

寄南痛楚的甩開手，急道：

「陛下，現在別管微臣那點兒小傷，吟霜已經治過了！請陛下趕緊收回成命，救救皓禎才是！」

「請想想皓禎的好處吧！」太子大聲支援：「想想他多少次為了啟望，出生入死！為了父皇，置生死於不顧！父皇，不用啟望一條一條說給您聽，您心裡是明白的！孩兒一直相信，父皇有顆仁慈的心！請不要讓孩兒失望！」

皇上幾乎是痛楚而無奈的說道：

「你們別再說了，那皓禎是死定了，朕救不了他！多少罪名都在他身上，身世之謎、畏罪潛逃、勾結亂黨、明明沒有資格卻娶了蘭馨！最重要的是他娶了又不珍惜，還逼瘋了蘭馨，這一點，朕最不能諒解皓禎！」

「父皇，勾結亂黨，那都是伍震榮的栽贓之詞！皓禎是何等威武，忠肝義膽的大英雄！父皇不能這樣冤死皓禎啊！」太子喊著。

皇上痛心看著寄南，勉強找理由：

「你不是也為了他，差點送了命嗎？你看，這一切都是皓禎引起的，毀了蘭馨又差點害了你，你不要再為皓禎求情了！」

寄南激動的嚷：

「想害死我的是伍項魁，是他親自把我逼得墜崖的，還好我命不該絕，還好我必須回來救皓禎！」恨得牙癢癢：「陛下，罪大惡極的人，您睜一隻眼，閉一隻眼……」流淚說道：「真正的英雄，您卻要讓他上斷頭台，陛下的睿智到哪去了？如果真要斬了皓禎，那就連我一起斬吧！」

太子更是義薄雲天的說道：

「兒臣也和皓禎共存亡！要斬，就把我們三個都斬了！反正父皇也說過，我們是『三人同心』的！」

皇上不禁悲憤起來，拍著桌子怒道：

「你們一個個都來威脅朕！難道你們看不出來嗎？朕已經大發慈悲了，多少人想要你們死！朕只砍皓禎一個，是在救你們大家！包括你竇寄南的小命！」忽然喪氣的跌入坐榻：「你們兩個，不要拿自己的性命來威脅朕，挑戰朕的極限！」眼中充淚了：「朕的痛苦，沒有人能了解！不是只有你們這年紀的人，才有情有義！朕也有必須對她有情有義的人！你們去吧！再也不要幫皓禎求情！他算是為你們兩個盡忠吧！」

太子豁出去了，喊道：

「父皇，您就坦白說，到底榮王抓住了您什麼把柄？讓您對他如此退讓？這江山是您的，不是他的！如果伍震榮有父皇的把柄，孩兒立刻去把伍震榮給除了！」

太子這樣一說，寄南也跳起身子，甩袖說道：

「如果要斬皓禎，不如乾脆斬伍震榮！他才是禍國殃民的大壞蛋！」

此時皇后匆匆踏進書房，嚴肅的說道：

「好啊，竇寄南，你跟皓禎一起勾結亂黨畏罪潛逃，還沒有辦到你，你居然大剌剌的踏進皇宮，滿嘴胡言亂語，想蠱惑皇上嗎？本宮就在這兒把你這亂賊拿下，來人，把竇寄南押到大牢，本宮要親自審問！」

大批衛士湧入書房想要捉拿寄南，寄南身手俐落，躍起身子，一式「海底撈月」，拔走衛士的劍，立即劍拔弩張的與衛士對峙。寄南吼道：

「誰敢捉拿本王？我就讓他去見閻羅王！」

太子踢倒兩個衛士，和寄南背對背，左拳青龍護首、右掌白虎當胸，擺出迎戰的姿態喊：

「誰要碰寄南和本太子，馬上以犯上罪處斬！反正本朝是非不分，人頭不值錢！」

皇上見鬧得不可開交，深怕越弄越糟，大喊：

「啟望、寄南，朕在此，趕快把劍收起來！」對衛士喊：「你們通通退下！」難得嚴肅的對皇后：「皇后，皓禎的事情，朕已經依了妳和榮王的意思！不要再把寄南和太子攪進去！」對太子和寄南斬釘截鐵的說：「退下！皓禎的事情聖旨已定，誰都不許再求情，你們走吧！問斬當日，就代表朕為皓禎送上最後一程！」大喊：「回寢宮！」掉頭而去。

寄南和太子臉色死灰，失望至極。

❖

漢陽拿著一卷奏摺，匆匆踏進書房，方世廷也跟在後面進房，生氣的喊著：

「你到處忙著找大臣，想奏請皇上法外開恩，知不知道你這是癡人做夢，異想天開！」搶走漢揚手上的奏摺：「你不要再白費工夫了！」

房門口，采文站在那兒，全神貫注的聽著看著。漢陽悍然的奪回奏摺，說：

「爹，我知道自己的立場跟你不一樣，你可以不幫助袁家，但是你也不能阻止我要挽救皓禎！」

「你瘋了？虧你還是大理寺丞？你認為誰會跟著你簽名抗旨？難道你沒有分析一下現在這個狀況嗎？伍家也好，皇后也好，皇上也好，現在都只殺皓禎，輕放了袁家其他的人，那是因為袁柏凱還有勢力，一旦弄得不好，就會引起內戰！亂黨也會趁機作亂，殺皓禎已經是皇上最低的門檻！」

「我反正不能眼睜睜看著皓禎上斷頭台！我還要努力！」漢陽堅持的說。

世廷氣急敗壞：

「你怎麼老是頭腦不清楚呢？那袁皓禎已經無救了！犧牲一個袁皓禎，救了其他袁家人，不是也還值得嗎？」又搶走漢陽的奏摺，打開：「你自己看看，你跑了大半天了，有幾個人願意得罪榮王和你一起聯名上奏了？你再鬧下去，萬一皇后認為袁柏凱在朝廷構成威脅，說不定立刻把袁家滿門抄斬！難道你沒看明白，現在皇上一心一意都聽皇后的嗎？事情已無可挽回！」

世廷一句話，如冷水淋下，把漢陽澆醒了，不禁打了個寒顫。

世廷便將奏摺往室內的烤火爐一丟，火焰立刻吞噬了奏摺。

門口的采文臉色慘白的衝進房門，對世廷激動的喊道：

「你為什麼要阻止漢陽救皓禎？他們有兄弟情誼，不是你的驕傲嗎？如果漢陽能救皓禎，不是救了一個文武全才的英雄人物嗎？」

「妳也要插手？」世廷驚愕的說：「難道你們都聽不懂？這些在奏摺上簽名的人，等於都是亂黨，這奏摺遲早會變成證據，和袁家一起送命！別害這些忠臣了，四王的事，你們都忘了？醒醒吧！那袁皓禎是死定了！」

采文失魂落魄，心驚膽顫的喃喃：

「死定了？死定了？他……死定了？」

采文離開了書房，奔進了祖宗祠堂，跪在祖宗牌位前，不斷拭淚說道：

「方家的列祖列宗，求求你們保佑方家的子孫！不管得意的或失意的，都要保佑啊！只要保命就好！」磕頭又磕頭，肝腸寸斷的哭著說道：「娘，求求您在天之靈給兒媳婦指示，這痛苦……兒媳婦還要背多久？皓禎，那是我們方家的心頭肉，我剛剛才證實，就要讓我眼睜睜看著他死嗎？早知這麼痛苦，功名利祿，都應該放棄的！娘啊！給我指示，現在，我該怎麼辦？我該怎麼辦啊？」

采文說著，不住磕頭，腦袋在地板上碰得砰砰作響。

# 77

皓禎已經換了乾淨的衣服，臉孔也清洗過了。只是神情憔悴，眼神迷惘。一天已經過去，沒有人帶來任何好消息，顯然太子、寄南的力量都不夠，想到伍震榮還在禍國殃民，自己卻先一步要上斷頭台，他不甘心！想到深情的吟霜，此後漫長孤獨的歲月，他不放心！想到天元通寶的兄弟，和太子、寄南、木鳶……他不捨得！太多的不捨，太多的遺憾……他正在牢裡思前想後，忽然，有個完全意外的人來探監了！

獄卒帶著采文來到監牢柵欄外，開了鎖。采文披著暗色斗篷，戴著帽子，遮著臉孔。

獄卒恭敬的說道：

「夫人，小的們在外面等，夫人慢慢說！」

柵欄內，皓禎驚愣的看向來人。在帽子遮掩下，不知道來者是誰。采文給了獄卒一個錢袋，獄卒全部退出去了。采文就跨進柵欄，走到皓禎面前，放下帽子，露出面貌。

皓禎驚訝的問：

「宰相夫人？妳怎麼親自來到這麼不堪的地方？難道是漢陽有什麼話要跟我說？他不能來？特地請妳來？」

采文抬頭哀懇的看著皓禎，急促的說：

「不是的！是我有話想跟你說！」

「是嗎？什麼話？」

「我的時辰不多，我偷偷來，不能給任何人發現！但我掙扎了很久，還是決定親自跑這一趟！皓禎，我要問你一個問題。」

「什麼問題？」皓禎驚愕著。

采文祈求般的看著皓禎，說道：

「當你知道你不是袁家的骨肉後，有沒有想過你親生的爹娘是誰？有沒有想過你為什麼來到袁家？」

「是誰讓妳來刺探我？」皓禎防備的問，警覺的說：「有人想認我嗎？」頓時帶著怒氣說道：「不管是誰要妳來刺探我，妳去告訴他們，我通通不認！我只有一對父母，對我恩重如山，那就是袁柏凱和楊雪如！」

采文凝視著皓禎，淚水一下子衝進眼眶，她哽咽著崩潰的低喊：

「老天啊！你讓我在二十一年後，找到我的兒子，卻是他即將上斷頭台的時刻！我那些說不完的話，怎樣告訴他？我還沒開口，他就這樣恨我了！」一面哭著，低喊著，采文就對皓禎跪了下去，抬頭看著他，一字一字的說道：「你，是我和方世廷的兒子！漢陽是你的親哥哥！」

皓禎聞言踉蹌一退，靠在牆上。

「不可能！怎麼可能？絕不可能！」

「是的是的！我早就懷疑了，你長得就像我的親弟弟，大家都說『外甥多似舅』！可是，袁家對你那麼好，那麼以你為驕傲，我不敢想……不能想……直到幾天前，那個牙婆找來，才證實了你的身分……」采文慘烈的說道：「那是丙戌年十月十九日午時，你是寅時出生的，牙婆的馬車午時就到了，那是我一生最痛苦的一天……」

采文開始回憶，並敘述二十一年前那段經過：

一輛馬車停留在簡陋的小屋前，牙婆拍打著小屋的門，喊著：

「婆婆，我來接孩子了！快點快點！」

房門一開，婆婆拉著采文出門，采文懷裡緊緊抱著小嬰兒。采文哭著說：

「對不起，牙婆！我不賣了，我不能把我的兒子賣掉，我不賣，請妳回去吧！我捨不得……捨不得呀……」

婆婆落淚對采文說道：

「想想世廷吧！他病得那麼重，我們連大夫都請不起，想想漢陽吧！他已經餓得皮包骨，我們連糧食都買不起……我們一家子的希望，都靠這筆錢，有了這筆錢，給世廷請大夫，他病好了才能去考科舉，博功名呀……」

「是啊是啊！」牙婆催促：「趕快把那男娃兒給我吧！他會在一個大富大貴的人家裡，過金窩銀窩的生活，總比你們這樣，根本養不起好！那大富大貴的人家，急需一個兒子，我保證他們會疼愛這個孩子的……」

婆婆就把嬰兒從采文懷裡抱過來，哭著交給牙婆。

「帶走吧！在我們後悔以前，抱走吧！」婆婆哭著說。

牙婆拿出一箱裝著金條的木盒，打開給婆婆看了一眼，交給婆婆，抱走了嬰兒，趕緊上車，對車夫說道：

「趕快走！」

車夫一拉馬韁，馬車往前奔去，嬰兒啼哭聲驟然傳來。采文哭著大喊：

「等一下！等一下……讓我再餵他一口奶喝……我還有東西要給他，等一下……等一下……等一下……」

采文開始追著馬車跑，追著追著，腳下一個踉蹌，跌落在地。采文匍匐在地上痛哭，哭喊著：

「兒子！兒子……原諒我，爹娘太窮了……原諒我……原諒我……」

❖

「就這樣，我失去了你！」采文說著。

皓禎聽著，淚水在眼眶中打轉，卻努力不讓眼淚落下來。

「這就是妳的故事？因為貧窮，妳把兒子賣了？妳甚至不知道賣給誰了？」

「是的，這就是我的故事，我不知道把你賣給誰了！」采文哭著：「這是我和你祖母的祕密，等到你祖母去世，這就成了我一個人的祕密！皓禎，請你原諒我！」

皓禎嘆了口氣，冷漠的盯著采文：

「賣兒子很值得嗎？那些錢，足夠給宰相治病，讀書考科舉，讓他一路青雲做到宰相，給漢陽吃飽，讓他當上大理寺丞？」

采文含淚點頭：

「是的是的，都是因為你，他們才一帆風順！這些都是你給他們的，你才是方家的福星，不，是方家的救星！」

皓禎一語不發，定定的看著采文，打量著她。

采文像個等待判罪的罪人，跪在那兒，抬頭看著皓禎。

監牢內有一陣沉寂。

皓禎突然爆發的說道：

「妳是宰相夫人，妳讀過書，不是農民，不是苦力，妳的丈夫也是讀書人，還寫過讓我佩服的『忠孝仁義論』。妳要我相信，這樣高貴的妳，這樣知書達禮的妳，把兒子給賣了？」

采文淚如雨下，哀聲的說道：

「皓禎……一文逼死英雄漢啊！當你連食物都沒有的時候，哪有高貴這兩個字可言？我不高貴，我卑微渺小，我自責了二十一年！」

皓禎悲痛而憤怒的說道：

「我就要上斷頭台了，妳來告訴我這個故事？讓我告訴妳吧！我寧願相信我的親生父母目不識丁，是貧民，是災民，是囚犯，是奴隸，是毫無思想的人，是見錢眼開的人，也不要相信是妳這種有身分、有地位的人！我不接受，我不承認！妳也沒證據，妳說完了，可以走了！」

采文痛苦已極的抱住皓禎的一隻腳，哭著哀求：

「我有證據，當初的牙婆就是證據……相信我！當時真的情非得已……我對不起你！原諒我，原諒我……」

皓禎用力把自己的腳抽出來，走到囚房的深處，痛楚的說：

「相信又怎樣？反正快死了，妳知道誰是我的敵人嗎？就是想奪取李氏江山的伍震榮，和那位助紂為虐的方世廷！換言之，是左右宰相聯手，把我送上斷頭台！」對采文慘烈的搖頭：「可笑嗎？妳來告訴我，我的生父也就是斷我生路的人？我的身世還能更加悲慘一點嗎？妳快走吧！離開這個監牢！我不想再聽任何一個字！我也不相信妳說的任何一個字！快走！我就當妳發瘋了，就當妳從來沒有來過！」大喊：「快走！」

采文顫巍巍的起身，哀傷心碎的看了皓禎一眼，轉身奔出監牢。

獄卒進來，卡啦一聲，柵欄被大鎖鎖住。

皓禎靠在牆上，再度心碎的滑落在地，用雙手痛楚的抱住了頭，茫然迷亂的坐著。

❖

吟霜堅持要見蘭馨，漢陽無奈。雖然對這次見面一點把握也沒有，卻不忍心拒絕吟霜。反正各種辦法都用過了，不差蘭馨這一關。於是，吟霜扮成小廝的模樣，隨著漢陽進宮，一路走向蘭馨寢宮的門口。崔諭娘對蘭馨通報：

「公主，漢陽大人來了！」

蘭馨在桌前轉身迎向漢陽，說道：

「漢陽你來得正好，那天你說我也有法力，我似乎明白你的意思了。」

「哦！所以妳願意用仁愛來施展妳的法力了？」漢陽問。

「我只是說我弄明白你說的話，並沒有說我要做什麼。」

「那真可惜了，下官今天帶了一個人來，正好可以讓公主施展法力，公主要不要試一試？」

吟霜在漢陽眼神的暗示下，走近蘭馨，抬起頭面對她。蘭馨認出吟霜，震驚的說：

「是妳？白吟霜！」

「公主，我想妳和吟霜一定有很多話要說，我和崔諭娘就先退下，妳們慢慢說吧。」

「留下公主……這個好嗎？」崔諭娘猶疑的問。

「不是說她才是袁家的女兒嗎？既然她不是白狐，那本公主還怕什麼呢？你們下去吧！讓我聽聽她有什麼話要說！」蘭馨說道。

崔諭娘無奈的和漢陽一起出門而去。蘭馨怒向吟霜：

「妳好大的膽子！居然敢到宮裡來找本公主，是不是還想拿著銀針來幫我治病呢？讓我告訴妳，離開了那個將軍府，我的病就好了！」

「聽到公主的聲音又恢復了霸氣，吟霜放心了！」吟霜說著，切入主題：「公主，現在救命如救火，我就不和您拐彎抹角了，皓禎畢竟是和公主做了一場夫妻，請您看在這個份上，救救皓禎吧！」

「本公主遇人不淑，嫁了一個來路不明的駙馬，早已經是長安城裡的笑話了，現在父皇作主，替我把駙馬給休了！我為什麼還要去救他呢？」蘭馨冷笑說。

「公主，請先摒除成見和我們過去的恩怨，想想皓禎的好，想想皓禎對您過去的種種善意，想想皓禎教您木劍，你們也玩得挺高興的，不是嗎？還有皓禎為了救您，徒手去抓那麼鋒利的劍！您知道嗎？就因為那時留下的傷，讓皓禎用劍不如從前，才會被捕啊！皓禎從來都沒有想過要傷害公主呀！」

蘭馨色厲內荏的說：

「沒有傷害過我？那麼我的心為何是千瘡百孔的呢？這不都是妳和皓禎一手造成的嗎？妳現在居然敢大言不慚的說沒有傷害過我？」

吟霜急切而誠懇的說：

「好吧！就算我們都傷害了您，可您是本朝的公主，能不能以一個公主的身分，對一個忠君愛國的英雄，伸出援手呢？」

蘭馨聽到這段話，內心不禁被刺激到，眼中露出矛盾的神情。吟霜更深刻的說：

「公主，皓禎一直知道公主的本性是善良和正義的。是他要我來見您！您知道他一直怕我和您在一起，但是他被捕前，卻要我來找您！在他內心深處，跟您有個最大的共同點，就是忠君愛國！那才是他的大愛，連迎娶公主，也是為了李氏王朝啊！」

蘭馨抗拒大吼：

「夠了！不要再說了，妳就算搬出再多的大道理，本公主也愛莫能助！妳走吧！我不想再見到妳，妳是我今生最大的失敗，皓禎是我今生最大的恥辱！滾！」

吟霜跪下，淚眼婆娑，拉著蘭馨衣襬求情：

「公主！請您救救皓禎，不要造成終身遺憾！現在誰都沒有力量救他了，只有您有！今天皓禎是因為妳而上斷頭台！那天您的泥人陣，讓皇上大怒，但是，這都是誤會呀！如果不是皓禎顧全大局娶了您，這換子之事頂多是家庭私事，也不會變成欺君大罪，不是嗎？」

蘭馨被吟霜說得啞口無言，生氣的甩開吟霜：

「反正你們欺負了我！我父皇已經夠仁慈了，還讓你們袁家有活口，妳不要敬酒不吃吃罰酒！妳快走！妳再不走，我就不保證妳能平安的走出這皇宮！」大吼：「快走！滾出去！」

吟霜失望含淚的走向門口，又忽然回頭說道：

「被皇上流放的那四王沒有死，太子、皓禎、寄南和許多英勇兄弟把他們救下了！現在安養在四個忠心耿耿的百姓家裡！反正皓禎快死了，這祕密也不必瞞您！」

吟霜說完，走向門口。蘭馨卻震撼無比，忽然說道：

「妳回來！我要看看妳身上那個梅花烙！」

吟霜站住，背對著蘭馨，拉下肩頭的衣服，露出那個梅花烙。蘭馨仔細的看著，喃喃的說道：

「原來妳身上真有梅花烙！妳被袁家換成了皓禎，卻兜了一圈，又回到袁家，由女兒變成了兒媳婦！嗯……」眼光深邃的說：「或者，妳命定是袁家人，我不是！妳走吧！」

吟霜心碎的走了。

❖

三天很快的過去了，各種營救都碰了釘子。

這晚，采文跪在祖先牌位前，淚流滿面，對婆婆的牌位哭訴：

「娘呀！我們錯了，我們賣子求榮，已經得了現世報了！」淚水縱橫：「皓禎馬上要上斷頭台，我卻無法挽救他，老天呀！我該怎麼辦？我這可憐的孩子，臨死了也不認我這親娘啊！娘，妳要是能顯靈，請妳救救皓禎吧！妳那個孫子，有情有義，可是他不認我呀……」

采文獨自哭得悲戚哀傷。

漢陽踏入祠堂，見采文痛哭流涕，驚疑不定：

「娘，妳怎麼了？什麼事讓妳這麼傷心？」看向案上的牌位：「又想起祖母了？」

采文趕緊拿手帕擦淚，說道：

「我沒事，突然就想起一些往事……」關切的問：「皓禎……他是不是明天就要行刑了？」著急的問：「你還有辦法救他嗎？」

漢陽嘆氣，痛苦無比，說道：

「唉！總不能去劫法場，那會把情況弄得更壞，我已經無用武之兵，或者，皓禎注定是要犧牲的！」又嘆氣：「這伍震榮真是太邪惡、太狡猾了！皓禎的案子不讓我過問，偏偏上斷頭台行刑的監斬官，卻用各種手段指定我，分明想讓我和他一樣，成為他的同黨，成為雙手沾滿血污的劊子手！成為袁家的仇人！」

采文大驚：

「什麼？你是皓禎的監斬官？」身體搖搖欲墜，快要昏厥：「不可以！不可以！這實在是太殘忍了！」

漢陽扶著采文喊：

「娘！妳是不是生病了？怎麼全身發抖呢？」

采文克制著快要昏厥的軀體，望向窗外，心中在吶喊著：

「老天呀！你怎麼不開眼啊！怎麼可以讓親哥哥監斬弟弟的頭呢！老天啊！」

❖

最後一個黃昏，太子、寄南、靈兒、魯超、鄧勇和幾個天元通寶兄弟，緊張激動的聚集在竹寒山中。寄南來回踱步，氣極敗壞的說：

「這木鳶是怎麼回事？他還算我們的首領嗎？我都去跪求皇上、無功而返了，他怎麼還不出現？也不指示我們現在該怎麼辦？」

「明天皓禎就要問斬了，時辰已經非常緊迫！寄南你老早就說，我們和木鳶沒辦法商量事情，只能被動的聽命令，他不行動，我們就跟著不行動嗎？」靈兒喊著：「不管木鳶了，我們個個有手有腳，我們自己來救皓禎！」

「我想，木鳶一定有不得已的苦衷……」太子嘆氣：「伍震榮抓亂黨損失了很多兄弟，上次你們四個突圍，和羽林軍大戰，從將軍府打到城門口，一路打上山，連斗笠怪客的隊伍都抵擋不住，弟兄們更是傷亡慘重，黑白兩軍都元氣大傷！」

「我想，這次皓禎問斬，伍震榮一定會重兵壓陣，我們的弟兄，萬一救援不成，恐怕會被一網打盡！木鳶不會放棄皓禎的，他一定什麼辦法都用盡了！」寄南眼中放光的說：「或者他還在努力中！」

天元通寶眾弟兄熱血沸騰的說：

「為了少將軍，我們願意流血，就算戰到全軍覆沒，我們也要奮力一戰！」

「就是！我們不能讓少將軍砍頭，絕對不行！」眾兄弟個個群情激昂。

「那我們還等什麼？有多少弟兄就集合多少弟兄，能夠帶傷上陣的都算進去！魯超，你有統計過嗎？我們還有多少人馬可以上陣？」靈兒激動的問。

「我和鄧勇都統計過了，我們現在能用的人手，實在不多！帶傷的兄弟不能上陣，目標太明顯，只怕還沒和敵人交手，就會被捕！」

太子冷靜下來，臉色沉重的說：

「劫法場和以往的行動完全不同，不成功，就一定成仁！何況以前都有皓禎帶頭，有周密的計畫。現在實在沒把握能夠成功！萬一劫法場失敗，袁家就真的會面對滿門抄斬的命運！」

「不止如此，恐怕『天元通寶』也會全面瓦解！」寄南嚴重的說。

「那我們就眼睜睜看著皓禎上斷頭台嗎？我們不能從洛陽，從咸陽，從襄陽，從汴州……調人手過來嗎？還有袁家和太子的軍隊，不能出動嗎？」靈兒說。

「袁伯父和我，如果發動軍隊，那就等於跟朝廷開戰了！伍震榮正好把這股忠君愛國的力量，全部剿滅！」太子說中了最嚴重的問題：「說不定，伍震榮就等著我們發兵救皓禎，坐實我們都是謀逆篡位的人……」

太子還沒說完，一支金錢鏢射在一根樹幹上。眾人驚喜萬分，太子取下金錢鏢低喊：

「木鳶的指示終於到了！」

太子打開紙條，看著上面的文字，寄南湊過去唸著：

「避免生靈塗炭，大局為重，揮淚送英雄！——木鳶。」寄南臉色慘變，跌坐在地：

「連……木鳶都指示我們，放棄劫法場，揮淚送英雄！」

個個黯然神傷，靈兒拉著寄南的衣袖拭淚。

落日高掛在天空，彩霞堆砌著，層層疊疊，各種顏色的紅，橘紅、橙紅、紫紅、胭脂紅、玫瑰紅、杜鵑紅……把天空都佔據了，紅色雲層襯托著那輪落日，緩緩下降。大家看著那落日和彩霞，夕陽無限好，只是近黃昏！皓禎，他連這個黃昏都看不到，他只能在監牢裡等死！明日的黃昏，他也看不到了！

❖

最後一夜，漢陽唯一能做的，就是領著雪如、柏凱、吟霜來到大牢探望皓禎。雪如手中提著一籃飯菜。獄卒打開牢門讓眾人進去，漢陽說道：

「明天馬上要行刑了，你們好好的話別吧！有事情我就在外面，喊我一聲就可以！」

漢陽帶著一眾獄卒退了下去。

雪如一見落寞消瘦的皓禎，便嚎啕大哭，邊哭邊喊的奔向皓禎而去：

「皓禎……皓禎啊……」撲跪落地，抱住皓禎：「娘對不起你，對不起你，是我一手改寫了你的命運，是我一手造成了你的悲劇，沒有我，你今天或者在某處某地，安居樂業，娶妻生子，好好過著你的人生！」

皓禎痛苦的往地上一跪：

「爹、娘！謝謝你們把吟霜帶到我的生命裡。和吟霜相遇，是我這一生最大的幸福，以後，讓她代我盡孝吧！」

吟霜和皓禎交換了悽然一瞥，然後跟著皓禎跪在雪如和柏凱面前：

「爹、娘！也謝謝你們把皓禎帶進我的生命裡，讓我這一生再無遺憾！」

雪如泣不成聲喊：

「皓禎……吟霜……」

「聖命難違，既然判我一死，對袁家從輕發落，那麼就算是我報答爹和娘這二十一年來的養育之恩吧！今晚……是最後一晚了，與其為我傷痛，不如和我靜靜相守吧。」皓禎悽然說道。

柏凱頹喪至極，不能言語，雪如則淚眼汪汪的望著皓禎，痛心疾首。

「皓禎，爹，對不起你，即使擁有調兵遣將的權力，卻無法挽救你，木鳶就怕我發兵，才要我們避免生靈塗炭！」柏凱總算開口了，落淚說：「但你要記住，爹，很驕傲擁有你這個好兒子！」

皓禎真誠的望著柏凱和雪如，說：

「如果可以從頭來過，讓我自己選擇我的命運，我仍然願意選擇做你們的兒子，做你們心目中的皓禎！」

雪如不能言語，心酸已極的撫摸皓禎的臉頰，淚潸潸的、細細的流下。她深深的望著他的容貌，好半晌才哽咽的說：

「如果來生可以選擇，讓咱們再做一對母子吧！真正的母子！」

皓禎動容的，眼睛濕濕的點點頭：

「是！是！娘！」

母子淚眼相看之際，吟霜起身走向竹籃，蹲下去，一盤盤的拿出飯菜。

柏凱就對皓禎說道：

「你娘和吟霜親手做了你最喜歡吃的飯菜，這都快涼了……皓禎，乖，快來吃飯吧。」

執起筷子，把菜往皓禎碗中挾去。

皓禎迅速的揩揩眼淚，過去蹲在柏凱對面，搶過筷子來。

「爹，讓我自個兒來吧。」

柏凱一瞬不瞬，定定的看著皓禎，那神情攫住了皓禎的目光，父子兩人無言的相望。吟霜端著碗，卻只是癡癡的看著皓禎。柏凱點點頭說：

「好好吃，吃飽一點兒……」嘴唇蠕動著，那神情似有千言萬語想要表達，然而他只是困難的再重複一句：「吃飽一點兒。」

皓禎只覺胸口狠狠撞擊了一下，感受到柏凱簡單的語言底下，實際藏著強烈的痛楚，他暗啞的答了一聲：

「好！」

皓禎不住流淚，端起碗，不徐不疾的進食，嚥下的每一口都是苦澀，即使食難下嚥，但這麼簡單的一件事，是他最後一次順從父母、安慰父母的機會了。

晚餐終於吃完了。雪如收拾碗筷進食籃，看著皓禎說道：

「最後的一點時刻，我和你爹先離開，你們兩個再相聚一會兒吧！」

柏凱點頭，和雪如蹣跚的彼此攙扶著而去。

牢房內剩下皓禎和吟霜，兩人四目相對，深深的、深深的看著彼此。然後，皓禎張開了手臂，吟霜就投身在他懷裡。皓禎痛楚的說：

「吟霜，聽我說……」

吟霜伸出一根手指，壓住皓禎的嘴唇，低語：

「什麼都不要說，只要讓我這樣靠著你，聽著你的心跳……」

皓禎便抱著她，讓她的耳朵，貼在自己的胸前。兩人含淚依偎著。皓禎在心裡低低說道：「**聽吧，吟霜！這顆為國為民為妳而跳動的心，明天就會停止了！**」

# 78

月黑風高，夜深人靜。漢陽跟著崔諭娘走進蘭馨的寢宮，他誠摯的說道：

「公主，請原諒下官深夜求見！」

蘭馨回頭，對崔諭娘說道：

「崔諭娘，妳出去吧！在門口守著，別讓人打擾我們，本公主想，漢陽此時來訪，一定有很重要的事！」

「是！」崔諭娘對宮女們揮揮手，一起出門去了。

漢陽打量一下室內，確定安全無慮，就一針見血的說道：

「公主！明日午時，皓禎就要問斬，現在除非是有奇蹟，皓禎死定了！難道公主真的恨他到必須讓他死？」

蘭馨臉色一沉：

「哦！你是來找『奇蹟』的！我還以為你是伍震榮的人！」

漢陽一臉正氣，說道：

「我爹和伍震榮雖是一夥，下官卻是公平中立的！皓禎，我敬他是條鐵錚錚的漢子。他是屢次和伍家正面衝突的英雄，在衝突的時候，甚至沒考慮過自身的安全，看到這樣一個『英雄』上斷頭台，下官充滿痛惜的心情！難道公主，妳沒有嗎？」

蘭馨眼前閃過皓禎為救她徒手抓劍，鮮血直流的畫面。蘭馨的心，被猛烈撞擊了。

「英雄？這是本公主這兩天以來，第二次聽到人這樣稱呼他！吟霜是他的小妾，把他看成英雄也就罷了！你這個宰相府的人也這樣說他，就有點稀奇了！」

「當然，吟霜說他是英雄不稀奇，下官說他是英雄也不稀奇，如果公主眼中的他是英雄，才是稀奇！」漢陽緊緊的盯著蘭馨，有力的問道：「他是嗎？公主現在沒有狐狸害病，已經恢復健康，相信也有真正思考和判斷的能力！他是嗎？」

蘭馨瞪著漢陽，震撼的怔住了。

「明日午時行刑，公主還有一個早上的時辰，救下這位英雄！下官奉命監斬，會從皓禎走出牢房開始，一路押送到刑場！有沒有奇蹟，下官就等公主的消息！夜深了，下官告辭！」漢陽說完，行禮而去。

蘭馨看著他的背影，忽然想起當日選駙馬時，皓禎先抱住了她，發現她是公主，就把她推進漢陽懷裡，漢陽大力一抱，死不放手的情形。再也沒有料到，他們三人，會發展到今天這個地步，皓禎將因她而上斷頭台，漢陽將成為全程目睹的監斬官！而且，這位監斬官，還為了這位死囚，深夜來向她求助！她想著漢陽的話：

「吟霜說他是英雄不稀奇，下官說他是英雄也不稀奇，如果公主眼中的他是英雄，才是稀奇！他是嗎？」

他是嗎？蘭馨回憶著，用手托著下巴，坐到桌前，看著桌上的一盞燈發愣。

❖

這天終於來了。皓禎辰時就從大牢走出，因為從大理寺監牢，到行刑場有很長一段路，這件「皇上斬駙馬」的案子太轟動，沿路都有群眾圍觀。天元通寶的兄弟們，也穿著老百姓的服裝，混在人群裡。雖然大家都接到木鳶的指示：「不可劫法場，揮淚送英雄」，那些兄弟們仍然抱著希望，即使皓禎真的走了，大家也要來送一程。漢陽知道這條押送的路很漫長，生怕路上有變數，官兵衙役重重護衛，早早就動身。

皓禎沒有腳鐐手銬，也換上吟霜送來的新衣服，皇上最後的恩賜，不穿囚衣，不用腳鐐手銬，一如四王流放時。但四王當時有皓禎等人奮不顧身的營救，皓禎呢？他什麼都不敢想，他也知道，兄弟們萬一沉不住氣劫法場，可能危及木鳶和天元通寶！那是李氏王朝最後的一股力量，不能為他輕易犧牲！這次，他真的無路可逃了！官兵將他關進有柵欄的囚車，漢陽無奈的在一旁監督著。看著皓禎進入囚車，漢陽歉然的說道：

「皓禎，沒想到，居然由我來送你最後一程，請你不要怨我！」

因為采文突如其來的監牢認子，使得皓禎面對漢陽時百感交集。心想，采文說的話可靠嗎？在他的直覺裡，這可靠性相當高，只是不想承認而已。看著漢陽，許多和漢陽的交集都浮上心頭，尤其他被捕後，漢陽一次次安排各路人馬探監。他心中感慨的想著，漢陽真的是他的哥哥嗎？難怪以前對漢陽一直有種莫名的親切感，想著想著，感覺這是命運對自己再一次作弄。**生時無知，死時有憾**！他嘆口氣，對漢陽充滿感性的說道：

「漢陽，不管如何，謝謝你這陣子在牢裡的照顧，一切只待我來生再報了！」勇敢認命的說道：「走吧！我該上路了！」

漢陽對官兵大喊：

「啟程！」

漢陽押著囚車，帶著官兵浩浩蕩蕩的走向了街道，走向皓禎生命的終點。

❖

將軍府中，柏凱、雪如、秦媽及將軍府僕人都穿著素衣，也是一清早就起來了。其實，他們是整夜都沒睡，在皓禎即將處斬的時刻，還有誰能入眠呢？大家神情哀戚。

雪如臉色蒼白，茫然失神的望著遠方。秦媽哀傷的端來參湯給雪如，含淚說道：

「夫人，您好幾天都不吃不喝了，好歹也喝點參湯吧！」

雪如喃喃的說著：

「皓禎，昨夜給我一個約定，他說……」又悲從中來哭泣：「他說下輩子還要當我的兒子，當我的皓禎！我真是罪孽呀！我害苦皓禎了！」痛哭失聲。

柏凱默默拭淚，撫慰著雪如：

「好了，妳不是也答應皓禎，要平靜的送走他嗎？妳就不要再哭了！」

「咱們爹娘送兒子，叫我怎麼平靜啊！應該讓我這個罪孽深重的人上斷頭台，不是皓禎呀！」突然瘋狂的奔向門外，哭喊：「我要去見皓禎！我要去見他最後一面！」

柏凱拉住雪如：

「妳不能去！妳冷靜下來呀！」

雪如掙扎，悽厲的哭喊：

「不要攔我，不要攔我！我要去找我的兒子！最後關頭，我要去陪他！皓禎！皓禎！我當年鬼迷心竅，把吟霜換成你，讓你面對今天的悲劇，我該死！我該死！」

「雪如！」柏凱拭淚說道：「事情發展至今，我不曾責備妳，因為，如果妳沒有換兒子，我怎麼能擁有皓禎？我以這兒子為榮，雖然他不是我親生的！命運如此，妳也節哀順變吧！」

柏凱這樣一說，雪如更是淚不可止，忽然呼吸不過來，哭得崩潰昏厥。

柏凱一把抱起她，大喊：

「雪如！雪如！」

秦媽也哭著大喊：

「夫人！您醒醒！您醒醒！」

❖

皓禎的囚車緩緩在街上行走，遊街示眾。漢陽騎在馬上，在最前端帶隊前行。皓禎一臉凜然，慷慨赴死的模樣。街上民眾對著囚車議論紛紛。

「聽說囚車上的是駙馬爺呀！」

「啊？皇上連駙馬爺的頭也要砍啊！」

「唉！他們那種皇親國戚勾心鬥角的事兒真多！我們老百姓看不懂！」

街上圍觀民眾越聚越多，寄南、靈兒也穿著素衣，低調的夾在天元通寶兄弟和民眾中間，默默的為皓禎送行。當囚車來到寄南、靈兒眼前，漢陽有默契的指揮官兵讓道，寄南、靈兒順利走近囚車。寄南慘然的低語：

「我必須坦白告訴你，我們沒辦法劫法場，木鳶要我們『揮淚送英雄』，恐怕你逃不掉這次的劫難了！」

皓禎淡定的說道：

「我這條命已經無所謂，大家不要白費力氣，護國大業就靠你和兄弟們了，你們一定要有一番作為，我在天上看著你們勝利。」

「皓禎，我不相信你會死，說不定還會有什麼奇蹟發生，我還在等奇蹟！」靈兒堅定的說：「我相信奇蹟一定會來的！」

「奇蹟已經被我們用完了！」皓禎苦澀的說：「這時候我不寄望奇蹟，但是你們答應我，要好好幫我照顧吟霜，這是我最後的請求！」

寄南還要說話，人群擁上前來，寄南和靈兒就被沖進了人群之中。漢陽示意，囚車又向前緩緩前進。

在人群中後端，采文穿著一身暗色便服，瘋狂的追著囚車，在人群中悽然狂喊：

「漢陽！漢陽！你不可以監斬！你不可以下令砍皓禎的頭！漢陽……漢陽……」

一群宰相府的衛士，追向采文，七嘴八舌的喊著：

「夫人！夫人！快回來呀！斬首不要看……快回來呀……」

人群洶湧，采文的聲音淹沒在人群中。漢陽隱約聽到聲音，看向采文，不禁震驚。

「我娘？她在追囚車？」漢陽驚奇的看著，想著：「她在哭？她在喊什麼？」

皓禎也若有所覺，對著采文的方向看了過去。電光石火間，他和采文的眼光相會了。采文伸長了手哭喊：

「皓禎！皓禎……你不能死，不能死……讓我替你一死，怎樣才能替你一死……」

衛士衝上前來，拉著失魂的采文回去。采文被迫的拉著，一步一回頭，眼神一次又一次和皓禎相會，皓禎追蹤著采文，直到視線看不到彼此。皓禎終於眼眶泛淚，在心中低語：

「無緣的親娘，珍重，再會了！」

突然另一邊的人群中，吟霜的聲音刺耳的喊著。

「皓禎！皓禎！」

皓禎急忙看去，看到吟霜穿著一身他送給她的白色衣服，頭髮上束著白紗髮帶，面容素雅，神色飄逸。因為天氣太冷，她披著一件也是他送給她的白裘披風。她正艱難的在人群中追著囚車，披風散開，她像那朵峭壁上的石玉曇！她拚命喊著：「皓禎！皓禎！」吃力推開擁擠的人群：「借過！借過！請讓我過去！」大喊：「皓禎！皓禎！」

囚車上的皓禎，對著吟霜激動大喊：

「吟霜！吟霜！為我保重！吟霜！快回將軍府……」

漢陽在最前端帶隊前行，不知吟霜在追囚車的情況。吟霜苦苦追著囚車，當距離皓禎只有幾步之遙時，卻被無情的官兵阻擋。吟霜不停的喊著：

「皓禎！皓禎！」懇求阻擋的官兵：「官爺，請讓我過去，讓我跟我的夫婿說幾句話！官爺，求求你讓我過去！」

「閒雜人等，不得靠近欽犯！」官兵推開吟霜：「快走！否則別怪我不客氣了！」

吟霜聲嘶力竭的，痛入心肺的喊：

「皓禎！皓禎！」與官兵推撞。皓禎回頭對吟霜喊著：

「吟霜，快回去！不要追了！吟霜，妳要保重！照顧爹娘！」

吟霜突然被一個官兵推倒在地，同時人群擁擠，對吟霜又踩又踏。吟霜被踩得哀鳴，掙扎的爬出人群，沒想到官兵又對著吟霜棍棒齊飛。人群裡靈兒、寄南轉眼看到吟霜痛苦的匍匐在地上，飛奔過去解救吟霜。靈兒痛打官兵：

「你們就會欺負老百姓！」趕緊扶起吟霜。

寄南一拳揮向官兵，破口大罵：

「一個弱女子被你們打成這樣，你們到底有沒有人性呀！」放聲大叫：「漢陽漢陽！管管你的官兵，居然對吟霜拳打腳踢！」

漢陽被寄南的大吼驚動了，回頭一看，下令隊伍停止，策馬來到人群中。

漢陽一見嘴角流血的吟霜，驚痛無比。吟霜跪求漢陽：

「讓我和皓禎說幾句話，幾句就好！」

漢陽點頭首肯，官兵識相的退開。

囚車裡的皓禎，看到吟霜過來，就身不由己的坐下，才能和吟霜四目相對。

吟霜走近囚車，拉著囚車的欄杆，淚眼婆娑的說道：

「皓禎！你聽著！我們兩個的『石玉璽』相遇，東市裡重逢，鄉間小屋裡的成婚，畫梅軒裡的山盟海誓，都是我們最美好的記憶！所以，生也好，死也好，今生也好，來生也好，我都是你的，永遠永遠都是你的……」

皓禎心魂俱碎，心痛至極的說著：

「吟霜，今生能夠有妳，是我最美好的事！我對妳只有一個要求，要為我活下去，要為我報答爹娘！……」

兩人隔著囚車訴說著，吟霜已幾乎整個人都掛在囚車上。天空開始下雪，兩人在大雪紛飛中，淚眼相看。

「不！只有這一句我不能依你！絕不依你！」

「吟霜！妳要聽我！」皓禎著急的，命令的：「如果是我的吟霜，就要聽我！」

吟霜落淚，卻堅定的說道：

「皓禎，記得三仙崖上，我跳下懸崖，你為什麼跟著跳下去？當時我有沒有要你去追求你的幸福，你怎麼不聽我的？」

皓禎大大一震。

「我現在是那時跳下懸崖的你！我決定的事，也無法改變！」

「吟霜，時辰將至，不能耽誤了！」漢陽提醒，並暗示靈兒和寄南帶走吟霜。

吟霜和皓禎四目相對，眼中，交換著生死不離的悲痛與不捨。

❖

皇宮中，皇上隨著時刻的飛逝，失魂落魄的在書房裡徘徊。

忽然，蘭馨猛的衝進書房。曹安趕緊稟報：

「蘭馨公主到！」

皇上一驚回頭。蘭馨氣勢洶洶的喊道：

「父皇！您還認不認我是您的女兒？」

「妳這樣衝進來，劈頭就胡言亂語，朕何時不認妳這個女兒了？」皇上驚愕的問。

「如果您認我是您的女兒，那麼您相信我說的話嗎？」

「當然相信呀！妳到底想對父皇說什麼，就清清楚楚明白的說出來！」

「既然父皇相信女兒，那麼請父皇給我一個特赦令，放了皓禎吧！皓禎罪不致死！他也不是什麼亂黨，從來對父皇沒有謀逆之心，這點，我可以為他擔保！」

「朕故意下旨三天後處斬，妳早不求，晚不求，現在才來，是不是太晚了！何況皓禎八成都已經上了刑台了，一國之君出爾反爾，這成何體統！」

「父皇的意思是體統大於一切嗎？」蘭馨咄咄逼人：「您寧可看著女兒後半輩子，都活在懊悔中？父皇也不怕我恨您一輩子，是嗎？」

「大膽！對父皇說話怎麼可以如此不敬？看來妳的病真的完全好了！又張牙舞爪、囂張跋扈了！」

「是！我的病好了，所以本公主原諒了皓禎，父皇就快給我特赦令吧！救人如救火！」

「唉！皓禎命中該絕！就算朕要特赦皓禎，妳母后也不會答應！」皇上嘆氣。

「父皇，到底您是皇帝，還是母后才是皇帝？」蘭馨氣極了：「為什麼您要受她擺布？父皇，我再問一次，您到底給不給？」

蘭馨語畢，立刻拔了身邊衛士的劍，架在自己的脖子上：

「父皇，您不給，本公主就自刎在父皇面前！」

皇上大驚，還來不及反應，忽然房門被撞開，太子急衝而入，喊著：

「父皇！您的尚方御牌，借我一用！」這才看到架著刀的蘭馨，震動的說：「蘭馨，我們兄妹目標一致！父皇！快給我御牌，去救皓禎！」

蘭馨跟著喊道：

「特赦令也行！不然我立刻自盡！」

「你們兄妹發瘋了？蘭馨，快把劍放下來，有話好好說！」皇上驚慌。

「我跟父皇已經沒有什麼好說的了，除非您特赦了皓禎！」

「時辰已經快到，父皇！如果皓禎死了，兒臣必然追隨他於地下！」太子喊道。

「為了皓禎，你們竟敢一再用生命來威脅父皇？」皇上震撼的問。

「皓禎已經不是我的駙馬，我今天來留他這條命，只因為在本朝，他是父皇真正的忠臣！再殺幾個忠臣，父皇的江山就不保了！」蘭馨正色的說。

皇上一愣。太子大聲接口：

「父皇，您還不瞭解嗎？真要為了母后和伍震榮，殺掉一個為您效忠的英雄人物？他的腦袋一掉，多少英雄會揭竿而起？那時被反的人就是下令殺人的您！歷史不是都是這樣的嗎？改朝換代不是都這樣的嗎？您知道十六衛已經憤憤不平，蠢蠢欲動！啟望的東宮十衛，也在憤慨激動中，只要皓禎腦袋一掉，父皇最怕的內戰就馬上開始！」

皇上如醍醐灌頂，一臉的震撼，看著面前的一雙兒女。

❖

刑場細雪紛飛。

群眾正四面八方的湧向刑台，方世廷一身便衣，帶著便衣衛士站在群眾中冷冷監視著。官兵們在刑台下圍繞一圈，防範著。官兵後面，伍震榮和伍項魁帶著羽林軍，密切注意著一切動靜。伍震榮低問伍項魁：

「有沒有什麼可疑份子？要密切注意，會不會有人劫法場！」

「整個法場，都圍得密不透風，袁皓禎死定了！方宰相也帶著便衣衛士，在人群裡監督，這次百無一失！」項魁得意的說。

台上有鼓手和劊子手在等候，漢陽領前，官兵押著皓禎步上刑台。皓禎不住回頭張望。台下小樂、魯超、袁忠帶著一眾袁家奴僕，身穿素衣，跪在一具棺柩前面。小樂等人見到皓禎即將走上刑台，不禁十分激動。大家放聲哭喊道：

「少將軍！少將軍！小的們給你磕頭！」大家磕下頭去。

皓禎見到眾人，也分外激動，說道：

「小樂！魯超！你們不要送我，你們去守著吟霜呀！她跌倒受傷了，現在又被人群衝散，你們快去照顧她呀！」

魯超眼中充著淚，悽絕的說：

「少將軍，此時此刻，我們誰也顧不了誰了……」

話說中，皓禎已被押上刑台。

人群外圍，靈兒、寄南陪著吟霜踉踉蹌蹌的飛奔而來，氣喘吁吁，只見皓禎遠遠站在台上，白雪紛飛。吟霜情急的甩開靈兒，便勢如拚命衝向刑台。皓禎一見吟霜，便激動的大叫一聲：

「吟霜……妳居然追到法場！可是妳怎麼能面對這個！」身子激動一衝，卻被左右官兵挾持住，急迫的狂喊出聲：「回去！回去！我不要妳目睹我的死，我只要妳記住我的生，快回去！」

吟霜抬頭望著皓禎，急急往前衝，也狂亂的喊著：

「你甚至不要我送你嗎？我還有句話沒說完呢……我說完就走！皓禎！」終奔至台下，卻被防衛的官兵以長矛攔住。

漢陽急喊：

「長矛收起來，讓他們說最後幾句話！」眼中含淚了，拚命忍住。

長矛收起，吟霜奔到刑台前。皓禎急切俯身，吟霜急切仰望。皓禎情急的喊著：

「維持住妳心中的那個我，不要看到我身首異處！」

吟霜知道皓禎不願她見到他的死狀，心領神會，毅然點頭。

「我明白了！我這就回去！不送你了！聽著！」堅決而悲壯的：「我要跟你訂一個約定……」悽絕的喊道：「**午時鐘響，天上相會，生也相隨，死也相隨！**」

吟霜喊完，毅然回身，又從群眾讓出的道路中，飛奔而去。皓禎大震，張口欲喊，身子往前一衝，又倏然止住，不能言語。只見吟霜漸漸奔遠，到人群盡處，吟霜停頓了一下，回頭再深深的與他四目交會，然後毅然轉身，直奔而去。

皓禎目送著吟霜，不再激動，也沒有眼淚，喃喃說道：

「一個約定，一個最後的約定！吟霜，我知道我沒法改變妳！午時鐘響，天上相會，生也相隨，死也相隨！」

皓禎終於知道，這是飛雪中的約定，生死相隨，命運已定。

❖

吟霜一路含淚狂奔，經過各種街道、橋樑、小徑等。雪在她身邊飛舞，因為人人都去法場看行刑，這條回將軍府的路，只有飛雪，沒有行人。吟霜像是一片雪中的白蝶，只有如刀的凜冽寒風，吹送著她，和如絮的漫天雪花，伴隨著她孤獨的、纖弱的身影；如孤鴻、似單鶴，若白蝶……飛向她生命中的唯一。她一面跑，心裡不斷吶喊著：

「皓禎，等我，我會守著我們的約定，天上相會！等我！」

吟霜一面跑，心裡不斷唸著，一不小心跌在雪地裡。她不顧膝蓋上的疼痛，咬牙爬起身，繼續拚命的奔跑。

同時，在另外通向刑場的一大道上，蘭馨和太子，一個手持特赦聖旨，一個手持尚方御牌，往刑場方向策馬狂奔。

吟霜與蘭馨、太子一個往東，一個往西，在兩條不同的街道上，錯身而過。

太子急切的駕馭著駿馬，嘴裡唸著：

「駕！駕！皓禎，我和蘭馨來救你了！一定要等我們！等我們！」

街道民眾閃躲著蘭馨和太子的快馬疾駛。

另外一邊，吟霜繼續奔跑。最後衝進了無人看守的將軍府大門。吟霜滿臉肅穆的奔進了畫梅軒院子，留守在畫梅軒的香綺，也一身素服迎向吟霜。香綺哭著喊：

「小姐，妳回來了！公子……」

「香綺，妳去上房陪著將軍和爹娘，等下一起去門口迎接皓禎的靈柩！快去！」

香綺落淚，也沒細想，就點頭拭淚，走去上房了。吟霜見香綺遠離，立刻鎖上了庭院的大門。

❖

法場上的鐘鼓樓，聲音響起，時辰已到。飛雪飄飄伴著鐘聲陣陣，整個法場都安靜了下來，漢陽神色凝重的站了起來，四面張望，聲音哽塞的揚聲道：

「午時正！」還有「行刑」兩個字，他卻沒有說出口，等到鼓聲停止再說也不遲。

大鼓隆隆敲起。

❖

畫梅軒庭院中，吟霜站在梅花樹下，抬眼依戀的望著梅花樹，白雪紛飛，梅花正在盛開中。若干花瓣隨著風雪飄下，片片雪花，片片落花，都是離人淚。吟霜張開手心，癡癡望著手心裡那精緻的紅色小藥罐。

❖

法場上，皓禎神色從容無畏，被押著跪落地，頭部被按上了斷頭台，頸子嵌在斷頭台的凹槽中。鼓聲急促中，劊子手就位。

寄南、靈兒、小樂與魯超，神情悲慟的齊磕下頭，匍匐在地上不動。

伍震榮與伍項魁聚精會神的看著。世廷也在人群中監看著。

群眾和天元通寶兄弟，個個不畏雪天風寒，屏息以待。

❖

畫梅軒梅花樹下，吟霜聽到了隱約的鼓聲，她面容平靜的打開了小藥罐，虔誠的、低低的說道：「皓禎！我來了！我在我們最鍾愛的梅花樹下，等你來相會！」

吟霜就在梅花樹下仰藥。身子倒在樹下，花瓣紛紛飄落，和雪花一起，覆蓋著她，似乎要用雪花和梅花，將她重重包裹。此時此刻，她無怨無悔，用生命寫下：

此生盡，
情不滅。

雪花飛，
緣不絕。
多情自古傷離別，
更何堪、
生死茫茫成永訣！

❖

刑場上，皓禎面孔同樣從容，他把眼閉上，等待人頭落地。在他斜上方，劊子手舉起了大斧，鼓手擂鼓聲聲催，乍然鼓停聲止。漢陽無奈，正要喊「行刑」二字，忽然遠遠傳來呼聲。蘭馨悽厲的喊著：

「刀下留人……刀下留人……」

太子同時喊道：

「行刑停止！皇上有特赦令！還有尚方御牌！」

鴉雀無聲中，那呼聲顯得格外清楚，劊子手一怔。漢陽急忙尋聲望去。

兩匹快馬正飛馳而來，太子和蘭馨，一人高舉著聖旨，一人高舉御牌。太子大喊：

「刀下留人……皇上有聖旨……刀下留人……皇上大赦……」

漢陽驚喜，大喜，狂喜！急忙對劊子手大喊：

「住手！暫緩行刑，快退開！奇蹟到了！」

「是！」劊子手斧頭硬生生收住，踉蹌的急急退開。

群眾都驚呼出聲。漢陽急匆匆下台去。皓禎直起身子，有著死裡逃生的恍惚與不真實感。台下寄南、靈兒等人面面相覷，驚愕之餘，燃起希望。

伍震榮和伍項魁臉色一怔，瞪大眼睛。群眾嘩然，若干天元通寶兄弟淚盈於眶。

蘭馨和太子快馬馳到，勒馬停住。兩人躍下馬。漢陽瞠目結舌的還不及發話，蘭馨聖旨高舉，急切的喊道：

「漢陽大人！皇上特赦聖旨！」喘息不已的：「快接旨……接旨啊……」雙手高舉著聖旨，眼看著皓禎，心魂皆碎，驚懼不已。漢陽無暇多想，慌忙跪了下來，接過聖旨。他打開聖旨，大聲唸道：

「皇帝特赦，驍勇少將軍袁皓禎，立即無罪釋放，欽此！」

寄南、靈兒等眾人整個呆住了。群眾嘩然。太子高舉御牌喊道：

「還有尚方御牌，皇上有口諭，**忠孝仁義，英雄人物難覓！移花接木，身世問題不究！**兩個特赦，皇恩浩蕩！」

漢陽回頭喝令台上官兵：

「還不快放人！兩個特赦，皓禎得救了！」

官兵奔向皓禎，取刀割繩鬆綁。皓禎簡直不能相信，目不轉睛的望著蘭馨和太子。太子驚魂未定的大喊道：

「皓禎！難得我們兄妹聯手，最後一刻趕到！」

蘭馨長長吐了口氣，充滿豪情壯志的喊道：

「廢除了一個駙馬，挽救了一個英雄！蘭馨也不負此生！」

伍震榮和項魁相對一看，往前衝去。剎那間，一群天元通寶的兄弟，各種雜亂的平民服裝，擁擠的攔在伍震榮父子身前，父子頓時陷入人海，動彈不得。在人群中的方世廷身子一動，另一批兄弟擠了過來，幾乎把他團團包圍。世廷和伍震榮遙遙交換著視線，憤憤不平。

小樂、魯超、袁忠家僕等人這下簡直驚喜若狂，雙雙撲向刑台，連躍帶爬的上了台，撲跪在皓禎身旁。小樂喊道：

「公子！吉人天相啊！」

魯超面向蘭馨、太子，喜極而泣：

「皇恩浩蕩，卑職叩謝皇上恩典！叩謝太子和公主恩典！」連連磕頭不停。

皓禎猛然一震，乍然間心驚肉跳！「午時鐘響……」他破口狂呼出聲：

「吟霜！別管那個約定……」

蘭馨那匹坐騎就在台下，皓禎不假思索的縱身一躍跳上馬背，策馬疾走，人群慌忙走避，登時弄得一片混亂。皓禎衝開了人潮，猛一夾馬肚，吆喝著：

「駕！駕！」

太子驚愕大喊：

「皓禎！你去哪裡？」

皓禎縱馬狂奔而去，心裡在瘋狂的吶喊著：

「吟霜，妳千萬等等我，等等我……吟霜……」

太子、蘭馨、漢陽互看。漢陽驚心動魄的說道：

「他和吟霜有一個雪中的約定，生也相隨，死也相隨！」

「什麼？」太子大喊，縱身上馬：「我們追去看看！千萬不要救了一個，又失去一個！我們快去！」

眾人有的上馬，有的上車，都往將軍府飛騎而去。

❖

將軍府中，正一團混亂。雪如、柏凱、香綺、秦媽、家僕等眾人都擠在畫梅軒門口，又哭又喊的敲著門。雪如一邊敲門，一邊孱弱的哭喊：

「吟霜！妳關著門做什麼呀！妳千萬別做傻事呀！」

「小姐！小姐！妳快開門啊！小姐！妳不要嚇我呀！」

柏凱對家僕指揮：

「你們還等什麼？快撞開這道門！」

幾個男僕用力的撞開了小院的大門，大家奔進院子。

只見吟霜還穿著那身服裝，安詳的躺在梅花樹下。整樹的梅花，全部飄落，淹沒著她。吟霜悽美的臉孔，露在朵朵梅花之中。似乎梅花為她做了一個葬禮，雪花飛著，花瓣飄著，她無淚無憾，臉色從容。她已遵守她和皓禎那個生死的約會，正是：

魂夢遠，
身如燕，
飛越關山，
飛越生死，

來與君相見！

耳邊猶記君低訴，
妳是梅花，
我是梅花樹！
從此朝朝與暮暮，
只有香留住。

雪如和柏凱悽厲大喊：

「吟霜！」奔到梅花樹前，見到這種情景，都站住了。

「梅花全部落下來了！梅花包圍著她！」雪如攔著柏凱，落淚的，低喃的說道：「梅花烙，梅花烙……梅花是不是在保護她？她一定沒死對不對？」

眾人圍過去，在吟霜面前蹲下，被眼前的美景震撼住。誰都不敢去觸動她。只見吟霜的手心滾出了紅色小藥罐。香綺痛哭著，撿起藥罐，認出假死藥罐，痛喊：

「小姐吃了整罐的假死藥丸！小姐說過，吃三顆就沒命了！我去找解藥！」就起身狂奔進房。

柏凱摸著吟霜脈搏，確認身亡，臉色死灰的說道：

「雪如，吟霜已經沒有脈動，她自盡了！她跟著皓禎走了！」

雪如軟癱的坐在地上，崩潰的仰頭看天，喊道：

「老天啊！祢怎麼可以讓我同時失去了兒子，又失去了女兒？」

就在這時，九死一生的皓禎快馬奔到了將軍府大門，快速下馬奔進府內。他用輕功十萬火急的飛躍過庭院，越過內門牆，發現將軍府冷清異常。皓禎感覺不妙，心急如焚，立提內力，連著數個快速點地直躍，狂奔向畫梅軒，邊跑邊喊：

「吟霜！吟霜！」

皓祥和翩翩母子二人聞聲奔出，看到皓禎狂奔的身影，震驚無比。皓祥訝異的說：

「皓禎！」拉著翩翩：「娘，妳有沒有看到？剛剛那個人是不是皓禎？」

翩翩驚恐的眨眼，拉緊皓祥：

「我看到了，他不是才斬首了？難道是皓禎的魂魄回來我們將軍府了！」

二人膽怯的跟著走向畫梅軒去。

❖

梅花樹下，雪如、柏凱等眾人圍繞著，哭倒在吟霜身邊。

皓禎狂奔而來，聲嘶力竭的喊著：

「吟霜，我回來了！吟霜，那個約定沒有了，我回來了！」

雪如聞聲抬眼見到皓禎，失聲尖叫：

「皓禎?!怎麼是你？」

柏凱蹣跚的起身，迎向皓禎：

「你你……你不是上法場了嗎？怎麼回來了？」

皓禎雙眼直直盯著地上的吟霜，對周遭的人聲置若罔聞，只一步步走向吟霜。周圍眾人瞠目結舌的看著皓禎。皓祥、翩翩母子也膽怯的跟進了畫梅軒，茫然的觀望。

香綺從房內狂奔出來，哭著喊：「解藥沒有了！全部被小姐處理掉了！」忽然看到皓禎，驚喊：「是公子！公子活著回來了？公子沒死……怎麼會這樣？」

秦媽慘聲的說道：

「公子，您來遲了一步，吟霜夫人她……她已經走了……」

皓禎直勾勾注視著吟霜，發現她一半身子埋沒在梅花中。他立即抬頭看看那棵梅花樹，看到還有一朵梅花，搖搖欲墜的掛在枝頭。皓禎震懾的，眼光發直的看回吟霜，啞聲的說：

「她還沒死，還有一朵梅花，她還沒死……」驟然一吼：「她只是假死，沒有真死！解藥！我去找解藥！」

「公子，解藥全部沒有了！小姐一定預先把解藥處理了！」香綺哭著說。

就在這時，梅花樹上那最後一朵梅花飄然落下，落在吟霜蒼白的唇上。皓禎看著那朵梅花飄落，驚懼的大喊著：

「梅花！最後一朵梅花，你不能落下來！」痛喊：「吟霜，梅花樹還活著，妳看看我，皇上赦免了我，我沒死呀！梅花樹沒死，梅花怎能死去呢？」

「皇上赦免了你？皓禎！你死裡逃生了？」柏凱大震。

皓禎衝上前去，就把吟霜從梅花中抱了起來，喃喃的說道：

「不不不！妳不能死，我們的約定不是這樣，如果我活著，妳也得活著，不是生也相隨，死也相隨嗎？」

吟霜雙手垂著，美麗的屍體上，依舊有著梅花和花瓣。

雪如不禁痛哭出聲：

「吟霜，妳怎麼不多等一會兒？只要多等一會兒！」

皓禎抱著吟霜，對眾人如同不見，他低頭看著懷裡的吟霜，眼中無淚，神情麻木。他低低的、喃喃的、痛澈心扉的說道：

「午時鐘響，天上相會！吟霜，我一直沒辦法保護妳，沒辦法和妳過最普通平凡的夫妻生活，沒辦法回報妳的一片深情……最後，連午時鐘響的約定，我也誤了期！妳現在一個人走，豈不孤獨？找不到我，妳要怎麼辦？」抱著她走向外面：「**不！我不會讓妳再孤獨！咱們找一塊淨土，從此與世無爭，做一對神仙眷侶，重新來過，好嗎？事到如今，再也沒有任何力量，可以拆散我們了！即使是『生』與『死』，也不能拆散我們了……**」

雪如、柏凱等人都掩面而泣，連翩翩與皓祥，也都為之動容淚下了。

❖

太子、寄南、靈兒、蘭馨、漢陽、小樂、魯超、袁忠等眾人追到了將軍府，下馬的下馬，下車的下車，急急跨進門來，放眼望去，到處空蕩蕩，將軍府彷彿一座空城。眾人隱隱覺著不安。太子說：「皓禎快馬奔回，這兒怎麼空蕩蕩的？人都到哪兒去了？」

「不大對勁兒，皓禎應該回來了呀！」寄南四面張望。

靈兒力持鎮定，說道：

「或許大家都去畫梅軒去了！皓禎大難不死，大夥一定在那兒慶祝！」

眾人正要往畫梅軒方向趕去之時，皓禎抱著吟霜的屍體，面容死灰的走來。後面跟著淚流滿面的雪如、柏凱、秦媽、香綺、皓祥、翩翩……等人。

太子、靈兒、寄南驚懼，呼吸急促。不祥的感覺衝上大家心頭，太子說道：

「吟霜守住了那個約定？我和蘭馨，以命相拚，拿到兩個特赦，她不會全部錯過吧？我們只遲了一點點時辰，斧頭都還沒落下的時辰！」

靈兒衝向皓禎，大喊：

「吟霜！吟霜怎麼了！」

秦媽痛斷肝腸的說道：

「吟霜夫人她，一心一意要追隨公子……就這麼彼此錯過了！」

靈兒雙眼發直的搖著頭，痛喊：

「不……不會的……不可以……吟霜是神醫，她是救命的活菩薩，她不會死的……」

雪如承受不住的幾乎站不住，秦媽緊緊攙住，柏凱低聲啜泣。寄南忍不住落淚：

「怎麼會這樣呢？一切的災難都化解了，正該好好團聚的時候呀……」受不了悲痛狂喊：

「吟霜妳不准死，不准死！」

「一個活了，一個死去，這事太殘忍！」太子大喊落淚：「吟霜！醒來！活過來！我命令妳！」

全體為之心酸淚下。漢陽也震撼難過的握拳狠狠一捶牆，說道：

「為什麼會這樣陰錯陽差？為什麼命運要這樣捉弄人？吟霜不該如此啊！」

靈兒不顧自己真實身分，再也忍不住，痛喊出聲：

「吟霜回來，吟霜回來啊！」一痛哭的撲通一跪：「皓禎已經回來了，妳也要回來呀！趕快治好妳自己！」

一片悽悽慘慘中，皓禎神情始終嚴肅、鎮定、堅決，眼光直直的望向遠方。此時，他掙開眾人，繼續抱著吟霜，往大門外走去，天空雪花繼續在飄著。

太子及時一攔，又痛又驚的問：

「你要帶她去哪裡啊？鎮定下來，看看還能不能救？」

皓禎眼神幽遠，似乎三魂六魄，都不在身上了，喃喃說道：

「她從哪裡來，我就帶她到哪裡去！我現在知道了，終於知道了，她是白狐，原屬於山林，到人間走一遭，嚐盡愛恨情仇，如今時辰到了，她不是死了，而是不如歸去。我這就帶她到山林中去，說不定……她就會活過來，化為一隻白狐，瓢然而去……說不定，我也會化為一隻白狐，跟隨她而去……」

皓禎這篇話，讓全體的人都呆住、震住了！在一片死寂中，皓禎漸漸走遠。

❖

飛雪中的約定，也是「生也相隨，死也相隨」的約定！他們這對歷經各種災難的苦命鴛鴦，到了最後，難道就像吟霜在三仙崖前跳水時說的嗎？「不恨世事，不怨蒼天，魂魄總相依，不復來相見！此心煎，此夢斷，此情絕，願三生石上，再續來生緣！」

（未完待續）

國家圖書館出版品預行編目資料

梅花英雄夢. 卷四, 飛雪之盟/ 瓊瑤著. -- 初版. -- 臺北市：春光出版：家庭傳媒城邦分公司發行, 民109.01
面； 公分. --（瓊瑤經典作品全集；69）
ISBN 978-957-9439-82-4（平裝）

863.57 108019329

# 瓊瑤經典作品全集 69 梅花英雄夢・第四部：飛雪之盟

作　　者／瓊瑤
企劃選書人／王雪莉
責 任 編 輯／王雪莉

版權行政暨數位業務專員／陳玉鈴
資深版權專員／許儀盈
行 銷 企 劃／陳姿億
行銷業務經理／李振東
副 總 編 輯／王雪莉
發　行　人／何飛鵬
法 律 顧 問／元禾法律事務所　王子文律師
出　　　版／春光出版
台北市 104 中山區民生東路二段 141 號 8 樓
電話：(02) 2500-7008　傳真：(02) 2502-7676
部落格：http://stareast.pixnet.net/blog E-mail：stareast_service@cite.com.tw
發　　　行／英屬蓋曼群島商家庭傳媒股份有限公司城邦分公司
台北市中山區民生東路二段 141 號 11 樓
書虫客服服務專線：(02) 2500-7718 / (02) 2500-7719
24小時傳真服務：(02) 2500-1990 / (02) 2500-1991
服務時間：週一至週五上午9:30～12:00，下午13:30～17:00
郵撥帳號：19863813　戶名：書虫股份有限公司
讀者服務信箱E-mail: service@readingclub.com.tw
歡迎光臨城邦讀書花園 網址：www.cite.com.tw
香港發行所／城邦（香港）出版集團有限公司
香港灣仔駱克道 193 號東超商業中心 1 樓
電話：(852) 2508-6231　傳真：(852) 2578-9337
E-mail : hkcite@biznetvigator.com
馬新發行所／城邦（馬新）出版集團　Cite(M)Sdn. Bhd
41, Jalan Radin Anum, Bandar Baru Sri Petaling,
57000 Kuala Lumpur, Malaysia.
Tel: (603) 90578822 Fax:(603) 90576622 E-mail:cite@cite.com.my

內 頁 排 版／極翔企業有限公司
印　　　刷／高典印刷有限公司

■ 2020 年（民 109）1 月 30 日初版
Printed in Taiwan

售價／400元

城邦讀書花園
www.cite.com.tw



ISBN 978-957-9439-82-4

104 台北市民生東路二段 141 號 11 樓

**英屬蓋曼群島商家庭傳媒股份有限公司**

**城邦分公司**

請沿虛線對折，謝謝！



書號：OR1069　　書名：瓊瑤經典作品全集⑥⑨梅花英雄夢・第四部：飛雪之盟

請於此處用膠水黏貼

# 讀者回函卡

謝謝您購買我們出版的書籍！請費心填寫此回函卡，我們將不定期寄上城邦集團最新的出版訊息。

姓名：＿＿＿＿＿＿＿＿＿＿＿＿

性別：□男　□女

生日：西元＿＿＿＿＿年＿＿＿＿＿月＿＿＿＿＿日

地址：＿＿＿＿＿＿＿＿＿＿＿＿

聯絡電話：＿＿＿＿＿＿＿＿　傳真：＿＿＿＿＿＿＿＿

E-mail：＿＿＿＿＿＿＿＿＿＿＿＿

職業：□ 1. 學生 □ 2. 軍公教 □ 3. 服務 □ 4. 金融 □ 5. 製造 □ 6. 資訊
□ 7. 傳播 □ 8. 自由業 □ 9. 農漁牧 □ 10. 家管 □ 11. 退休
□ 12. 其他＿＿＿＿＿＿＿＿

您從何種方式得知本書消息？

□ 1. 書店 □ 2. 網路 □ 3. 報紙 □ 4. 雜誌 □ 5. 廣播 □ 6. 電視
□ 7. 親友推薦 □ 8. 其他＿＿＿＿＿＿＿＿

您通常以何種方式購書？

□ 1. 書店 □ 2. 網路 □ 3. 傳真訂購 □ 4. 郵局劃撥 □ 5. 其他＿＿＿＿

您喜歡閱讀哪些類別的書籍？

□ 1. 財經商業 □ 2. 自然科學 □ 3. 歷史 □ 4. 法律 □ 5. 文學
□ 6. 休閒旅遊 □ 7. 小說 □ 8. 人物傳記 □ 9. 生活、勵志
□ 10. 其他＿＿＿＿＿＿＿＿

為提供訂購、行銷、客戶管理或其他合於營業登記項目或章程所定業務之目的，英屬蓋曼群島商家庭傳媒（股）公司城邦分公司，於本集團之營運期間及地區內，將以電郵、傳真、電話、簡訊、郵寄或其他公告方式利用您提供之資料（資料類別：C001、C002、C003、C011等）。利用對象除本集團外，亦可能包括相關服務的協力機構。如您有依個資法第三條或其他需服務之處，得致電本公司客服中心電話 (02)25007718請求協助。相關資料如為非必要項目，不提供亦不影響您的權益。

1. C001辨識個人者：如消費者之姓名、地址、電話、電子郵件等資訊。
2. C002辨識財務者：如信用卡或轉帳帳戶資訊。
3. C003政府資料中之辨識者：如身分證字號或護照號碼（外國人）。
4. C011個人描述：如性別、國籍、出生年月日。

請於此處用膠水黏貼